寻回犬李奥的奇妙物语

〔日〕 知念实希人 著

赖惠铃 译

北方联合出版传媒(集团)股份有限公司

万卷出版有限责任公司

うんめい

目
CONTENTS
录

001   序章

死神的第一份工作   第一章
007

死神解开命案谜团   第二章
051

死神畅谈艺术   第三章
087

死神谈情说爱   第四章
131

目
CONTENTS
录

第五章　死神上街
169

第六章　死神命悬一线
201

第七章　死神的圣诞节
243

终章
283

うんめい

序章

夹杂着雪花的寒风拍打着我金色的毛皮，一点一滴夺走体温。

有生以来首次体会到"寒意"，我实在对此无法接受，但眼下不是悠哉闲话的时候。再这样下去，仅着一身夏装毛皮的我，就要因为上司的差错而冻死了。降临世上，活短短三个小时就一命呜呼，实在太丢脸。不管上司怎么想，对"吾主"也交代不过去。

啊，抱歉，还没自我介绍。

我是一只狗，一只尚未命名的狗。

……不对，这种说法不正确，请容我修正一下。

我很容易对一些鸡毛蒜皮的小事耿耿于怀，同事都笑我太神经质或说我跟人类的某些小姑娘没两样，但太不拘小节，就愧对了吾主使者的身份。

请容我重新自我介绍，我是尊贵的灵体，约三个小时前住进狗的体内，降临世上。至于名字，吾主当然赐予了我美妙的正式名字，但无论世上多么崇高的存在，都无法正确发出它的音节，更无法清晰听见其发音。

因此，说自己在世上还没名字应该不为过。

人类若见到我现在的模样，应该会认为自己见到的是一只品种为"金毛寻回犬"的公狗，因为我的毛色闪闪发亮，相貌威风凛凛。不过，这是我暂时的模样，毕竟这具肉体说穿了仅是一个"容器"。我身为形而上的灵体，低级的人类无从得知我的真身，仪器也感应不到我的存在。然而，人类好像并非完全察觉不到我们。不知为何，他们虽然不太笃定，但还是能隐隐约约地感知到我们，还自作主张地取名字。

人类称我们……咦？怎么说来着？实在太冷了，我一下想不起来，加上我原本就对人类怎么称呼我们一点兴趣也没有……

聪明如我，到底在搞什么呀……啊，想起来了！

"死神"。

没错，人类称我们为"死神"。

提到死神，人类立刻联想到黑袍骷髅，他们会举起巨大镰刀，一刀狠心斩断生命根苗。这种想象真是没礼貌。我们才不是那副德行，也不会做这种野蛮的事。我的工作是亲眼见证人类的死亡，并将人类的"魂魄"从名为肉体的桎梏中解放，引至吾主的身边。我以前的工作就是在人类变成名为"魂魄"的灵体时，为他们指引方向并且回收灵魂。没错……我"以前的工作"。

高贵如我，为何非得借用动物的身体降临世上呢？

这件事说来话长。

呃，简单地说，非常简单地说……就是我被降职了！

死人的魂魄通常会在我们的引领下前往吾主身边。然而，某些魂魄罕见地在临死之际对人间产生强烈的"依恋"，并在死后被心头的牵挂绊住，赖在人间，成为人类口中的"地缚灵"。

死神的工作是为魂魄引路，因此地缚灵打以前就是死神头痛的根源（虽然死神没头）。魂魄一旦变成地缚灵，即便我们好说歹说，他们还是不愿轻易前往吾主身边。死神也不能强硬拖走魂魄。

然而，脱离肉体的魂魄滞留人世太久，便宛如在海风侵蚀下逐渐被腐蚀的铁块，迟早灰飞烟灭，彻底化为"虚无"。我们认为魂魄原本就是吾主的所有物，因此任凭魂魄完全消失不见，这再丢脸不过。

死神的职场中，领至吾主身边的魂魄消失率越高，工作绩效就越糟。相当令人遗憾，我最近的绩效烂到不行，但这不是我的能力有问题，而是我负责的时代和地区有问题。证据就是，一起负责 21 世纪日本这个国家的死神，绩效都不怎么好看。

因此，我对直属上司发出"言灵"，即用我们的声音报告："绩效会难看，完全是因为在这个时代和国家出生的人类生活大有问题。"

一向明理的上司，马上侧耳倾听我的主张（当然，身为灵体的上司没有耳朵这种器官），而我察觉主张受到倾听，不小心得意忘形，画蛇添足地加了一句："要是不趁人类活着的时候接近他们，恐怕难以提升死神的绩效。"

"原来如此。"

上司赞同，接着做出使我难以置信的安排："既然如此，我就把这个重大责任交给你！"

我呆住了。

人类根本感知不到另一个次元的我们。虽然有一些方法可以直接干预他们的魂魄，或通过言灵喊话，甚至出现在人类的梦中，但绝大部分人类都认为这是自己想多了，一个搞不好还会害人类以为自己精神出了问题。

我最初以为上司在开玩笑，但不苟言笑的上司从未开过任何玩笑，我不禁惊慌失措。

"人类成为魂魄前，根本无从感知我们，绝不可能跟活着的人产生深入关系。更何况，主动让人类知道我们应该是禁忌吧？"

"那么，我赐予你在人世间活动的暂时躯壳。这么一来，人类既不会发现你，你也可以自然和人类接触了。"

暂时躯壳？我心里的不安越发强烈。

"那我本来的工作怎么办？"

"别担心，你确实是优秀的引路人，但引路人多得是，我让其他人分工合作来填补空缺。"

"可是……"我试着反驳。高贵的我居然要和丑陋的人类一起生活，这真是可怕的噩梦！

"……等一下。"

上司制止想发出言灵的我，并且沉默下来。当我察觉上司在和吾主交谈时，也跟着保持安静。过了一会儿，上司毕恭毕敬地低语："谨遵吾主的意旨……"

吾主正在交代言灵给上司。我松一口气，吾主一定认为："怎么可以让优秀的引路人和人类厮混呢？"然而下一秒钟，幸灾乐祸的上司发出言灵，将我的期待击得粉碎。

"转述吾主的言灵如下——听起来很有趣，让他试试。"

我目瞪口呆地听完话，当下放弃抗辩。做好心理准备，我们还有机会违抗上司，但绝不可违逆吾主的言灵。我们是为了体现吾主的意志而生，这就是我们存在的意义。

接下来，我应该发出的言灵，或说可以发出的言灵就只剩一句了。我尽量不让任何人发现内心的绝望，毕恭毕敬地说："……谨遵吾主的意旨。"

哎，正当我讲述着"倒霉"的遭遇时，被雪染白的视野突然摇晃起来。

这就是所谓的地震吗？不对，这不是地震，地震不太可能让我的视线翻转三百六十度。啊！难道这就是所谓的"晕眩"吗？好不舒服，肚子里五脏六腑好像都在跳舞。咦？这玩意儿好像叫作"脚"来着？不过，用来移动肢体的肌肉完全使不上力，这样不就无法前进了吗？这可不妙。

我四肢无力地瘫坐在地，想忘掉一切，闭上眼睛。

……我其实搞不清楚，眼下状况很糟糕吗？我想起引领某位丧生在雪山的魂魄时，他好像告诉过我："睡着的话会死掉哦！"

不知何故，脑海依序掠过几个小时内见过的光景，莫非这就是人生走马灯？可是，我在这世上才待了几个小时，足以看见什么有意义的走马灯吗？顶多浮现冰封的树木，以及覆盖皑皑白雪的山路。

这全都是上司的错，什么日子不选，偏偏选这种下大雪的日子，他就这样把我丢在离目的地还很远的地方，更惨的是我身上的毛皮还是夏天的短毛。

我思考着怎么向吾主解释的时候，某个柔软温暖的东西碰到了我的头。

"你在这种地方做什么呢？"

声音从头上传来。我有气无力地仰起头，一只雌性年轻人类映入眼帘——太拗口，应该说是一名少女——她正歪着头轻抚着我。

她的年纪在二十岁左右，娇小的身躯裹着厚鼓鼓的羽绒外套，形状姣好的鼻子给人很伶俐的感觉。她还有一对双眼皮，微微下垂的眼角嵌在小巧的脸蛋上，衬得眼睛特别大。我身为引路人，又跟人类厮混多年，很清楚人类的世界里，拥有这样五官的少女称得上是眉清目秀的美人。

道路完全掩埋在大雪底下，什么地方能够让我暖暖身子呢？

"呜——"

我想用人类语言说话，嘴里却传出超级难为情的狗吠。

唉，这种名为"狗"的动物，舌头似乎无法发出人类的声音。不过，我虽然封印在动物的躯壳，倒还保有些许死神之力，努力一点儿就可以使用言灵。但人类听得见直接和他们意识对话的言灵吗？而且这样一来，我不是普通金毛寻回犬的事恐怕会露馅儿。我无计可施，用迷蒙的眼神望着少女，"眉目传情"也是一种方法。

"原来是这样，你迷路了？"

不知道她是怎么解读我的眼神的，少女再度摸摸我的头。掌心的温度舒服至极，我的尾巴不禁左右摇摆。问题是这少女从哪儿冒出来的？我这才发现，她羽绒外套的下摆露出一截衣服，这应该是人类口中的"白大褂"。

专门"修理"病人的设施中，人们总穿着这种工作服。

"你看，我们的医院就在那边，你站得起来吗？"

女孩儿指着暴风雪的尽头。我定睛一看，远处半启的巨大铁门内，坐落着一座被雪覆盖的广大庭院，深处还有一栋三层洋房。暴风雪中，我隐隐约约看到挂在大门口的门牌上写着"丘上医院"。

"汪！"我的喉头发出欢喜的叫声。

这正是上司把我降职……不对，这正是我新的工作地点。

我使出剩下的体力站起来，挨着女孩儿走向门。

"啊，你还能动，太好了。对了，我叫菜穗，朝比奈菜穗。你呢？"自称菜穗的少女轻抚我被雪染成白色的背脊。我差点儿说出吾主赐予的真名，但仅发出"汪"的叫声。算了，就算正确发音，人类少女应该也听不见。

"这样啊，那你在这里的名字就我帮忙想吧。"

菜穗再次自作主张地解读。接着，她皱起眉头，陷入沉思。这个少女似乎很容易陷入自己的世界。

"有了，叫你'李奥'如何？因为你的毛色就像迪卡普里奥①的金发那么美丽。"狄卡皮欧？

"嗯，不错吧。李奥，你觉得这个名字如何？"

菜穗笑容满面地乱揉一通我脑袋上的毛。李奥？嗯……还算可以。虽然我不甚满意外来语特有的轻浮感，但这两个字莫名有气质。我表示同意，大声地"汪"了一声。

"喜欢吗？那就好。快走吧！得让你冻僵的身体暖和起来才行。"

难道是偶然吗？菜穗这次准确地理解了我。

我走在菜穗旁，反复默念我的新名字。

那请容我再重新自我介绍一次。

我是被封印在金毛寻回犬体内的死神，名为李奥。

———————————

① 李奥纳多·迪卡普里奥，美国男演员。

第一章

死神的
第一份工作

うんめい

1

　　我将碗里的狗食尽数吞下肚，舔舔嘴角，回味残留在舌尖的牛肉的香甜。我原以为禁锢在狗狗肉体的命运只有"痛苦"二字，没想到所谓的"用餐"还不赖。啊，高贵的我可不会像低级的人类那样化为快感的俘虏，只是合理享受一下狗生。

　　"吃得好干净，还要来点儿饼干当饭后点心吗？"

　　菜穗笑着看我吃饭。她拿着的三个咖啡色的固体，散发出刺激食欲的香味……嗯，那我就收下吧！我坐正身体，前脚伸向半空，摆出"握手"的动作。我的嘴里不禁流出唾液，完全不受意志控制。

　　"真聪明。"

　　菜穗将饼干放进碗。我迫不及待地一口咬下。别误会，我绝不是成了食欲的俘虏，这是不让对方察觉出我的特别，故意表现出狗狗的行为。没错，只是这样。

　　"好吃吗？"菜穗蹲下来，观察我的表情。还不赖，我"汪"地叫一声。聪明如我，住进这家医院的三天内就学会了自然表现出狗的情感反应。

　　"太好了。"菜穗摸摸我的头，接着将碗拿进食堂。她应该是要在食堂后面的厨房清洗。我目送着她白大褂底下的纤细背影。

低级的人类中，她算是好女孩儿。

工作忙得要死，还硬挤出空当来照顾在世上不过是只流浪狗的我。三天前，菜穗拜托个性古怪的院长，好不容易让奄奄一息的我留在医院。如果菜穗当时并未用尽全力说服院长……不对，更早以前，若菜穗并未在检查医院门窗是否锁好之余，发现埋没在大雪中的我，这具金毛寻回犬的躯壳也许早就失去了生命迹象，而现在的我大概会一面承受吾主的斥责，一面拼命将责任推到上司头上。

到世上短短几十个小时，已经欠下以狗的身份来说根本还不清的恩情。这份恩情究竟要如何偿还呢？有了，过几十年，菜穗逝世时，我再亲自将她的魂魄引领到吾主的身边好了。下定决心后，我打了个大大的哈欠。一填饱肚子，身体就会渴求睡眠，倘若我只是普通的狗，大概会睡起懒觉。

但我是带着崇高的使命来到此处的。

我轻轻摇头，将睡意摇出头盖骨，沿着走廊前行。狗狗的肉垫陷进走廊柔软的地毯中，非常舒服。我左右张望，优雅地在又长又宽敞的走廊上前进。这条走廊稍显陈旧，但置放着高级家具。尤其是走廊尽头的巨大壁钟，虽然不再背负报时这项职责，但光是坐落于此，便散发出让人肃然起敬的庄严氛围。

我看遍走廊，其中一侧有两扇偌大的门扉，分别通往食堂和饲主们的交谊厅，两间房都大到足以举办舞会。再往前走，壁钟前有一扇小门通往厨房。走廊另一侧的墙壁则是四扇巨窗，明媚阳光从中洒落。

我作为魂魄的引路人，见过太多医院这类场所。然而，这家医院和我见过的明显不同。一般医院，绝不会将可能带有病菌的动物留在里头。

事实上，菜穗最初将我带回洋屋时，胖胖的中年护理长就瞪大眼睛说："马上带它离开。"菜穗难得强硬地坚持着："这么做，它就太可怜了。找到别的饲主前，请让它留在这里。"

一时间，两位护士剑拔弩张。在菜穗绝不屈服的眼神中，护理长叹一口气败下阵来："院长同意的话，我就没话说了。"

虽然菜穗在护理长面前表现出前所未有的强硬，但当她带着慢慢回温、体力也逐步恢复的我拜访医院的老大——也就是和院长谈判时，心情还是十分紧张。她敲响医院三楼挂着"院长室"门牌的那扇门时，手还微微颤抖。我并未错过这一幕。

"进来。"

门的另一边传来不带一丝感情的声音，菜穗带我进入房间。煞风景的单调室内放着上了年纪的桌子和塞满医学专业书籍的巨大书柜。

"什么事？"

"那个……呃……院长，这孩子迷路了，可以让它留在这里吗……"

瘦削的中年男子抬起头，目光从粗框眼镜后方上上下下打量着我。

"你知道这里是哪里吗？"

"……知道。"

菜穗缩着身体，以几乎快听不见的声音回答。

"知道还要把狗留在这里？"

"……"

菜穗一句话也答不上来，只能低着头。我无意识地从喉咙深处发出低吼。菜穗跪在地上，搂着我的脖子，抚摸我的头。她该不会以为我会扑向院长吧？

这怎么可能，高贵的我才不会做出那么野蛮低俗的事。

"那个……我会把它养在外面，这么一来就不会对患者们……"

"不可以。"院长一句话就否决掉提议。

怎么会有这么无情的男人。我对院长的厌恶感涌上心头。等这个男人死去时，我要先把他的魂魄放在海底泡上几天。我提高低吼的音量，下定决心。然而如今得先改变院长的心意才行。这家医院是我的新工作地点，我必须在这里住下来，完成上头交代的使命，往后才可以回到引路人的正职。

没办法了。

我开始集中精神。死神的能力并未因为封印在金毛寻回犬的身体中就消失，我的存在比人类还高好几个等级，干预人类灵魂、暂时操纵他们的言行举止，倒不是不可能的任务。

不过，干预受肉体保护的灵魂并不容易，但如今我拥有肉体，很快就能让人类察觉到我，一旦引起注意，干预灵魂就简单多了，只要对上眼就行了。目光和意识联结，视线相交，我就触碰得到人类藏在灵魂之窗深处的魂魄。

这就类似人类说的"催眠术"，但催眠术无法跟死神的能力相提并论。我不仅可在某一限度内操纵人类行为，就算要读取人类的心思也不成问题。他们处于睡眠状态时，我甚至可以进入他们的梦中。

但在我打算使出这招的前一刻，院长开口道："你要养就养在屋里。"

意料之外的回答使我瞠目结舌，茫然不已。

"咦？可以吗？"菜穗也好不到哪儿去，原本就很大的眼睛瞪得更圆了。

"动物可以为患者精神带来正面影响。要养的话，就养在接触得到患者的室内。"

"啊，这样，那个……"菜穗一时语塞，似乎不晓得怎么回答。

"还有什么事吗？"

"没有了，谢谢您。"

菜穗深深低下头，我也跟着点头致意。院长有些讶异地看着跟着行礼的我，没好气地丢下一句"你要负责照顾它"，就将视线从我们身上移到桌上的文件上。

事情如此发展着。

三天前，本犬散发的让人类无法抵挡的魅力受到认可，甚至远胜过散播病菌的危险性，让我在这家医院建立疗愈大家心灵的稳固地位。人类好像把我当成"吉祥物"或"宠物"。问题是，不管我神圣庄严的气质再怎么能抚慰患者的心灵，倘若这里是普通医院，还是不会让我在屋里走来走去。

我在走廊上集中精神，嗅着空气中掺着的一股甜腻腐败的恶心气味，并往气味的来源前进。接近走廊尽头前，出现一座通往楼上的巨大楼梯。

我知道这股气味。虽然狗的嗅觉很灵敏，但一般的狗应该闻不到。我察觉得到气味，并非因为我身为犬辈，而是死神的本质。一旦领悟到大限将至，人类会散发出一股独特的气味，而这只有地位崇高的灵体集中精神时才感知得到。

如果人类对自己的人生心满意足，平静坦然地接受死亡，就会发出宛如嫩叶般的清香，拥有这种香味的死者，将会毫不留恋地顺从我们的指示，前往吾主的身边。比较麻烦的是散发出果实腐败般过于甜熟气味的死者，他们对自己的一生遗留着强烈悔恨，不愿接受步步逼近的死期。我们死神称这种人发出的恶心气味为"腐臭"。

人类死前发出的"腐臭"越浓烈，受到"依恋"束缚而成为地缚灵的概率就越高。如今，楼梯上传来的阵阵腐臭浓得令我忍不住皱眉。

没错。这里并非普通医院，而是临终关怀医院，也称"安宁医院"。

这是罹患不治之症的人们的临终之处，他们在这里缓和肉体和精神的痛苦，度过人生最后一段时光。

我抬头望向楼梯，伸个大懒腰。借着金毛寻回犬的躯体到人间已经三天，我习惯这具肉体，也习惯这家医院了，再不开始工作，啰啰唆唆的上司肯定要碎碎念。

吾主赋予我的使命，正是接触医院中可能成为地缚灵的患者，让他们从"依恋"中解脱。虽然这份工作并非我的本意，但只能全力以赴。我蹑手蹑脚地爬上楼梯，往弥漫着"腐臭"的二楼走。

接下来，就是住在金毛寻回犬身体中的我开始的第一份工作。

2

我爬到离二楼还剩三个台阶的位置，眼前就是护士聚一起工作的场所，好像叫作"护理站"。我伏低身体，小心地不让护士发现。话说回来，"护理站"这称呼到底从哪儿来的？国外来的名词吗？

我无从理解人类为何要使用这种外来语。

我在这个国家担任多年引路人，虽然对低俗的人类没什么兴趣，但在工作中渐渐对人类创造出来的音乐、绘画等艺术和文化产生浓厚兴趣。或许因为相处久了，难免偏心，我认为日本茶道文化中的"和、敬、清、寂"是能将人的精神打磨得宁静、庄严与美好的文化。然而，最近海外文化"大举入侵"，令我心痛不已。要我积极使用外来语，光想就要吐了。

啊……不是高谈阔论文化的时候。

我弯着身子，转动眼睛窥探护理站：两名护士正在忙进忙出，其中一名就是菜穗。她们检查着记录和药品，没注意到我。我获准住在这栋房子里，但活动范围仅限于一楼，若被抓到溜进设有病房的二楼，最糟的后果是被扫地出门。

我不禁口干舌燥，心跳加速。

就是现在！我四腿使力，一口气跳上三个台阶，迅雷不及掩耳地穿越护理站，冲进二楼走廊，藏身在盆栽的后方，同时观察身后。护士似乎并未探头察看这儿，显然没被发现，我松了一口气。还没被封印在金毛寻回犬的身体里前，别说在意人类的眼光了，地心引力和墙壁也限制不住我，现在真够麻烦的。

我看遍走廊。

宽敞的长走廊与一楼几无二致，两侧各设五间不同的房间。

在菜穗这三天来告诉我的事情中，我收集到一些信息：这里的病房仅有十间，都是单人房。也就是说，最多可容纳十个人同时住院。问题是，收这么少的病人，这家医院撑得下去吗？现在别说十个人，一半的病房都没住满。

我凑着鼻子猛闻。洋房不仅宽敞，挑高也高，但穷奢极侈的走廊充塞着令人窒息的甜腻腐臭。究竟哪些患者会变成地缚灵？我寻着弥漫整条走廊的强烈味道的来源。

……怎么回事？我闻了十几秒，不解地歪起头。

一……二……三……四……

走廊充斥着四种腐臭。

每个人的腐臭都有些不同。只有几个患者，居然有四种腐臭。换句话说，这里的患者几乎都是地缚灵的预备军，我必须解决所有人的难题。一想到这里，眼前一阵黑。在这样的时代和国家，地缚灵出现频率再怎么高，几十人中顶多有一个。要是心中没有强烈的"依恋"，人类不会轻易变成地缚灵。当人的灵魂脱离躯壳，独自兀立世间时，就宛如赤身裸体地暴露在寒风中，会苦痛万分。

但这里多数患者都散发出腐臭，太不寻常了。

难道正因此处有这问题才派我来吗？这下事情难办了。

我回头张望，确定四处都没有护士，迅速跑到最近一间传出腐臭的门扉，并用前爪钩住门缝，把门往旁边推开一小道空隙，身体再溜进门缝。

我潜入一个约十五平方米的房间。

我警觉地环顾室内。这里和一般病房大同小异。此时，门在背后静静关上，宛如有生命一般。

欧式家具为空间装点出古老高贵的气质。墙面设着一扇大窗，前方则摆着一张称为"床"的西式卧铺。一名男人躺在以雕刻装饰的优雅厚重的床铺上。

"……狗？"

床上的男人注意到我，一时目瞪口呆。

槁木死灰——这是我对男人的第一印象。干燥枯黄的皮肤包裹着从病人服袖口露出来的手骨。他的双颊凹陷，眼睛周围烙着深深阴影，而看着我的双眼眼白呈现晕黄。常年担任引路人的经验告诉我，这是肝脏无法正常运作的黄疸症状。

一般人看见他这副德行，想必很快就明白男人的大限将至。

"啊……我记得菜穗说她养了一只狗。"

男人自言自语。

菜穗似乎跟患者们提过我，这么一来事情好办多了。真是能干的少女。一想到菜穗，我的尾巴便不由自主地左右摆动，这种生理反应代表什么？

不知从我的尾巴摆动联想到了什么，男人的表情变得比较柔和，还对我招手。原来如此，这就是"宠物"的工作吗，利用与生俱来的可爱让人类放松？这或许是非常有意义的职业，不过和我的本业"引路人"比起来倒不算什么就是了。

我靠近床，男人的手有气无力地伸向我，抚摸我的头。他的掌心比菜穗坚硬粗糙多了。不过，我不讨厌。人类这么低等的生物居然敢摸我这颗高贵的头，原是无礼至极的行为，但这具狗狗的身体似乎很乐意受人抚摸。

又是一个对于临时躯壳的新发现，我一时陷入沉思。接下来怎么做？我由吾主创造出来，是"为魂魄带路的死神"，从未做过其他工作。不对，就算不是我，其他死神应该也不知道接下来怎么做吧？这种事过去没发生过，我们这种高贵的存在居然屈尊纡贵地降临世间，直接和还活着的人类接触。

总之只能先从办得到的事情做起。我吐出一口气，聚精会神地凝视抚摸着我的老人，几乎要把他的身体看出一个洞来。不久，我的双眼看见男人体内的器官。我继续注视着男人的内脏。

"那个"就在右边腹部，那是几乎有小婴儿头那么大的肿瘤，而且已经深入肝脏，宛如融解般地扩散到四周，一路侵蚀到胆管，阻碍胆汁的流通。

大概剩下一个月。我估量着男人所剩无几的时间。

死神无法左右人类的寿命，但完成引路的工作，还是得具备各式各样的能力，看穿人类病症就是必要能力之一。假设男人只剩一个月，我就必须在一个月内帮助男人从"依恋"中解脱才行。

"你叫什么名字？"男人问我。

我不假思索回答："我叫李奥。"

口中却发出"汪"一声。

"这样啊，你叫李奥啊。"

这下换我瞠目结舌。他如何能从刚才的叫声中听出我的名字？不过，疑问随即消失。

"菜穗好像有说过。"

这男人肯定知道狗不会说话，那又为何要问我呢？人类的思考逻辑很难懂。我歪着脖子等待他下一句话，既然问我的名字，出于礼貌也该报上自己的名来。可是，左等右等，男人只是心事重重地望着窗外，同时轻抚着我的头。

是这男人太没礼貌？还是这种礼貌不适用于狗呢？我无计可施地从男人骨瘦如柴的手臂间望向点滴袋，上头写着"南龙夫"，这就是男人的名字吧。

阳光从窗口流泻，照在南的侧脸上，但他的脸色还是很苍白，毫无生气。南将窗沿的黑色物体拿在手里并举至面前，一脸爱怜地看着。

那是什么？只是块黑石头，实在不值得他小心翼翼地捧着。

南盯着那块宛如木炭般又小又脏的石头看了一会儿，接着缓慢转头看我。他微微张开干裂的嘴，安静地说："我啊……就快死了。"

我知道啊。

这男人沉默多久了？我让南继续抚摸我的头，心不在焉地思考着。

说完"我啊……就快死了"这句话，南就反复看着手中小小的黑石头，以及窗外湛蓝得不见云彩的天空，三天前的暴风雪宛如一场骗局。我以为他讲完"我啊……就快死了"就会侃侃而谈自己的"依恋"，但仿佛等到了地老天荒，他依然没有开口的意思。

我的头被摸太久，好像都要摩擦生热了。再这样下去，美丽的金黄色毛发会不会只有头顶变得稀疏？唉……有完没完啊？我叹出一口带着狗食味的气，"汪"了一声。

南微微颤抖一下，他与我的视线交会。下一瞬间，我掌握住南的意识。南注视着我的目光逐渐失去焦点。对付他这种软弱的人根本不费吹灰之力，死亡的恐惧和对过往人生的悔恨已让他的灵魂虚弱不堪，我可以轻易干预对方的灵魂。

虽然有点儿不好意思，但还是请你把前因后果告诉我吧。这对身体不会有坏处的。告诉我，什么样的"依恋"捆绑住了你的灵魂？

我催促着南的意识。

"那是二战结束前不久的事……"

南仿佛被什么东西附身般娓娓道来——当然是在被我附身的情况下。不过，光是听片面之词，不足以得到正确的情报。我再次集中精神，意识与南同步。染成模糊暗褐色的影像逐渐流进脑海。

这是刻在南灵魂深处的记忆，是捆绑住他的回忆锁链。虽然有点儿不厚道，但这是工作的一环。让我瞧瞧你的过去吧！

我闭上眼睛，将意识交给记忆的洪流。

3

　　"这是真的吗？"南龙夫坐在杂草丛生的河堤自问。他眼前的世界蓦然扭曲，混浊得宛如隔着一层肮脏又皱巴巴的膜，迫使他产生质疑的念头。时间之流逐渐变得黏稠滞闷，他好像在河堤坐了数十个小时。然而，时间刚过中午，太阳虽然染上淡淡红晕，但位置离地平线还很遥远。

　　从他冲出家门到现在，顶多只过去两三个小时。

　　不过两三个小时，但他感觉自己已将目前十八年的人生全回顾了一遍，如临终前的人生走马灯。当他茫然地眺望水面时，背后传来踩在草地上的脚步声。

　　"你在这里做什么？"

　　头上传来柔和的嗓音，撕去龙夫与现实间的薄膜。

　　"没什么……"龙夫头也不回地答。不用回头，他也知道声音的主人。

　　"才不是没什么好吗？沉思这种事一点儿都不适合你呢。"

　　对方半开玩笑的口吻让龙夫将嘴巴抿成一条线。自己都这么痛苦了，居然还有人说风凉话，让他的气不打一处来。

　　"不用你管！"脱口而出的语气尖锐到连他自己也吓一跳。背后的人并未答腔。她是被口没遮拦的话气得跑回家了吗？后悔和恐惧紧揪着胸口。龙夫急着想回头，但他感受到附近的气氛微微改变，一道人影在身边的草堆坐下来。

　　"发生什么事了？说给姐姐听。"

　　桧山叶子穿着一身紫色和服，眯起细长凤眼，温柔微笑着。她仅仅这样笑着，龙夫就觉得四周明亮起来。龙夫反射性地低下头，不想让大自己一岁的青梅竹马，同时也是他的心上人，瞧见自己丧家犬般的窝囊表情。

　　"跟叶子姐无关……"低着头的龙夫小声地说。

"咦？话不是这么说哦，不久前我们还是一起玩的好朋友呢。"

"什么不久前？都已经是一年前的事了。"

"这样呀？时间过得好快啊。"

"肯定是东京太好玩了，你才会觉得时间过得很快吧。"

一年前，叶子抛下在故乡工厂上班的自己，到东京的女校念书。

"东京那种地方无聊得很。大家都端着架子，没一个会爬树的。"

"在东京根本不需要爬树。"

"不会爬树，怎么摘橘子？"

"不过是橘子，买不就好了？反正叶子姐家有的是钱。"忍不住说出夹枪带棍的话，龙夫的脸因为自厌而扭曲。

"橘子还是要自己摘比较好吃。"叶子不以为意。

"……你可以这样出来吗？之前不是才惹叔叔生气吗？"

龙夫望向远处的山丘。走路约三十分钟距离的山丘上矗立着巨大的洋房，那就是叶子的家。明明没有约好，但叶子从可能遭受空袭的东京回来后，几乎每天都来河堤报到。龙夫也一样，在材料不足、产能变差的工厂工作结束后，总会一条直线地奔向这里。

"来的时候倒不辛苦，毕竟是下坡。回去就累了点儿。"

"你为什么每天都要到这里？"龙夫的语气活像闹别扭的孩子。

"当然是为了来见你呀。"叶子语气平常地道。她从束口袋拿出一颗糖果，用食指拈起塞进龙夫的嘴。"给你，这是我从家里带来的，很好吃。"

龙夫不晓得怎么回应叶子的坦白，无言地舔着口中的糖果，入口即化的甜味裹着舌尖。战争开始至今已逾四年，物资缺乏越来越严重，糖果这种奢侈品很不容易取得，尤其对龙夫这种一穷二白的人来说。

叶子的话只是在拿他寻开心吗？

龙夫细细尝着久违的甘甜，皱起眉头。

叶子和龙夫小时候在同一所学校，回家又是同一方向，经常玩在一起，最常来的地点正是这个河堤。当两人逐渐成长，叶子开始常常请龙夫去自己家玩，那时龙夫也逐渐察觉叶子和自己不在同一个世界。在叶子家见到她的父亲时，他深感她的父亲不管穿着打扮、言行举止，抑或言谈中流露出来的知性，都和镇上其他男人截然不同。

龙夫很崇拜叶子的父亲，但对方对这个和女儿过从甚密的少年没什么好感。两个人进入青春期时，叶子的父亲禁止她和龙夫见面。那时也是龙夫对叶子的感情从友情转成爱情的时期。

叶子的父亲十分繁忙，常在世界各地飞来飞去，战争开始后更是如此。因此，两人要避开父亲的监视偷偷见面不难。而且，越受阻止，两位年轻人便越不听话地频繁在河堤幽会，互相倾诉见不到面的日子中的点点滴滴。一年前，叶子前往东京的前一天，两人临别之际，她将柔软的唇印上龙夫的脸颊。到东京后，两人依旧通过书信联络。只是，龙夫的不满悄悄萌芽。他爱着叶子，可是他完全猜不透叶子怎么看自己。她认为自己仅仅是青梅竹马般的弟弟吗？还是跟自己抱持同样的心情呢？

随着时光流逝，龙夫越发觉得自己不过是在工厂出卖劳力的人，和叶子隔着一条深不可测的鸿沟。

"话说回来，你还没告诉我你为什么没精神。"叶子自己也含着一颗糖果。

"都说跟叶子姐无关了。"

"……是吗？既然无关也没办法，我不会再问了。"

叶子冷淡的反应让龙夫忍不住抬起头。他已经顾不得自己脸上什么表情，深怕被身旁的女性抛弃。

叶子看着龙夫，嫣然一笑，脸上的表情就像看着孩子。

"作为交换，你试着自言自语看看。"

"自言自语？"龙夫不明白她的意思。

"没错，自言自语。这么一来，心情可能会变轻松也说不定。"

龙夫咬紧牙关。不这么做的话，郁积在内心深处的情绪就会爆发。告诉叶子也没用。没错，说了只会变成吐苦水。男人——尤其是日本的男子汉，绝不可以向女人诉苦。龙夫咬紧牙关，试图吞回话。然而，落进胃里的话伴随着强烈的反胃感逆流回口中。

　　"……我收到……红纸①了。"近似呜咽的声音从理当咬得死紧，毫无缝隙的牙齿间溢出。下一瞬间，龙夫溃堤似的呐喊："我收到红纸了！我要出征了！我很快就会死了！"

　　双腿抖得不像自己的，那股颤抖随即扩散到全身。龙夫心里其实已经有觉悟，战况越来越激烈，征兵年龄从去年的十九岁下调到十七岁，从小就在深山老林里跑来跑去的龙夫是甲种体格。虽然免于即刻入伍，但随时可能接获征召。尽管如此，当召集令真正送达，上战场一事迫在眉睫时，龙夫第一次近距离感受到死亡的威胁。

　　叶子靠近龙夫，手臂绕在他的颈上。不可思议地，龙夫立刻平静下来。

　　"很害怕吧？"叶子温暖地劝慰，环抱着龙夫的身躯。

　　"才没这回事。"龙夫不甘示弱地仰起头，"为了国家，我死不足惜。我一点儿都不害怕，只要是为了日本的胜利而战……"

　　"不会胜利的。"叶子的低语，轻轻掩过龙夫好不容易从声带里挤出的声音。

　　"什么意思？"龙夫目瞪口呆，无法理解她在说什么。

　　"战争很快就会结束了。这个国家……不会胜利的。爸爸是这么说的。"

　　叶子寂寞地微笑，并用欲言又止的缓慢语调再次重申。

　　龙夫紧张地环视周围。宪兵应该不会出现在这种穷乡僻壤的河堤上，但他无法控制地想要确认刚才的话没被谁听到。

　　"别担心，这里只有我们。"叶子道，仿佛看穿了龙夫的心。

---

① 日本征兵的召集令。

"你凭什么这么说……日本怎么可能会输……"

他一句话讲得七零八落。

"我爸的朋友全都知道日本没胜算了。政府好像也有意通过'苏维埃'与美国交涉……"

"怎么可能……"

日本是崇拜天皇的神之国。

只要人民团结一致，神风就会吹响胜利的号角。

这些口号从小就在父母及老师的灌输下，深植在龙夫的意识里。若这句话并非出自叶子的父亲之口，想必他会一笑置之："日本不可能战败。"然而，叶子父亲的话要比父母和老师的话来得真实多了。叶子的父亲是这里的王者。他单枪匹马从穷乡僻壤进军东京，成立贸易公司，成为富甲一方的名士；后来扩展事业版图，他在镇上也开设起工厂，为家乡贡献许多。

"父亲打算近期就带我们离开日本，他已经开始准备了。"

"怎么会……你骗人吧……"他满心期待叶子接着说出"骗你的呢，你还真的信啦"，可是叶子忧心忡忡地盯着龙夫。

他听见土崩瓦解的声响。

日本会输，而且叶子要舍弃这个国家。在负面的情绪中灭顶，龙夫感受到比最初强烈百倍，甚至千倍的战栗侵袭全身。前一刻，他备感害怕，但想要保护国家、保护心爱女人的使命感勉强压抑住面对死亡来临的狂暴恐惧。如今，这股力道消失无踪，要将暴动的猛兽再度关回笼里，是不可能的任务。

我不想死、我不想死、我不想死……

逃避死亡是生物本能。

龙夫的心思全集中在此，眼前逐渐蒙上一层鲜血般的红黑色。

"……没事的。"温软的双手依然环着他的颈项，鼻尖萦绕着一股绿草般的清香，"冷静下来，没事的。"

热到要沸腾的脑浆终于逐渐冷却。

"我也有件事非告诉你不可，你愿意听吗？"叶子抱着龙夫的颈子，在他耳边低喃。

非告诉我不可的事？心中虽然有不祥的预感，但龙夫还是条件反射性地点点头。

叶子有些支吾地说道："不久……我就得嫁人了。"

"什么？"龙夫错愕地惊呼。叶子的意思慢慢渗进脑中，眼前一片雪白，与接获红纸时不相上下的冲击窜过四肢百骸。龙夫从喉咙中挤出毫不像自己的声音："跟……跟谁结婚？为什么？"他气若游丝又尖细地问。

叶子松开手，凝视着河面。

"我爸认识的贸易公司的董事长的儿子，听说是华族①世家。虽说是华族出身，但不过是不会做生意、为钱所苦的贫穷华族。他从东京逃来这里，现在在我们家吃闲饭。"

明明是自己的未婚夫，叶子却像在说别人家的事。

"你喜欢……那个人吗？"龙夫的声音还是一样尖锐。

"怎么可能喜欢那种像扁青蛙般的男人，靠近他就让我全身起鸡皮疙瘩。"

叶子捡起脚边的小石头，朝河面水平掷出。石头在水面上弹跳了几下。

"既然如此，为什么还要和那种男人……"

"父亲决定的。对方想要父亲的财产，白手起家的父亲则想要有个华族亲戚。实在荒谬。日本一旦战败，华族就会一文不值。"

龙夫不知道该说什么。叶子为什么要把这件事告诉自己呢？

"龙夫，"叶子的嘴唇凑近龙夫的耳边，呢喃的口吻蕴含着强大的决心，"要不要和我远走高飞？"叶子的气息撩拨着他。

---

① 日本于明治维新后至《日本国宪法》颁布前（1869—1947）的贵族阶层。

"……咦？什么？你说什么……"龙夫的舌头不听使唤。他一定听错了。这一定是收到红纸以及叶子要嫁人一事，让自己陷入混乱而产生的幻听。龙夫打算说服自己。

然而，叶子仿佛要阻止他的逃避，斩钉截铁地继续道："我们一起逃走，逃到没人认识我们的地方，两人一起生活。忘了红纸的事，忘了我要结婚的事。"

"这……这种事怎么可能办得到……"龙夫的表情僵硬。从为国奋战的使命中逃开——怎么做得出来这么可怕的事。

"为什么不可能？"

叶子绕到龙夫的正面，注视着他的双眼。龙夫一下答不上。

"你又没家人，逃避兵役也不会给任何人带来麻烦，不是吗？"

叶子的话刺伤了龙夫，他血色尽失。自己的确没家人，母亲在他懂事前就过世了，父亲也在几个月前的工厂意外中丧命。目前收留他的叔父一家人，对于家里平白多出一人吃饭的事表现出赤裸裸的不满。当他收到红纸时，叔父压抑不住满脸的笑容。自己没有家人了——这是龙夫胸口下永远的痛。

父亲死后，他花费数月才让伤口结痂，如今又被狠狠撕裂，血肉模糊。就算对方是朝思暮想的女子，他也无法听听就算。正想开口反驳时，叶子将自己的额头贴在龙夫的额上，发出"咚"一声小小闷响。

叶子呢喃道："我愿意成为你的家人。"

一瞬间，怒气在龙夫的心中烟消云散。

"我愿成为你的家人，永远在你的身边。所以请保护我……不是保护这个国家。"

"叶子姐……"

思绪捆成一团结，他找不到话。

叶子退开后起身，脸上浮现向日葵般明灿的笑容。

"还有很多准备工作，明天午夜十二点在这里碰头。不管你来不来，我都要离开这里。不过，如果可以，两个人总好过一个人……我会等你的。"

叶子轻盈地翻过身子，爬上河堤。龙夫无言地目送她的背影。

叶子消失后十几分钟，龙夫还坐在河堤，盯着水面烦恼。

叶子是认真的吗？自己又该怎么做？

背后传来脚步声，龙夫以为叶子又回来了，他连忙回头。然而，眼前是素昧平生的男人。年纪约四十出头，天气明明不怎么热，一脸横肉的脸庞却泛着油汗，上好的西装也圈不住凸出下垂的肚腹。男人后方停着一辆黑头车，虎背熊腰的壮汉坐在驾驶座上。

才看一眼，龙夫就没来由地讨厌起这个男人。不只是他丑陋的外表，还有明明望着自己，却像在看路边石头的眼神。

"你们说了些什么？"男人抖着双下巴，没好气地问他。

"什么？"

这是什么意思？

"我问你和叶子说了些什么。"

丑陋的男人直呼叶子名讳，龙夫下意识地握紧拳头。

"你是谁？不关你的事吧？"

"当然有关。叶子是我的妻子。"

男人脸上浮出露骨的优越感。龙夫意识到男人的身份，他就是叶子的未婚夫。

"不准你再接近叶子。你和我们是不同世界的人。"

男人的措辞十分狂妄自大，刺激起龙夫的自尊心。他产生强烈的反击意识。

"谁要你来多管闲事！我是……"

"南龙夫。你是叶子的青梅竹马吧！"

龙夫被指名道姓，一时无言。

"调查妻子的交友状况有什么不对？我还知道叶子自从回到这里，每天都会和你见面。不过，你也别太得意忘形，那女人是我的。"

男人眼里闪烁着赤裸的欲望。龙夫对男人的厌恶，进一步化成想吐的冲动。

"叶子姐才不是你的妻子！"

"那女人很快就要嫁给我了。你就想着那女人被我抱在怀里，而你却只能滚一边凉快去吧。"

龙夫怒气高涨，愤怒将眼前染成一片血红。他抡起拳头挥向男人的脸。快触及时，旁边猛然伸出一只手抓住龙夫的手腕。往旁边一看，黑头车的司机不知何时站在他们身边，朝他伸出如树干般粗壮的手臂，接着，对方猝不及防地抬起穿皮鞋的脚，踹在龙夫的肚子上。几乎要被踢出洞来的强烈冲击流窜全身，他的嘴里涌出黄色的胃酸。

叶子的未婚夫抖着双下巴，乐不可支地俯瞰趴倒在地的龙夫。龙夫从牙关咬紧的齿缝间挤出一句话："你不过是个穷华族。"

原本还在哈哈大笑的男人脸色大变，噘起嘴唇，露出牙龈，朝司机使一个眼色。司机面无表情地点头，再度踢龙夫几脚。龙夫蜷缩着身体，忍受对方的暴力相向。叶子的未婚夫朝他吐一口口水，龙夫痛到动弹不得，只能任由口水吐在自己脸上。

"叶子无法从我身边逃走。你真的为叶子着想，就不要轻举妄动。嫁给我才是那家伙最幸福的归宿，和你这种穷小子私奔不会有什么好下场。"

气得印堂发黑的男人撂下狠话，又吐一口口水。

这人发现他们私奔的计划了吗？龙夫有气无力地抬起头。

"走。"男人催促司机走人，晃动着一身肥肉，爬上河堤。

载着两人的车子排出废气，恶臭掠过龙夫的鼻尖。

该怎么做才好？月明星稀的夜路上，龙夫心中不停自问自答。

与叶子约定的时间就快要到了。

一整天，他都在想这个问题。该和叶子逃走吗？还是上战场呢？答案每隔几分钟就变一次，根本得不到结论。入伍的话，明天下午就得出发。眼看吃闲饭的人就要滚了，叔父表现出前所未见的愉悦，一再说："为了国家，你就全力以赴。"

全力以赴什么呢？叔父的弦外之音再清楚不过。

全力以赴地去死吧！

今天，龙夫再三地认识到，自己是不必要的存在。如今在这个世上，只有一人还愿意把自己当成重要之人，对叶子的感情不断在胸中滋长。然而，正因如此，龙夫才感到迷惘。他不确定对叶子而言，跟自己逃走是不是幸福的选择。

心头怀着几乎要让头痛起来的迷惘，龙夫来到河堤下。翻过河堤就是约定之处了。龙夫爬上河堤，脚步自然地加快。

爬上河堤的瞬间，龙夫情不自禁地呼唤："叶子姐！"

夜风吹散他的声音。河边没半个人影。他呆立在原地。

"哈、哈哈哈……"他发出干涩的笑声。他心想，有什么好奇怪的？我到底在期待什么？她只是拿我寻开心。龙夫干涩地笑着，双手捂住脸，指甲划破太阳穴的皮肤，渗出血来。

明天还是老老实实地当兵去吧。

遂了叔父的心愿，为这国家死在战场上吧！

"你为什么这样笑呢？"

声音从背后传来，龙夫倒抽一口凉气，慢吞吞地回头。

"对不起，我迟到了。"

叶子穿着洋装，双手提着一个大手提包。她娉娉婷婷地站在正后方，幽蓝的月光洒在她含羞带怯的脸庞上。龙夫还没来得及开口，就用尽全身力气抱紧叶子纤细的身体。

"怎么了呢？"

龙夫迟迟未能开口，深怕一开口就会尖叫。他不再迷惘了，无论如何都要保护怀里深爱的女人。龙夫咬紧牙关，在心里起誓。

花了几分钟平静狂乱的情绪，龙夫慢慢放开叶子。

"你真的来了……"

"这是当然的，当初也是我先提这件事的。"叶子堆满笑容。

"……这身衣服很适合你。"

"是吧，平常的和服不方便活动。"

"你竟然出得来，没被叔叔和那个华族发现吗？"

"费了我好大一番力气。那个男人好像察觉到我打算逃，白天一直监视我，甚至还趁我不在的时候，偷偷溜进我的房间里，真是太恶心了。所以我只好等到夜幕低垂，才从窗户爬到树上逃出来的。"叶子夸张地耸了耸肩。

"会爬树果然很重要呢。"

两人不约而同地笑了。好一会儿，不安逐渐涌上龙夫的心头。

"跟我这种人在一起真的好吗？我既没有钱，又丢下红纸逃亡……"

叶子用食指抵住龙夫的嘴，打断他要说的话。

"我有个东西想给你看。"

叶子从看来颇沉重的皮包里拿出束口袋。那是昨天装糖果的袋子。她从中拿出昨天见过的圆形糖果。糖果有什么好看的？龙夫不可思议地盯着砂糖制的固体，突然，叶子倒抽一口气，糖果从手中滑落。

"抱歉，请你在这里等一下，我马上回来。"

"咦？怎么了吗？"

"我马上回来，请你在这里等一下。"

叶子没有回答龙夫，重复着"请你在这里等一下"便转过身，冲下河堤。

"嗯……"龙夫一下子反应不过来，只能呆呆地目送叶子的背影。

发生什么事了？叶子要去哪里？

龙夫站在河堤上，宛如稻草人般动弹不得。

下一瞬间，震耳欲聋的引擎声让龙夫回过神，一辆巨大的车子冲上河堤，在龙夫身边紧急刹车。接着，副驾驶座的车门猛然打开，一名如扁青蛙的男人从车上跳下。他是叶子的未婚夫。

"叶子在哪里？"

男人一把抓住龙夫胸前的衣襟，喷着大量的唾液咆哮着。

龙夫不晓得怎么回答，当场呆立不动。

"混账！那个女人上哪儿去了？你把她藏到哪里去了？"男人目露凶光，他的视线捕捉到龙夫脚边的皮包。刹那，丑恶的笑容在他满是焦躁的脸上散开。"你被抛弃啦？"

"什么？"龙夫不明白男人在说什么，呆怔地回应。

"那个皮包是叶子的吧？那个女人选择了我。她终于了解和你这种人逃走没有未来可言，现在肯定回到家，反省自己做的蠢事了。"

"不可能！叶子姐才不会这么做！"

龙夫大喊，为了扫除自己心里涌出的怀疑。

"不然叶子把你一个人留在这种地方上哪儿去了？"

"这……"

"你就一直在这里等下去好了。我得回家好好整治一下叶子。"

"……那可不是你的家。"

"很快就是我的了。不管是那个家，还是叶子。"

男人从不知是否因喝太多酒而变成红色的鼻子里冷哼一声，无视龙夫微不足道的抵抗，大摇大摆地坐进车里。车子发出刺耳的引擎声，扬长而去。四周剩下一片寂静。冰冷的夜风逐渐夺走内心的热度。

叶子抛弃自己了吗？话说回来，叶子真的来过这里吗？他不禁怀疑刚才的叶子只是自己的妄想。

龙夫把视线往下移，叶子的皮包还在脚边，证明一切不是幻觉。冷不防，惊天动地的警铃声敲打在满心激愤的龙夫耳膜上，心脏和耳膜同时陷入颤抖。对于居住在这个国家的人来说，那是最忌讳的声音。

空袭警报。

龙夫抬起头来看着天空，巨大的黑影从发出柔和光芒的月前切过。

"B-29[①]……"干渴如荒漠的口中发出呻吟。

小小的球状阴影从宛如翼龙般巨大的黑影中落下，几秒后便响起撼动五脏六腑的爆炸声，远处随即陷入火海。小镇并没有军事设施，至今未曾受到空袭。一定是敌军在攻击完都市的回程中，随便把剩余的炸弹往看到的镇上扔，轰炸机一架架地划破天际，警报就像发了疯似的响个不停。

"叶子姐！"

龙夫冲下河堤。

叶子家就在山丘上，那里很容易成为攻击的目标。要是被那个男人说中了，要是叶子已经回到家的话就太危险了。

可能被叶子抛弃的想法消失得无影无踪。

龙夫奋力地拔足狂奔。

烧夷弹引起森林大火，龙夫不顾一切地冲上笼罩在熊熊烈焰里的山丘。差点儿就到叶子家了，辐射热烧灼着肌肤，四面八方的浓烟令他不能呼吸，每吸进一口气，火热的空气便如在燃烧着肺。尽管如此，龙夫还是不肯放慢脚步。

叶子是否平安无事？心上人的情影占满脑海，连痛苦都感觉不到。大门终于映入被火焰染成赤红的视线内。叶子未婚夫的车就停在门边。

再坚持一下。龙夫奋力跑了将近二十分钟，双腿仿佛发出悲鸣。他远远地看见昨天百般蹂躏自己的壮汉还坐在车里，不禁低咒一声。他不

---

① 美国波音公司设计生产的四发动机重型螺旋桨战略轰炸机。该机型是美国在第二次世界大战中用来轰炸日本的主力。

认为那男人会轻易放自己进屋。

该怎么办才好呢？龙夫思考的瞬间，车子突然变成一团火球，飞到半空中。龙夫呆若木鸡地望着毫无真实感的画面。也许是炸弹突然在旁边爆炸，车身瞬间被烈焰吞噬，只听汽车发出轰然巨响，重重地摔落在地面上。

龙夫脚步虚浮地靠近门口，看了一眼兀自熊熊燃烧的车子。车里坐着一道烧得焦黑的人影，让人无法想象这宛如泥娃娃的物体在几十秒前还活生生的。烧焦的恶臭冲进鼻里，龙夫敌不过强烈的反胃感，当场呕吐起来。

这里是战场……得赶快把叶子从地狱拯救出来。

龙夫拖着几乎丧失知觉的脚，跨过被爆炸的气流吹开的门。原本种植着各色花卉的庭院，如今只剩下火花恣意绽放。隔着火光，洋房的轮廓如轻烟般摇曳。建筑似乎没受到直击，但遍布着严重的伤痕。

推开叶子家的大门，龙夫不由得目瞪口呆。因为叶子正从门里走出来，旁边跟着她的未婚夫。叶子的手腕被抓住，她拼命挣扎。这时，龙夫耳边响起令人胆战心惊的声响，那是强力的引擎声和掺杂在其中的风声。龙夫转向声音的方向，一架轰炸机正从遥远的空中丢下一颗炸弹。

那正下方是……

"不要啊啊啊！"

龙夫发出有生以来最大的嘶吼，但并没有传进正在拉扯的两人耳里。

下一瞬间，叶子和她的未婚夫受到爆炸的风压和烈焰的袭击，如枯叶般被吹起。

"啊啊啊！"恐怖的哀号几乎震碎耳膜，龙夫甚至没有发觉那声音是自己的。他拔足狂奔，丝毫不顾熊熊燃烧的火焰堵住道路，笔直冲向叶子。被大火吞噬的惨叫不断，但龙夫充耳不闻。

"叶子姐！"龙夫抱起叶子的身体。

"……龙夫？"叶子微微张开双眼。

"啊……"龙夫泣不成声。

叶子右肩至腹部被烈焰的獠牙侵蚀。龙夫不禁移开视线。

"……龙夫。"

叶子笑着。笑容脆弱得仿佛一碰就碎。

"不要说话！你不会有事的，你一定没事的。"

叶子的生命随时都会消散，但龙夫也只能这么说。

"对不起……真的很抱歉。"

叶子还完好无缺的左手轻抚龙夫的脸，眼里流出泪水。

听见叶子的道歉，龙夫恍然大悟。自己还是被抛弃了。叶子最后一刻选择了未婚夫。不过已经一点儿都不重要了，叶子别死就好。叶子的手伸向掉在身边的束口袋，袋子已经烧得看不出原形。她拿出里面的东西，塞进龙夫的手里。

龙夫摊开掌心，掌心躺着一块鹌鹑蛋大小的焦炭。

烧焦的糖果？这有什么意义？

"我只有这个可以给你了……请收下。"叶子的声音细如蚊鸣。

烧焦的糖果有什么用？

龙夫随手塞进口袋里，他欲言又止，满心自责。

为什么要让叶子离开？为什么自己没保护好叶子？

叶子的嘴巴微微动一下，可惜无法组织出完整的句子。生命这种毫无形体的存在正从倒在龙夫怀里的叶子体内渐渐消散。

龙夫抱紧叶子，她的身体正逐渐变冷，他悲痛地仰天悲鸣，久久无法停止……

火蔓延到主屋、庭院，甚至森林，但终于熄灭。太阳升至天空时，镇上的人来到这里，将叶子的遗体和龙夫分开。他已经无力抵抗。为了治疗他的烧伤，救援人员将他送到镇上。搜索后，大家发现叶子的父母和下人都死在森林的防空洞中。

龙夫躺在担架上被运回镇上时，他望着晴朗得不见云的天空，取出那块小小的焦炭，以为流干的眼泪再度模糊视线。他想丢掉焦炭，却狠不下心。那是他和叶子最后的回忆，也是叶子不知为何，最后一刻留给自己的东西，他无法丢弃。

龙夫在家养伤期间，叶子的预言成真，日本成了战败国。他看到叔父听完玉音放送①哭倒在地的身影，困惑于自己的无感。

战后又过了一段时间，龙夫当上了警察。年过二十五岁，上司一再劝他相亲，但龙夫未答应。他认为记挂着一个女人的他不应该结婚。到了三十五岁，没人再劝他相亲。

他一生不算出人头地，也许其他人也不愿和他结婚。龙夫的警官生涯一直持续到退休，之后靠着年金，节衣缩食地过日子。一个人的生活着实无趣，他认为自己只是义务地活着。或许因此，当医生告诉他罹患肝癌，已是晚期时，比起绝望，他更多的竟是松一口气。

龙夫拒绝延长生命的治疗，医生便建议他住进临终关怀医院。龙夫原想请医生送自己最后一程，但他在医院名单中，发现了由叶子家的洋房改建成的医院，决定在那儿咽下最后一口气。

他认为这是自己的命运，在无法保护叶子之处，满怀后悔地抑郁而终。

龙夫住进一低头就能看见庭院的病房，度过每天凝视着叶子逝去的庭院以及战后六十八年不曾让黑炭离身的日子。

同时，等待生命走到尽头。

4

南交代完过去，茫然的目光慢慢恢复生气。我睁开眼，从床边窥探

---

① 日本昭和天皇在第二次世界大战末期签署表示接受美、英、中、俄四国在波茨坦会议上发表的《波茨坦公告》，同意无条件投降的诏书。由天皇亲自宣读并录音，通过日本放送协会正式对外广播。

南。南吐出憋在胸腔的空气，无精打采地低着头。阳光从窗外洒落，照在他的脸上，刻画出无比疲惫的神情。

我的能力应该不会削弱人类体力，不过他应是回想起心灵的创伤，精神受到了冲击，我总觉得南体内的腐臭更明显了。

"可以让我……一个人静静吗？"南有气无力地说。

这里只有我和南，这句话大概是对我说的。没办法了，如果房间的主人希望我出去，我也只能听话，而且我需要冷静地想想。我起身后一步步走向门口，爪子伸进门缝，拨开一道小口。这门真麻烦，好难开，完全没考虑到人类以外的动物，下方也该装上门把，让狗轻易打开才对。

我来到走廊，藏身在盆栽后，又回头看后方的门一眼。话说回来，我这只狗简直像听懂人话似的随即离房，他会不会觉得很不可思议啊……算了，我两三下做出结论，既然他稀松平常地跟狗讲话，应该不会觉得狗听得懂人话有什么好不可思议。我还有更重要的事要思考。

该怎么做才能解救南的魂魄呢？

我绞尽脑汁，算准时机后从盆栽后冲出，奔往下楼的楼梯。这次也很顺利地没被护士发现。我一口气冲到一楼的走廊，钻进半开的门，走进交谊厅。然后在窗边名为沙发的西式长椅上缩成一团。午后的阳光从窗外洒进，身体暖烘烘的。柴火在暖炉里爆裂的声响听起来非常舒服，我闭目养神。

别误会，我可不是要睡觉！聪明如我，在观察南的"依恋"时察觉到许多不对劲的地方。顺利的话，或许找得出拯救南的线索。

我闭上眼，任由思绪驰骋。

时间差不多了。我下垂的大耳朵机警地动了一下，我望向窗。圆月高挂天空，再过一会儿又是新的一天。窥探完南的记忆，除了晚饭时间，我都窝在交谊厅的长椅上，途中饱受中年护士的讽刺："真羡慕你这么轻松。"但我绝不是轻松地睡大头觉，我一直在思考南的回忆中不对劲的地方。

动用我聪明的脑袋瓜想了半天，我得到一个结论，或许可将南从"依恋"的桎梏中解救出来。

我跳下长椅，穿过走廊并爬到楼上。因为白天的经验，我这次没那么紧张。

眼前的护理站里只有一名中年护士，她看着桌面，好像正在写东西。我迅速上楼，顺着走廊来到南的病房，接着比照白天的做法，爪子伸进门缝将门打开，潜入其中。眼前是伸手不见五指的黑暗，幸好狗本来就是夜行性动物，我借由狗的视力，辅以月光，将房间一览无余。我走近南的病床。

骨瘦如柴的南躺在床上，像是一具尸体。睡梦中，南发出"唔"的细响。他做了什么梦呢？正好，让我在梦中登场，见识一下他的梦境吧！

我在地板上缩成一团地冥想着，静静地让精神配合南的灵魂波长，融入南的意识。

5

我一回神便站在黄昏的河堤。这是南和叶子相会的地点。定睛一看，南坐在我身边。不过，南并非十几岁的青年，他是因为黄疸而脸色蜡黄、行将就木的老人。

"你在做什么？"我靠近南后出声。

这是梦中世界，精神的世界，不具实体、高高在上的我闯进这个世界，要变成什么、使出什么力量都没关系。我还保持狗的模样，因为这是我最熟悉的样子，也不会吓到南。我在南的身旁坐下。

"……狗为什么会讲话？"南目不转睛地盯着我。

"这是梦中的世界。狗不管是讲话，还是在天上飞，都不足为奇。"
我缩起肩胛骨，试着模仿人类耸肩。

"哦……这样啊……原来是做梦啊？那就没办法了。"

与其说南比我预期的更容易理解我的话，不如说他对我没兴趣。

"请你回答几个问题。你孤零零地在这种地方做什么？"

"没什么……"南无精打采地回答。

"是这样的吗？你不是在这里等你的心上人吗？"

"……谁也不会来。"

"说得也是，谁也不会来……因为你压根就不想见任何人。"

南沉默地低着头。

"问题是，你很想见对方吧？你很想见某个人不是吗？"

"她应该……不想见我。"

"为什么这么想？"

"因为她选择了未婚夫，不是我。而且……我没有保护好叶子，还让她死在我手上。"南痛彻心扉地说道，犹如吐出灵魂的残渣。

"你确实没能保护那个女人，但……"

我转到正面凑近南，窥视他茫然的眼神，然后慢条斯理地开口："那个女人真的抛弃你了吗？"

"闭嘴！你根本什么都不知道，才在这里胡说八道……"

我继续凑近他——我的鼻子几乎要碰到他——并且打断南的话头："我什么都知道。跟脑筋不好的你不一样，我什么都知道。"

"你说什么……"被我的魄力压制住，南一时无语。

"你的心上人把你留在这里，一个人回家去了，这是为什么？"

"为什么？当然是……抛弃我了，选择未婚夫。"

"你的意思是，明明是她自己提出要和你私奔的，却在与你见面后，突然改变心意，回到那个她避如蛇蝎的未婚夫身边？"我连珠炮似的说道。

南张口欲言，但一句话也说不出。

"那个女人在最后关头突然害怕和你私奔后的未来？比起跟一穷二

白，而且还是从战场上逃走的窝囊废过一辈子，她选择委身下嫁身心都丑陋到极致的男人，换取锦衣玉食的未来吗？原来如此，那还真是聪明的抉择。你的心上人一定是个认为金钱就是一切，卑鄙下流的女人！"我挑衅他。

"她才不是那样的女人！"南挟着凶狠的气势反驳。

我装模作样地大叹一口气。

"你既然这么肯定，为什么不相信她？为什么像个被抛弃的小孩子闹别扭，在这种地方顾影自怜？"

我淡淡地丢出一个一个的问题。南像挨了子弹似的发抖，有气无力地低头。

"……她的确丢下我回家了。"

"所以你就一口咬定她背叛你了？难道没想过其他理由吗？"

"她想和那个男人在一起！最后才会对我说……说'对不起'。"南痛不欲生地从齿缝挤出话语。

"你冷静一点儿，稍微动一下脑筋。"

"动脑筋？"

"没错。你根本无法冷静判断。冷静下来，不要被情绪蒙蔽双眼。"

"事到如今，根本无法改变什么了……"

"住口！"我对激动的南大喝，"闭上嘴，慢慢回想。"

"……回想？"南浮出困惑的表情。

"回想你和那个女人分开的时候。女人丢下你回家前，发生过什么事？"

我从斜下方瞪着南。不能由我告诉他一切，南必须自己找到答案并接受那个答案，才能免于变成地缚灵的下场。我认为，重要的并不是真相，而是找出南可以接受的故事，这才能切断他的"依恋"。高贵如我，对渺小的人类经历过什么毫无兴趣。

"叶子姐回去之前？"

"没错。那个女人有什么不寻常的举动吗？"

"我记得……好像有什么东西掉了……对了，糖果。糖果掉了。"

"然后？"我催促他回想。

"糖果掉了，她脸色大变，就抛下我回家了……"

"她为什么看到糖果就走？"

"可能是……想到和我逃走以后，再也吃不到这么奢侈的东西了……"

"汪！"我用叫声让吞吞吐吐的南闭嘴。比起人类的语言，这种方式来得更有魄力。果不其然，南往后退，乖乖闭上嘴巴。

"我不是叫你动脑吗？试着想想其他的可能。真是的，身为人类，被狗逼着动脑不觉得丢脸吗？"

不过，我不是普通的狗。

"……对了，她看到糖果……大惊失色……"南凝视着半空，喃喃低语。

没错，就是这样。为什么看到糖果会大惊失色？

"该不会……她认为束口袋里的不应该是糖果吧？"

正确答案。我浮出近似人类的微笑——这只有在梦中才做得到——然后站起来。

"走吧！"

"走？走去哪里？"南的额间挤出皱纹。

"还用得着问？当然是去洋房啊！你住院之处，同时也是失去心上人之处。"

南土黄色的脸部肌肉如痉挛似的抽动一下。

"干吗？还不赶快站起来！"

南拼命摇头，像个耍脾气的小孩儿。

"你打算一直待在这里吗？"我再度站在南的前方，"你打算一直逃避？"

"……不用你管。"

南逃命似的移开视线。但我追逐着南，窥察他低头不语的表情。

"你就快要死了。"

南的喉头发出被食物堵住似的声响。

"你剩下的时间不多了。你活这么久，却甘愿到最后还被这事绑住，并且就这样消失吗？这就是你的人生吗？"

南无言以对，拼命避开我。然而他每次转头，我都可以用现实生活中不可能出现的速度移动到他的前方。再也没有比梦境更容易发挥死神威力的地方了。

"你只不过是把自己人生中不想承担的责任转嫁到那个死掉的女人身上吧！在你真正意识到死亡以前，你根本早就忘了那个女人不是吗？"

我挤出一丝冷笑地挑衅他。

"不对，我是真的深爱着她！她是我的全部！"南转身面向我大叫。

"既然如此，你更要知道心爱的女人在临终前发生了什么事，不是吗？"

南的表情扭曲。只差一步了。

"走吧！为了知道那天到底发生了什么，为了解开你的心结。"

我用下巴指挥。南踌躇再三，最后慢慢点头。

背后的喘息上气不接下气。

太慢了。我居高临下，不耐烦地俯视着跑在上坡路上的南。

话说回来，他年事已高，又处于癌症晚期，上坡本来就不容易。然而，这里不是现实世界，是南的梦。只要南愿意，无论像年轻人般健步如飞，还是翱翔天空，或瞬间移动到洋房都不难。他却走一步退两步似的龟速前进，恐怕他潜意识中并不想靠近吧。太窝囊了。

嗯，放着不管的话，他也许一辈子都无法抵达。倘若我们和那栋洋房的距离受到南的潜意识控制，这个可能性还不小……真没办法，就从这里聊聊吧！我缓下几步到南的身边以配合他的步伐。

"好远啊！"我对南说。

"对，很远。"南气喘如牛地附和。

还不是你害的。

"好像还要很久才走得到。我们干脆聊聊天好了。"

"聊天？"

"没错，天南地北乱聊，刚好用来打发时间。"

南爬满皱纹的脸更皱了，他的脸上浮出困惑。我不想管他，自顾自地说起来。期待狗看懂人类的表情，这个人才奇怪呢。

"你的心上人是个怎样的女人？"

"她……非常漂亮。"

"我不是问外表，是问她的性格。"外表不过是皮肤的凹凸线条罢了。

"她……非常聪明。和年纪比我大无关，她比我有本事多了。"

"原来如此，那种女人居然愿意舍弃美好的未来，和你私奔？"

"她一时鬼迷心窍而已。所以一到紧要关头，她就清醒回家……"

"够了，你有完没完。不要老以为自己是悲剧男主角。我觉得，"我停顿一拍才继续说，"她深爱着你。"

"深爱着我？"南停下脚步，茫然低喃。

"这不是废话吗？她宁愿抛弃一切，也要和你在一起。如果不爱你，她为何离家？"

"……她讨厌她的未婚夫。"南丧气地喃喃自语。

"才不是。如果只是讨厌他，她用不着选择在当时就和你走。那时国家最为动荡，根本无处可去，哪里才安全？如果想躲起来，到海外再躲起来也不迟。然而她却选择国家马上就可能战败，未婚夫就在旁边，逃走随时可能被找到的时机。她有必要这么着急吗？"

南的眼睛眨了眨，然后瞪大。虽说是在梦里，但他表情变化也太丰富了。

"该不会……因为我……"

"没错，她是为了救你。"

我帮他把卡在嘴边的话说完。

她不是为了自己，而是为了即将上战场的心上人才决定要逃。

"如果只是叫你别走，无法说服准备要为国捐躯的你。所以她先让你接受国家不会赢的事实，再求你带她逃离未婚夫的魔掌，一切都是让你有冠冕堂皇的理由逃走。她的确聪明。"

"可是……她最后还是丢下我。"

"那个女人为了拯救接到红纸的你，冷静计算了所有状况，下定决心抛弃一切，你认为她会临阵脱逃？"

"那她为什么回家……"

"已经离开家门，又匆忙折回，你觉得是为什么？"

我故弄玄虚地让南沉思几秒，他小心翼翼地看着我的脸色回答："……忘了带东西？"南没什么自信。

正确答案。我提起一边嘴角。南见我露出现实中狗绝不会出现的表情，微皱眉头。他好不容易说出正确答案，又开始怀疑自己。

"可是，什么东西重要到非回去拿……"

"我们现在就是要确认这件事。话说回来，差不多到了吧？那天空袭的地点。"

我看向河水，远远传来模糊的警报声。笼罩在月色下的夜路一时被染成红色，道路两旁树叶茂密，但全染上火焰的色彩，宛如枫叶。那是南目睹过的光景。南终于决定面对已经逃避了一辈子的过去。

"叶子姐……"南轻声呼唤，他如野兽般在火海中狂奔，迅速得完全不像大限将至的老人。

啊！等一下。我连忙追上南的背影。刚才明明还一副上气不接下气的德行，哪有突然跑那么快的？就算是在梦里，至少也该有最起码的统一性吧！

我冲到山丘上，熟悉的庭院和洋房映入眼帘。但庭院被烈焰包围，洋房到处是被破坏的痕迹。南在离大门几步之处，全身颤抖。都到这里了，还是害怕起来。

"你不进去吗？"我在一旁提醒，但南一动也不动地凝视着屋子。这个男人在害怕什么？再次目睹心上人的死吗，还是害怕女人最后抛弃自己的可能性呢？

人类这种生物真够麻烦。

"明明应该到防空洞避难，她却在警报声中回到这里，到底什么东西如此要紧？"

我自问自答时，背后传来一阵脚步声。回头一看，一名年轻女人不安地仰望着天空，沿着坡道快步走来。我认得女人的脸，她就是南的意中人，桧山叶子。

南应该没看过这幅景象。或许是我的话激发了南的想象力，投映出叶子回家的身影。

"啊……"南的手伸向叶子，但径直穿过她的身影。南一下子失去平衡，茫然地目送叶子走远。她旋即消失在屋中。

"你还在这里发什么呆？想一想，她为了什么特地跑回家拿？"

"知道这种事又能怎么样！"南抱头怒吼。

"你应该要知道。生命走到终点前，你应该要知道心爱的女人为什么死。"

"她……叶子姐回来拿什么东西这么重要吗？"

"没错，很重要。非常重要。你想想，仔细想一想。"

我锲而不舍地说服他冷静下来，只见南一脸苦恼地瞪着洋房。

"她看到糖果时非常惊讶……该不会认为原本应该是别的东西吧？"

很好，请保持下去。我用视线催促他继续说。

"叶子姐拿错了吗？不对，既然重要到必须折回去拿，她不可能弄错。这么说来……"南一字一句缓缓说道，顿时恍然大悟地抬起头，"那个男的！"

南放声大喊之际，一辆黑头车停在我们旁边，一个脑满肠肥、目露凶光的男人从车子里走出来。他是叶子的未婚夫。

"休想从我身边逃跑！"男人伸出爬虫类般的舌头，晃着一身赘肉，走向那栋洋房。

"那个男人换掉的。他不让她逃走。所以那个男人才那么胸有成竹。"他终于开窍，不断述说他的猜测。

"可是，究竟什么东西那么重要……"

人类这种生物的智慧真是没救了，答案已经呼之欲出，还不明白吗？算了，我太聪明，一下就解开了谜团。没办法，接下来由我来揭晓答案。南自己想了这么多，应该能够坦然接受这些，切断"依恋"的枷锁了。

"要和你一起逃走，你认为最重要的是什么？"

"……最重要的？"南咬着下唇，陷入沉思。

若继续等待他，我可能会等到"爱情"或其他偏离核心、令人脸红的答案，所以我直接公布谜底："是钱啦！"人类创造出来的便利，也是罪孽深重的存在之一。这是低俗人类的群体追求，既甜美又危险的果实。叶子在人类眼中的确聪明。正因如此，她应该很清楚，两人私奔以后，他们必须依赖钱来生存。而叶子是有钱人家的女儿，当然拿得出钱来。

"钱……"答案这么意外吗？南的嘴巴久久闭不起来。

"就是钱。那个女人知道，要在动荡不安的国家活下去，钱最重要。然而，她的未婚夫发现你们的私奔计划后，偷偷换掉了钱……怎么了？"

滔滔不绝的我抬起头，望着烈焰染红的天空。空中盘旋着好几只巨大的钢铁猛禽。南的表情因恐惧而扭曲。猛禽似乎会下蛋，腹部吐出椭圆形铁块。啊……我经常看到这种场景。战时是我工作最忙碌的时代。巨大的铁块一再地将城市变成火海。我望着受到地心引力牵引而下坠的铁块，一股怀念油然而生。

屋子的门被推开，一对拉拉扯扯的男女从中走出。下一瞬间，钢铁的蛋在二人身边孵化，烈焰张开翅膀，飞向他们，将他们轰向半空。

"呜哇哇哇！"

南如野兽般悲鸣。

耳边传来飞奔而至的脚步声。我回头一看，青年时代的南狂奔，脸色火红。青年时代的南和垂垂老矣的南重叠，融为一体，两人变成一人。他冲向洋房，而我紧跟在后。

南记忆中的画面重现。他冲到叶子身边，抱起右肩到腹部都被烈焰吞噬的身体。唯一不同之处，是南不再是稚气未脱的青年，而是皮肤因为黄疸而变色，行将就木的老人。

"对不起……真的很抱歉。"叶子还完好无缺的左手轻抚南的脸颊，她伸向掉在身边的束口袋，拿出一块小小的黑炭，塞进他的手里。"我能给你的，就只有这个了……"叶子言尽于此，剧烈地咳起来。生命之火逐渐从她的体内熄灭。

"谁稀罕这种东西！"南做出跟记忆不同的反应。他挥开叶子的手，用力地抱紧她，浑身颤抖地痛哭。那块黑炭在地上滚了几圈。

"你在做什么？"我质问哭到不能自已的南。

"……不用你管。"

"你应该也很清楚！这不是现实，只是你的记忆创造出来的梦境。这个女人并不是现在才过世，你无须哀伤啊。"

"闭嘴！叫你不用管我了，你没听到吗？"

听到啦！这个男人为什么哭喊成这样？他明明知道这是一场梦。果然我这么高贵的存在，无法理解人类在想什么。要等南平静下来，不晓得等到何时。我咬住掉在地上的炭块："给你，这是你的。"我甩着头，把炭块放在南的脚边。可是他连看也不看。

"你在干吗？还不拿起来？"

"这种垃圾要来做什么？扔了就好。"

"才不是垃圾！"

南似乎打算抱着那具遗体到地老天荒，我的忍耐逐渐接近极限。好不容易终于等到南慢吞吞地转向我。

"这才不是垃圾。"我重复着。

"就是垃圾。烧焦的糖果不是垃圾还是什么？"南充满血丝的眼睛怒视着我。

"你依旧认为这是糖果？"

"装在那个袋子里的除了糖果还会是什么？"南继续瞪我。

"她冒着空袭的危险回家，可见这不是糖果，是她本来要带走的重要物品。"

我尽可能冷静且有条有理地说明，南无言以对。

"那你说这是什么？重要到值得她拼了性命也要拿？"南拿起那样物品握紧。

"那个女人认为这很重要。"

"你说她认为钱最重要，但这玩意儿又不是钱。你想太多了，她的确抛弃我了。"

南哭着瞪我。我没逃避他，坦然接受他的注视。

"你想想，她的父亲察觉到国家将输。他如此有先见之明，会不明白钞票在战后将变成废纸的道理吗？"

南的视线在空中游移，然后瞠目结舌地瞪着手中物。

"而且如果逃往海外……钞票又重又占空间……"

就是这样，差最后一步了，请自己找出答案。

"她的父亲将财产换成便于携带的物品，那一定是……黄金白银。"南喃喃自语地将视线落在炭块上。

我满意地点点头："再告诉你一件事，宝石中有一种叫作'钻石'的玩意儿，原本就由碳元素组成，不耐高温，火烧后可能变回炭块。"

南盯着炭块不放，嘴巴合不起来。"钻石……"南说出这个词语的瞬间，又小又黑的炭块突然散发出灿烂的光芒。只见光芒无限延伸，将烈焰涂红的扭曲背景全变成纯白。许久，光芒终于减弱，视野也清晰起来。我左右环视，不知何时，我们已经从洋房回到夕阳染红的河岸。

南坐在河堤上，端详着暗淡下来的物品。

"她想……把这个交给我吗……"

"没错。她临死之际希望你带着它远走高飞。自己快死了，她还是想着你的幸福。"

"原来我……没被抛弃。她明明这么深爱着我，我却……"

他泣不成声，仿佛没止境的痛哭声传遍夕红河畔。我躺下来，眺望着潺潺流过的水。南哭喊着，仿佛吐尽六十八年来沉淀在心里的痛。

这个男人终于能从"依恋"的桎梏中解脱了。了解最爱的女人深爱着自己，心里或许会留下悲伤，但当他迎接生命最后的瞬间时，应该会想起叶子的爱，平静地咽下一口气。爱衍生出的性欲等欲望，只不过是一时的无聊情绪，但低级的人类认为它们如此重要，重要到足以丰富生命。

接下来应该没事了，我站起来，看行将就木的老人哭得没完没了也没意思。我的工作结束了……大概。虽然不太确定是否可以扔下南，但我准备从这个世界淡出。

"你在这里做什么？"冷不防地，耳边传来甜美嗓音。南抬起泪湿的脸，一名身穿和服的女子背对着逐渐西沉的夕阳，站在河堤上。

"叶子姐？"在南的怀里咽下最后一口气的女人，按住被风扬起的长发走近南，她小心不弄脏和服下摆，在他身旁坐下。和六十八年前一模一样。

"哎呀。"仿佛才隔几个小时不见似的，叶子轻快地说，"你老了。"

南呆若木鸡，发出不成句的声音："啊……"他宛如岔气似的吐出一口气，缓慢地张开颤抖的唇："叶子姐倒是一点儿都没变……"他努力挤出笑容，但失败了，表情扭曲成一张看不出喜怒哀乐的脸。

"这是当然，毕竟我在这个年纪就死掉了。"叶子快活地笑着。南的表情逐渐化成悲伤。"别放在心上，这是我的宿命。虽然我当时很难过、很害怕……可是很满足……你就在我的身边。"

南抿成一条线的嘴唇又开始颤抖。

"更何况你还活着。这样我就很满足了。"

叶子白皙的手握住南如枯木般变成黄色的掌。一层光晕从叶子接触的位置出现，将南包起来。他的皮肤恢复弹性，皱纹也被抚平，土黄色的皮肤宛如吸饱阳光似的恢复小麦色。当笼罩全身的光晕浪潮般退去时，他不再是濒死的老人，而是充满生命力的年轻人。

南抱紧叶子，脸埋在她的肩窝，忍不住呜咽。

"没事，已经没事了。你很痛苦吧。"叶子抚摸南黑亮的头发，像在安慰自己的孩子。刚才传进我耳里的哭声还那么悲痛，如今宛如迷路的孩子找到母亲，化成放心与欣喜的啜泣。然后，南的哭声越来越小，他放开抱住叶子的双手，退开身低下头，可能是因为不好意思。

"冷静下来了？"

南低头承认。他的脸红红的，应该不只是夕阳的缘故。

"我还有好多话想跟你说。"叶子仰望暮色渐浓的天空。

"我也是。"南也学叶子注视天空。不知何时，夕阳化成满天星斗的夜空。梦真让人随心所欲。

"告诉我，你都过了什么样的人生？"

"好是好，可是要从哪里开始说起？"

"就从战争结束后，你做了些什么开始……"

两人肩并着肩，情话绵绵。我看着他们的背影陷入沉思。这个叶子是知道真相的南无意识创造出来的幻影吗？悲伤得不能自已的南，有余力创造出这样的幻影吗？该不会是六十八年前死掉的女人的魂魄和我一样潜入了南的梦境吧？魂魄和死神一样都是灵体，理论上并不是不可能……我思考了一会儿，决定放弃追究，反正无从确认。现在该做的事只有一件。我闭上眼，让自己从这个世界淡出。一瞬间，南望向逐渐消融在黑夜中的我。

"怎么了？"

"没有，没什么。话说回来……"南摇摇头，露出打从心底满足的笑容，继续和叶子叙旧。再继续打扰两人世界就太不识相了，那可是相隔六十八年的重逢。

我还真是个风雅的死神啊。

我慢慢抬起眼皮，眼前是幽暗的病房。我回到现实世界了。看一眼挂在墙壁上的钟，我闯入南的梦境只不过五分钟。时间在梦境与现实世界的流动速度差异甚大。

这真是累死人不偿命的苦差事。现实世界只过五分钟，但我已和慢吞吞的老人相处好几个小时，全身上下都累坏了。我把前脚前伸，伸了一个大大的懒腰。

我又望向床上，南紧绷的表情满足柔和。是我的错觉吗？总觉得他如南瓜般的皮肤似乎也没那么黄了。我动动鼻子，嗅闻空气。过于甜腻的腐臭已经消失，鼻腔里充满如旭日照射在森林里的清新香味。我很满意，南不会再变成地缚灵了。

他这个单纯的男人。我冷哼一声。事实上，谁都不知道叶子给他的炭块是不是烧焦的宝石。可能性很高，但也仅止于可能。那块黑炭也许真的是烧焦的糖果，一如南的想象，叶子在私奔前一刻打退堂鼓，抛弃了南。

算了，真相和我一点儿关系也没有。我已经让南相信他愿意接受的剧本，防止他变成地缚灵了。无论如何，第一份工作大功告成。我心满意足地离开病房。

这时，放在窗边的小黑炭块映入视线一隅，我停下脚步……也罢，反正都走到这一步了。我蹑手蹑脚地走近窗边，纵身一跃，一口咬住那块黑炭。

碎裂的声音响彻头盖骨，恶心的苦涩在口中扩散。梦中咬住时毫无味道，现实果然没这么体贴。

我吐出嘴里的炭块，得意地笑着看它在地上滚动。像小鸡从蛋里孵化，光芒从焦黑的外壳裂缝中散发出来，反射着窗外洒落的月色，宛如星星的碎片般，璀璨生辉。

第二章

死神
解开命案谜团

うんめい

1

我仰望走廊墙壁，百思不得其解。

究竟怎么回事？

现在上午八点不到，窗外的阳光照亮走廊。

南的事情是我完成的第一件任务，至今过了三天。若说我在这三天内做了什么……我什么也没做。别误会，我不是偷懒。由于连续使用死神的力量，我在拯救南的隔天便感到强烈疲劳，根本无从工作。头重得像铅块，起身都使不上力。

当我还是纯粹的灵体时，不曾感受过疲劳。换句话说，发挥死神的能力会对肉体造成极大负担。真受够了，原来困在肉体的牢笼里这么不方便。若不能使出死神的能力，我就只是金毛寻回犬，这真是莫大的屈辱。要完成吾主赋予我的任务，如今的状态实在是束手无策。我无计可施，这三天都待在自己的地盘晃来晃去，也就是一楼的交谊厅和走廊，再加上天气晴朗而融雪的院子；再不然就是摇着尾巴，摄取菜穗给我的狗饼干好恢复体力。

不过，我连续在屋里屋外晃了三天，发现了这栋建筑物几个匪夷所思之处。有些只有死神会注意到，有些观察力稍微敏锐的人类就会察觉到。其一就是我一抬头就看到的走廊墙壁里的"那个"。

"李奥，你在这里做什么？"

声音从后方传来，我回头一看，菜穗头下脚上地站在背后。不对，上下颠倒的是我的视线。我的身体扭了快三百六十度。

视野中恢复正常的菜穗穿着蓝色的连身洋装，不是白大褂。看样子她并未当班。人称护理长的中年妇女一下班，就会开着名为汽车的铁块，喷着臭气冲天的黑烟离开医院，但菜穗总是待在医院里，恐怕是在这里包吃包住地工作。

"李奥常常会有一些奇怪的举动呢，该说是没有狗的样子吗……"菜穗雪白的手指抵住细致的下巴，语出惊人。

我连忙用力摇尾巴，发出"哈！哈！哈"的粗重鼻息，反复摆出握手的动作。

"……不过这也没什么。"菜穗疑神疑鬼地眯起眼睛。

我做得太过火了吗？

"这面墙有什么令你感兴趣的地方吗？"

菜穗的手伸向墙壁，墙上有两个狭窄深邃的洞，看不见里面。不，不仅如此，墙上还有三个同样的洞。此外，走廊尽头的木质巨大壁钟，侧面也有两处破损。壁钟无法再显示正确时间，难道正是因为如此吗？

"哦，是这个啊。"菜穗表情一变，"李奥对奇怪的事情特别有兴趣呢。"

菜穗言尽于此。看样子，这并不是她很想谈的话题。算了，她不想说也没办法。正打算折回交谊厅时，我突然停下脚步。既然这洋房是我的职场，还是应该知道得详细一点儿。我抬头望着菜穗。

"嗯？怎么，李奥，肚子饿了吗？"

我没那么贪吃好吗？我在心里反驳，对上菜穗的视线，然后施以轻微的催眠术。不需像对付南的时候那样支配她的灵魂，只要让她把浮出意识的话讲出来即可。只要给她一点儿暗示就可成功。

菜穗微微皱眉，眨了几下眼睛，困惑涌上心头。接着，她迟疑地开口："这家医院流传着奇怪的传说……这里曾经是鬼屋。"

鬼屋？我记得这是装神弄鬼的人类在黑漆漆的室内故意发出巨响，好让进去的人类发出更大更尖锐的叫声的一种不晓得在搞什么的设施，不是吗？

我"汪"地吠一声，催促她继续。

"……这里交通非常不方便，战时又受到严重的破坏，很长一段时间都没人住。但约莫八年前，有个人把房子买下，整理得漂漂亮亮后搬进来。屋主是一对中年夫妇和一个小男孩儿……不过，那一家人很奇怪，几乎不踏出屋子。有时会上街，但都是在太阳下山以后，而且会戴上大大的太阳眼镜和口罩，加上帽子，把脸完全遮住。还有传言说那家人把所有窗户从内侧封起，所以镇上的人都觉得毛骨悚然，暗地里称他们'吸血鬼家族'。我以前住在山脚下的小镇，听过这方面的传闻。"菜穗娓娓道来。

嗯……的确很奇怪。不过，这些都不能解释墙上的洞。菜穗闭紧嘴巴，迟迟不肯说下去。我又"汪"地轻吠一声催促她。

菜穗似乎不太想提，沉吟良久才开口："那家人住进这里大约一年后，这里……发生了命案。"

菜穗的嘴巴抿成一条线。

命案？那可真是大灾难。我睁大眼睛，继续加强催眠。一开始只是随兴听她说起这件事，但都听到这里了，必须好好地收集情报，也许会对今后的工作有帮助。

"住在这里的人雇用了每天来帮忙的钟点女工，她某日早晨来到这里，发现两个人……住在这里的夫妇倒在血泊里死掉了。"菜穗的表情越来越凝重，"听说两个人都是被枪杀的，屋里也被翻得乱七八糟。在镇上开珠宝店的……我记得好像是姓金村的人马上遭到通缉，但现在都还没抓到他。"

原来如此，原来墙壁上的洞就是那个时候的弹孔。

说得累了，菜穗大大吐出一口气，一手按着胸口。是我的错觉吗？

她脸上浮出疲惫的神色。说明命案的来龙去脉，对她来讲比我想象中更有负担。对不起。我在心里道歉。请再忍耐一下，一下就好了。讲到这里打住的话，未免太吊人胃口了。听到这儿的确是悲惨的故事，但光是悲惨的话，一点儿也不足为奇。这样还不足以成为"奇怪的传说"。

"随着时间流逝，新信息越来越多，事情反而越来越奇怪。首先，找不到孩子的尸首。警方最初认为孩子被犯人拐走，或逃到别处了，但钟点女工说出了莫名其妙的话。"

莫名其妙的话？

"钟点女工每周有三四次从早上待到中午，负责打扫、做饭，可是从没看见过什么小孩儿。那对夫妇上街都会把脸遮住，但钟点女工说从未见过雇主夫妇把脸遮住的样子。那位钟点女工从外地来，不晓得关于那一家人的流言蜚语。"

没见过小孩儿？小孩儿消失了？怎么回事？信息太含糊，聪明绝顶的我也无法掌握真相。

"警方调查到什么程度？真有小孩儿吗？我并不清楚详情。镇上后来便传出奇怪的传闻，说被杀的并不是把脸遮住的那家人，而是替死鬼，他们销声匿迹了。过分一点儿的说法是那孩子是吸血鬼，把父母杀死后消失了。因为是没什么娱乐的小镇，难免有人不负责任地添油加醋，结果这栋建筑物从此给人'受到诅咒的洋房'的印象。"

菜穗用力摇摇头。她提供的信息还是太少，不过没办法，菜穗当时是十岁出头的少女，想要获得更多的信息是太过分的要求。问题在于，小孩子是吸血鬼？开什么玩笑。人类为什么害怕不存在的东西，又乐在其中？我实在无法理解这种低俗的行为。

"惨遭杀害的夫妇的亲戚继承了这里，想要卖掉屋子，但这个地点本来就不好，还有令人毛骨悚然的传闻，一直找不到买主。最后这家医院看上了这里。"

原来如此，那个冷若冰霜的院长的确不像会在乎这种谣言的人。

"这里充满大自然气息，环境很好，价格又比行情还要便宜，院长就把剩下的家具也一起买下来，改建成安宁医院，直到现在。"

菜穗说到这里，大大吐出一口气，一脸不可思议地侧着头。她也许想不通自己为什么告诉狗这么多的事。

我本来只想问墙壁上的洞怎么来的，没想到得到许多意外的情报。

"李奥，那男孩儿真的住在这里吗？若他在，希望至少那孩子逃过一劫。"

菜穗轻抚着我的头。基于这一周的经验，我知道她并非征求我的答案。人类问狗问题时，其实是在问自己。我还不明白他们为何要做出这种傻事。但我明白了很多事。我停止干预菜穗的灵魂。因为并未进行太强烈的干预，所以菜穗并没有特别的变化。

"勉强你想起不愉快的事，真不好意思。"我暗自道歉，对她摇摇尾巴，然后走开。

"咦？李奥，你要去哪里？"

我转身到走廊，菜穗连忙跟在后面。我走到玄关，走出敞开的门。

"啊，要去上厕所吗？等一下就吃早饭了。上完厕所就要马上回来哦。"

菜穗乱摸一通我的头，转身回到走廊。我目送菜穗纤细的背影离开，径自出屋。冬天早晨冷冰冰的空气很舒服。我不是为了排泄才出来的。听完菜穗的话，不只墙壁的洞，另一个匪夷所思的疑点也找到答案了，我非确认这一点不可。

那么，该去哪里才好呢？我在庭院里绕圈。几日都是晴天，我降临到世上时的雪几乎已经融化。当时的暴风雪在这里十分罕见，好巧不巧，我的上司居然在那一天把我送来这个世界，他对我是不是有什么不满啊？

我边走边回想这件事，忽然感到一股气息，回头一看建筑角落，一道灰蒙蒙的影子吸引了我的视线，尤其吸引我死神的那一面。啊……原来在那里。我集中精神。菜穗说过："希望至少那孩子逃过一劫。"可惜这个愿望永远不可能实现了。

屋后的阴影处，晒不到太阳的一角，站着三个人……不对，是三个变成地缚灵的魂魄。

他们紧紧依偎着，静悄悄地伫立在那里。

"知道我是谁吗？"我靠近皮球般大小的魂魄，发出言灵。就算旁边有人，也不用担心人类听见我的话语。这种形而上的声音跟人类的声音大不相同，是直接对精神喊话，可以让我指定的对象听见。

但地缚灵们毫无反应。

我眯起眼睛观察。魂魄的表面应像抛过光的水晶，发出淡淡光芒。可是这三道摇曳的魂魄很暗沉，表面凹凸不平。劣化到这个程度，可能连操纵言灵的能力都失去了。

假设这就是那起强盗杀人事件的被害者，那么大约七年前，他们就已经失去肉体的保护，光溜溜地徘徊在现实世界。这段漫长的时光的确能够让如蛋黄般脆弱的魂魄劣化至此。再继续留在这里，不久，他们就会像融化在日光下的雪般烟消云散。

"你们是在这里遇害的一家人吗？"我继续提出问题，其中一个魂魄的表面微微晃动，恐怕是在表示肯定。"你们再这样下去会烟消云散。不要再想些有的没的，速速跟随我同伴的引导，前往吾主的身边。"

我试图用前引路人的死神身份说服他们。然而，他们听完我说的话后，像挣脱孩子掌控的气球，轻飘飘地浮起来，逃至屋顶的另一侧。我叹口气。被夺去生命的人类魂魄通常都会变成地缚灵，悔恨将他们勾留在世界上。我是如此具备理性的存在，完全无法理解他们。

他们就算继续留下也不可能重新得到肉体。既然如此，就不要无谓抵抗，赶快到吾主的身边才明智，不是吗？

然而，每当我提出这个疑问时，上司都会笑我："你还不懂人类的

'感情'呢。"我很不服气。人类或许认为"感情"很重要，但我在与人类打交道的漫长岁月，见识过无数次他们被感情要得团团转，做出不合理的行为。强烈的感情是不小心混入灵魂的杂质，本来就没必要。高贵如我，压根不想理解。我们死神虽然也有喜怒哀乐，但跟人类的感情完全不一样。我们绝不会被感情要得团团转，也不会做出不合逻辑的事。

算了。我转开目光，不再理会逃走的灵魂。为他们引路不是我的工作，应该是其他死神的任务。我没有拯救的义务，还有其他人等着我救赎。没错，那个人就在那里。

我走向医院前三十米见方的庭院。开花时节尚未来临，花坛里只有土，而庭院中间蜿蜒着一条细长的羊肠小道，中央是一座铺满草皮的小山丘，顶端的树木抬头挺胸地伫立着，光秃秃的树枝往四面八方伸展。这是樱花树，春天时应该会开出美丽的花吧。

菜穗前阵子把花的种子埋进庭院的花坛，然后说："在这家医院当护士是我的梦想。"我倒是能体会她的心情。这里满溢着大自然的生命力，环境好得不像医院。

我的视线投向樱花树下。草坪的长椅上，坐着一名垂头丧气的男人。男人的四周弥漫着一股和庭院极不相衬的惨淡气息。

我已经休息够了，该开始工作了。

我走在残雪未消的小径，享受肉垫传来的冰冷触感，皱着鼻子嗅闻。甜腻的腐臭混在清冽雪香里，撩拨着我的鼻腔。

2

"……你在这里干吗？"

长椅上的男人看到我，嘶哑地说道。比南好一点儿，但这个男人也骨瘦如柴，呈现出癌症患者来日无多的神态。他的头发因为抗癌治疗全都掉光，瘦骨嶙峋的脸庞浮现出暗褐色的湿疹，足以让人以为是化妆效果的黑眼圈特别触目惊心。

那双眼睛朝向我，射出饱含敌意的视线。我记得这个男人姓孙。休养生息的这三天，我从护士们的聊天中掌握到南以外的两名患者的名字。

一个小型的金属容器放在孙的身边，半透明的管子从容器延伸至瓶嘴，前端呈漏斗状。看样子气体是从那里吹出来。我屏气凝神地透视孙的胸部。无数癌细胞啃蚀着变黑的右肺，张牙舞爪地茁壮成长。原来如此，所以他才需要氧气。

"不要打扰我！"

孙没头没脑地撂下狠话，一抬脚显然就要踹我。我连忙转过身子避开他，重新调整姿势，龇牙咧嘴地低哮。区区人类竟想踢贵为死神的我，成何体统。

孙以为我会咬他，脸上闪过怯懦。真是的，高贵如我才不会做出"咬人"这种野蛮的攻击。我只是暂时借用金毛寻回犬的肉体，不至于连精神都沦为动物。话说回来，惩罚这个男人根本不需要咬他。我看着孙，冷哼一声。迥异于人类对死神的印象，死神既不会夺走人类的生命，也不能延长人类的寿命；不过，在不危及生命的前提下，倒可以对"疾病"进行某种程度的操作。

"唔？"孙坐在长椅上按着胸口，缩成一团，剧烈地咳起来。肺部深处翻涌而出的咳嗽冲动令他不能呼吸，如同溺水的人拼命挣扎，吐出夹杂着血丝的痰。

我冷冷地看着孙的脸一路涨成紫色。几十秒后，我又哼一声，同时，孙的咳嗽戛然而止。他连忙把漏斗贴在嘴上，大口大口地吸进氧气，他一脸撞鬼似的看着我。我与孙四目相交。

冷静一点儿了吗？

如果已经冷静下来，就告诉我你的"依恋"是什么吧。

我眯起眼睛催眠他。孙的额头挤出皱纹，"嗯"一声发出疑问。快，别再做无谓的抵抗了，快变成地缚灵的虚弱精神不可能抗拒得了我。果不其然，孙的目光很快失去焦点。

很好，那么就先告诉我你自己的事吧！我一做出指示，孙便缓缓地张开厚唇。

"我不姓孙，孙是我在香港买的名字。我的本名是……金村安司。"

原来如此……金村？好像听过。不过，我对你的名字一点儿兴趣也没有，赶快进入正题。孙……不对，金村开口，打算接着说，但话语成形前就消失不见，只剩下破碎杂音。

我都已经支配了他的灵魂，他的抵抗还如此顽强，想必藏着不可告人的过去。放心吧！束缚南长达六十八年的心结，我都可以轻易地让他解脱，不管你的心结多沉重，我都能迅速帮你解决。我瞪大眼睛。金村轻轻地摇几下头，声音终于从微微开启的唇间挤出。

"七年前，我在这里……杀了人。"

……喂喂，再怎么说这也太……太沉重了！

招认"杀人"的惊人过去后，陷入沉默的金村始终低着头。

想踢我时的愤怒退去，此刻的他像是一具空壳。既然他坦白了七年前的过往，就表示洋房内确曾发生过杀人事件。

我偷偷地望一眼背后的建筑。那三个魂魄知道杀害自己的可恨凶手就在这里吗？想必知道吧？惨遭杀害的人的确容易变成地缚灵，但通常在陷入消失危机前就会接受死神的劝说。换句话说，他们虽然容易形成强大的"依恋"，但这种"依恋"也很容易随时间淡去。将魂魄勾留在人世间的力量多半会随时间减弱，感情也会在死后被时间稀释。比较危险的案例是像南那样，经年累月逐渐熟成的"依恋"。这就像长时间酿成的葡萄酒，感情不会随时间淡去，只会永远捆绑住魂魄。

该不会是这个男人的存在捆绑住了那几个魂魄吧？要是知道凶手还厚颜无耻地活在视线所及之处，早该斩断的心结也斩不断吧？

我有些困惑。

吾主给我的工作是要拯救金村，但这真的好吗？我难道不该惩罚他吗？这么一来，因为男人的罪孽而滞留人世，只能等待烟消云散的可怜魂魄或许会得到救赎。

　　不对，我在想什么？我连忙摇头。我不需要判断，执行吾主的命令即可，这才是我存在的意义。

　　我看着低着头、苍白的脸上满是苦恼的男人心想：这个男人为什么在这里？七年前杀了一家三口后，他过着什么样的人生？为什么要改名换姓，以癌症晚期患者的身份住进这家医院？

　　我先来收集信息，再考虑怎么处置他。

　　金村满脸苦恼，此时此刻一定想起了七年前的事。就让我见识一下夺走三条人命，心狠手辣的男人在想什么吧。我配合金村的精神波长，静静闭上双眼。

3

　　兴高采烈的圣诞歌曲传来，距圣诞节来临仅剩十天。寂寥的小镇仿佛意图掩饰人丁寥落的景况，格外沉浸在过节的气氛里。在小镇商店街一角，一家小店挂着"金村贵金属"的招牌，老板金村安司在柜台上摊开账本，抱着头伤脑筋。

　　冷汗涔涔流出，圆胖的身体颤抖着。

　　他从曾经采得到高级玛瑙的小镇上继承这家传承数代的珠宝店已经三十年了。而这三十年来——不对，从他诞生到世上至今五十年来，他从未遇过这么大的危机。

　　一切要从一年前说起。

　　一年前，日本的泡沫经济有如无底洞，长时间不景气，但他靠着父母的遗产，将宝石卖到大客户全国联销的首饰店里，依然将祖产经营得有声有色。没想到以为是救命稻草的大客户突然成了金村脖子上的锁链，开始用力收紧。大客户去年毫无预兆地宣布破产，金村前一刻卖出去的大量宝石，当然也收不到款项了。

金村的店开始出现跳票危机，他为了撑过难关，拼命奔走筹钱。他首先去拜访常往来的银行，额头贴在地面地跪地请求贷款，可是别说是银行了，地下钱庄也不会笨到把钱借给快要沉船的人。

金村用力搔头，搔出漫天飞舞的头皮屑，指甲也抓破头皮。即便头发变得稀疏的头感到疼痛，金村还是无法停下猛搔的手。不这么做就要发狂了。

回想起来，虽然负债累累，又让经营数代的家业在手上倒闭，但他应该坦然接受破产的事实。然而，他已经失去冷静的判断力，迷失在汪洋里，明知是剧毒，也要拼命抓住眼前的稻草。

金村的支票首度跳票没多久，一名体格壮硕的年轻人出现，他以前常拿来路不明的宝石来卖，自称姓"铃木"，但想也知道是假名。

"金村先生，你是否遇到了财务困难？"铃木一踏进店里就压低声音道。金村用眼圈黑得像熊猫，还有些浮肿的双眼打量着虎背熊腰的男人。

"你可以……帮我想办法弄到钱吗？"

他如此回答的瞬间，铃木眼中掠过一道绝非正派人士的残酷光芒。然而，金村对脑中震天作响的警铃置若罔闻，甚至忽略了对于铃木如何得知自己的窘迫的怀疑。

"包在我身上吧。"铃木撇撇嘴，发出异常殷勤的嗓音。第二天，铃木带着比金村要求的更多的钱出现。明知已经一脚踏进地狱，金村的手还是颤抖地伸向铃木毫不在意地放在柜台上的钞票。

金村有信心，他不会像其他卡奴那样，被地下钱庄吃干抹净。万一周转不来，卖掉剩余的全部宝石，还清债务不就好了？没错，懂得及时抽身就行。但金村没想到，因为负债葬送掉大好人生的人都抱着同样想法，也没料到看准时机抽身多难。当他想着再借一点儿、再借一点儿就好时，债务如滚雪球般越滚越大，而且眼前之路越发陡峭。他靠着变卖宝石，每个月勉强偿还，但后来还款计划停滞不前，最后连每个月的利息都还不了了。本金像增生的癌细胞，野火燎原般成长。

铃木借钱给他时，附加了一个条件，要他买一份寿险，受益人是个连名字都没听过的女人。金村还没不解世事到不能理解这个条件背后的意义。不久，他就必须要用命来抵债了。不知不觉，金村堕入十八层地狱，只要推他一把，恶鬼就会扑上来抓住他，把骨髓吸得一滴不剩。

如今只能丢下这家店和所剩无几的宝石逃走了，但金村很清楚这选择多么危险。铃木应该感觉到他快被榨干，肯定会防止他连夜潜逃。这么小的城镇，一点儿风吹草动就会成为茶余饭后的话题。要逃就得放弃财产，除了身上穿的衣服，什么都别想带走。

然而，做到这种地步，成功逃离的可能性还是微乎其微。铃木借给他的钱应该不是自己的钱，那男人背后应该还有靠非法买卖维生的组织。自己的行动恐怕早已受到监视，一逃走就会被带走，拿他的命换钱。

"啊啊啊……"因绝望而沙哑的声音从金村的口中溢出。这时，店门悲鸣似的打开，金村抬头一看，一个貌似小学低年级的少年站在门口，脸上被大人用的太阳眼镜和口罩遮住大半。金村胸中涌起夹杂着不耐烦、厌恶，以及些许恐惧的心情。少年在镇上的负面传闻无人不知无人不晓。

约一年前，一家人搬进坐落于郊外山丘的老旧洋房。对鲜有娱乐的镇民而言，这家人的到来大大地激起他们的好奇。洋房的窗户都被封死，上街时，一家三口都用太阳眼镜、口罩和帽子遮住脸。居民最初绘声绘色地描绘他们是逃犯，后来，有人看到他们在酷热的盛夏夜也穿着长袖衣服遮住皮肤，谣言便从犯罪者变成吸血鬼。

金村毫不相信主妇随口说说、打发时间的怪谈，不过，少年完全遮住脸的样子，诡异到让人忍不住相信流言蜚语。

"有何贵干？"金村用威胁的口吻问少年。

"……这个。"少年面向金村伸出手，声音稚嫩得像是刚学会说话。

"少烦我！"金村打算这么说时却停下动作，被少年掌中光彩夺目的物品吸引。

金村瞪大眼睛，三十年来珠宝商的经验令他动弹不得。少年手上的结晶仿佛吸收了月光精华，散发出淡淡的梦幻光辉。金村经手过多如繁星的宝石，也未曾见过这么美丽的。

"不好意思。"呆若木鸡的金村顿时察觉店里还有另一名男人。他和少年一样用宽大的太阳眼镜和口罩遮住脸，也许是个中年男子。金村很快意识到对方是少年的父亲。

"请问这里可以帮人鉴定宝石吗？"高大的男人以中气十足的语气问道。

"啊！可以的。我可以鉴定。"金村连忙缩回手。他差点儿就要抢过少年手中的结晶。

"这是小犬在家里找到的。我告诉他这只是玻璃珠，但他坚持这是真正的宝石……"男人苦笑着，听起来有点儿像借口。他摆明就是被儿子玩弄于股掌的好父亲。

"可以让我……看一下吗？"

金村从宛如沙漠般干燥的口中挤出声音，手伸向少年。

少年想缩回手，但在父亲"听话"的催促下，心不甘情不愿地把结晶交给金村。心跳加速的金村让自己冷静下来，从抽屉拿出放大镜，端详掌心里的物品。他不用放大镜也知道，这是珍贵罕见、切割得非常完美的大颗钻石。这值好几千万。金村估算起来，这颗钻石的价值，不仅能还清自己欠的钱，还有剩余。金村似乎看见了垂降到地狱的蜘蛛丝。

金村盯着放大镜，用力思考。怎么做才能将钻石据为己有？店内仅听得见时钟的声响。好几分钟后，金村抬起头。

"很遗憾……这是用玻璃做的。"金村努力保持平静，想把钻石还给少年，但钻石和皮肤合而为一，不愿离开他的指尖。少年有点儿不耐烦地抢回去。金村的胸口一阵刺痛，身体好像有一部分被带走了。

"我想也是。谢谢你。鉴定费怎么算？"

父亲并没失望，他掏出高级名牌钱包。

"不用，不用鉴定费了。那个……虽然是玻璃珠，但切割的刀工很漂亮，应该可以加工成项链。可以的话，能否以一万元的价格让给我呢？"

金村将紧张到宛如心脏迸裂的心情藏在专业笑容的面具后面。

"多谢好意，但小犬喜欢得不得了，一个也不肯放手。"

"一个也？"金村耳尖地捞到关键字。

"是的，他在家里找到十几个同样的玻璃珠。那么我们告辞了。"

父亲打算催孩子离开。这根脆弱的蜘蛛丝就快断掉了，恐惧支配着金村的身体。

"请、请等一下！"金村从柜台里探出身子大叫，"如、如果您愿意把玻璃珠全部卖给我，我愿意出五十，不，一百万也无所谓。不用全部也行，一半也好，一个也好……"

他一头热地无法拦住脱口的请求。

"……不好意思，就像我刚才说的那样。"

男人流露出太阳眼镜和口罩也遮不住的狐疑，充满戒心地拒绝。然后，父子俩不看金村一眼，迅速离开店。

关门的巨声撼动着金村的耳膜。他怅然若失地望着门，暗自狠骂自己。为什么最后要说出那么愚蠢的话？那种态度跟请对方怀疑鉴定结果有什么两样？那位父亲很可能会拜托其他的珠宝商。这么一来，机会就没了。没时间了。怎么做才能将那颗钻石据为己有？想办法！快想办法！

金村拟定着各种对策，连眨眼都忘记了。十几分钟后，金村抬起头，缓慢地把手伸向电话。碰到话筒的瞬间，仿佛碰到烧红的铁块，他缩回手，但又很快下定决心地抓起话筒，按下几个月来打过无数次的电话号码。

耳边响起轻快的嘟嘟声。你想做什么？马上挂电话！残留在内心深处，所剩无几的理智对金村喊话。可惜金村还来不及细思内心深处的警告，电话就接通了。

"怎么啦，金村先生？钱准备好了吗？还是要再多借一点儿？"将金村诱进十八层地狱的男人在电话那头愉悦地说道。

金村吞一口口水，打开干燥的唇。

"……想请你帮我准备一样东西。"

嘴里的声音，冷酷得不像自己。

好冷、好痛。飘着细雪的深夜，金村把背靠在粗壮的树干上，拼命地对冻僵的手指呵气。三十分钟前，他把车停在离这里几百米处，穿过森林走路过来，冬夜冰冷的空气残忍地夺走身体的温度。他从树干后探出半张脸，远眺一百米外的洋房。

时间已过午夜十二点，窗户不曾透出一丝灯光，住在里头的人都睡着了吗？还是纯粹因为窗户都被封死，光线透不出来？金村无从分辨。他把手伸进大衣口袋，喘着粗气，拿出沉甸甸的铁块。那是一把左轮手枪，专门为伤人而制作的武器，在皎洁的月光下散发出黝黑光泽。

打完那通电话一个小时后，铃木现身店中，带着随意用报纸包起的左轮手枪。

铃木走进店里时，歪歪的鼻子发出一声冷笑："金村先生，你要这种东西做什么？该不会是要用来杀我吧？"

"怎么可能？我会被你的同伙杀掉的。"

"知道就好。所以，你要做什么？"铃木痛快地承认自己还有同伙，然后用看穿金村内心深处的眼神看着他。

"这种事有必要告诉你吗？"

"没必要。只要把钱还给我，我也没什么好说的。对了，这个'伴手礼'的价钱要五十万，别忘了。"

"五十万这种小钱，有必要一直挂在嘴边吗？下周我就会把欠你们的钱，连本带利地还给你，你就给我乖乖地等着！"金村虚张声势地喝道。

铃木一时瞠目结舌，嘲笑地撇着嘴角："那你就加把劲儿吧。"接着举起一只手挥了挥离开。

现在金村藏身在树荫下，心惊肉跳地抚摸着漆黑的枪身。枪身如霜雪般冰冷，夺走心里的温度。这也没办法，这是没办法的事。金村一再说服自己。如果不这么做，就换成我被杀了。那家人就算拥有钻石，也只不过以为是小孩子的玩具，既然如此，不如让我有效利用。明知自己的借口没一个站得住脚，但金村还是在脑中念念有词。

他没打算真的开枪，只要吓吓对方，抢走钻石就好了。没错，只要对方肯把钻石乖乖交出来，就不会有任何人受伤。为了提振气势，金村在寒风里吐出一口白色的汽，走向建筑。

屋里一片死寂。不过那一家人应该在这里。那对父子一周前来过店里，这段时间，金村时时刻刻监视房子，观察住户，因此得知虽然建筑面积很大，却只有一个钟点女工和一个园丁会来。

此外，这家人几乎不在白天出门。

他最初认为理想状态是趁无人之际潜入，但他很快就明白这太困难。这家人一律晚上出门，而且通常是父亲带着孩子开车出去。全家只有在庭院散步时才会一同离房，而且多半是深夜，还打扮得像去抢银行。他们遮着脸，小孩儿摇摇晃晃的走路方式简直像恐怖电影的一幕。躲在森林里的金村浑身发抖。

他努力翻过围墙，潜入主屋前的庭院，并且压低身体。当他走到大门时，渗入骨髓的冷空气消失，腹腔像有团火在烧。

他一再深呼吸，喘着热气。

门边设着跟古老洋房不相衬的门铃。为了隐藏自己的长相，金村戴上太阳眼镜，把手伸向门铃。只要推说"我迷路了"，有人出来时再用手枪抵着对方就行了；要是对方觉得可疑，不肯出来应门，就直接射开门。金村咬紧牙关，为自己加油打气，然后将手颤抖地伸向门铃。冻僵的指尖按下门铃，耳中却无声响。

金村皱起眉头，又按了两三次，但还是没有反应。

坏掉了吗？金村下意识摸向门把，门轻轻打开了。没有锁门吗？金村从门缝窥探，眼前是一条阴暗走廊，尽头的门扇透出幽微灯光。黑暗让金村摘下太阳眼镜。

他的背脊窜过一阵恶寒。整间屋子仿佛在邀请金村，但他没有退路了。踌躇再三后，金村一手拿着枪，走进微微敞开的大门里。

他呼吸困难，紧张沉甸甸地压在胸口。金村把枪拿在手里，沿着阴暗的走廊前进，一面吐出紊乱的气息。难闻的气味钻入鼻腔。这是日常生活中绝不会出现的、类似温泉的硫黄臭味。

金村睁大眼睛，走廊太暗太长，无法一眼看到尽头。硫黄味里夹着一丝腥膻味，他闻过这种味道，而且不是在愉快的状况下闻过。

啊，这是血的味道，而且非常浓烈……这里很危险，应该马上回头。镇上居民的谣言在金村的脑中逐渐产生真实感。他下定决心掉头时，眼前的门打开了，光线流泻出来。一个高大的男人从里头走出，他的身影慢动作般地在金村眼中播放。

是那位孩子的父亲……他的双腿突然失去力气，一屁股跌坐在柔软的地毯上。男人睥睨着金村，胸口到右手臂的衬衫都被染成深褐色，明显是由大量血液造成的。男人右手紧握着的染血的钻石反射着灯光，从指缝中折射出妖异的色彩。镇上的传闻在金村脑海里浮现。

吸血鬼……

"你是谁？"男人低沉地问道。

"哇啊啊啊！"金村跌坐在地上，完全没瞄准就扣下扳机。走廊上响起震耳欲聋的爆裂声。男人呻吟一声，宛如被车撞到般往后弹开，钻石从手中掉落。

"啊啊啊！"金村继续扣动扳机。不这么做，就轮到自己被杀死。混乱的局面让他眼前一片模糊，他连倒下的男人都看不清楚。

子弹被全部射光，空气中剩下扣扳机的空响。手臂如有千斤重。金村没完没了地扣扳机，枪口却越来越朝下，最后终于脱离手中。金村颤抖地抓住掉在面前的钻石，转身想逃。若不赶快逃走……唯独这个念头阴魂不散，但双腿动弹不得。金村爬出屋，连滚带爬地冲向小镇。

他跌跌撞撞地回到自己的店，一爬进店里就倒在地上，平常完全没有运动习惯，连续跑超过三十分钟，肺部十分疼痛，过度使用的双腿也抽筋起来。金村打开柜台下的保险箱，里头有一只波士顿包，早先为了连夜潜逃时准备的两百万就藏在里面。这是最后的救命钱了。陈列在店里的宝石几乎都是假的，一点儿价值也没有，只要有这笔钱和抢到手的钻石，当成逃走的资金算是绰绰有余。他很清楚一旦逃走就可能被铃木等人逮住，但眼下只剩逃亡这条路。

然而，自己刚刚实在吓坏了，他将沾有指纹的手枪留在现场，甚至忘记将车子开回来。若警方展开调查，马上就会查到他头上，但他更害怕那个男人随后从枪击中活过来索命。

不可能有这种事。

但无论说服自己多少次，都会想起男人胸口被血染红的模样，他的心脏一阵紧缩。

不过，他已经想好逃到哪里了。景气好时，他染指过中国香港进口的宝石走私。只要有钱，应该就能用这个渠道逃到中国香港。数日前，自从开始思考连夜潜逃的可能性，金村就慎重地避开铃木的耳目，偷偷和走私伙伴搭上线。

他抱着波士顿包从后门溜出。

浑身是血的男人会不会从背后追上来？

这股恐惧令他频频回首，拼命在刮着寒风的深夜街道狂奔。

离噩梦般的一夜已过去整整二十四个小时，金村在第二天凌晨时坐在港口坚硬的混凝土上。是他运气好吗，还是根本没人监视他？他不仅没被铃木逮住，还搭上交通工具抵达港口，这里停着偷渡的船。

他摊开地方晚报时，手不住颤抖。社会版大篇幅地刊登着昨夜的事。

资产家夫妇在家遭到射杀　八岁的儿子不知去向　不排除遭绑票的嫌疑

根据报道，昨夜住在洋房的夫妇遭到不明人物射杀，儿子下落不明。然而，报道完全没提及男人在他开枪前胸口就满是鲜血。

到底发生了什么事？金村被弄得糊里糊涂。我应该只有杀死父亲，小孩儿失踪根本不关我的事……不对，真的是这样吗？金村感到一盆冷水倒在背上。那个男人倒下后，我还浑然忘我地扣扳机。万一他的妻子从门后听到骚动而出来察看，有可能被流弹命中。

我居然杀了两个人……双手抖个不停，战栗感一路往手臂、肩膀及全身扩散，两排牙齿也咔咔打战。说不定那位父亲浑身浴血的模样是我听信传闻后，基于恐惧产生的幻觉？还有小孩儿，小孩儿到哪儿去了？是我害的吗？我到底做了什么？我不知道、我不知道、我不知道……

金村盘腿而坐，缓慢地打开放在双腿间的波士顿包。付完偷渡到中国香港的一百万后，金村剩下另一百万和钻石。他接着拿出用手帕包起的掉在角落里的宝石。

就为了这种石头……看到钻石边缘的血污，一股冲动袭来，金村想把手中的钻石扔进海里，可惜办不到，报纸写到警方正在找住在附近、行踪成谜的自营商男子，认为他有重大嫌疑。那分明就是自己。要是没有这颗钻石，他就逃不了了。抢劫就算了，还杀了两个人……一旦被警方逮捕，运气好也得吃一辈子的牢饭，不好还可能被吊死。

事情怎么会变成这样？一切都是从向铃木借钱的那刻开始的。那个瞬间，他就踏入了无底沼泽。陷入无底沼泽的人，只会往下沉，一直、一直往下沉……

"时间到了，你对这个国家还有留恋吗？"

帮他偷渡的中国香港人以独特的腔调问他。金村无力地摇头。怎么可能还有留恋？自己在这个国家等于死了。金村宛如被击倒的拳击选手，摇摇晃晃地起身走向巨大货船。一阵海风吹过港口，将金村手中的报纸高高地吹至半空。

4

"偷渡到中国香港后，我把钻石卖掉，用变卖得来的资金经商。我把一文不值的假宝石买来，制作伪造的鉴定书，卖给暴发户，这是一笔欺诈生意。我用杀人抢来的钱当本金，换我成了暴发户。"

我抬起眼皮，回到现实，金村自嘲地笑了，接着剧烈地咳起来，他捂着嘴，手上一摊血痰。好不容易停下，金村依然宛如被鬼附身（当然是因为我的能力），絮絮叨叨地说起话：

"可是啊，我从去年年初咳出血痰，去医院检查后……发现是肺癌，而且不能动手术了。我砸下大笔金钱，尝试过化学治疗，只换来头发掉光、瘦得不成人形的下场。果然死神是不会放过我这种人的……"

我从鼻子里哼一声。说得好像他的命是被我们死神夺走一样，但看他黑漆漆的肺，明明就是为了逃避杀人的罪恶感，吸了大量烟草。请容我再三强调，我们才不会对人类的生死动手脚。他会死于癌症，全是因为他像傻瓜似的拼命把毒烟吸入体内。

"既然要死，我想死在故乡，因此才回到镇上；心想这样会被那些放高利贷的人发现，可是反正都要死了，也没什么好怕的。结果根本没半个人注意到改名换姓、变成这副寒酸德行的我。我住进镇上的综合医院时，他们建议我转到安宁医院，我想也好，转院后才发现居然是这栋洋房。这大概是那对夫妻的怨念吧？不晓得消失到哪里的小鬼真变成幽灵了吗？不管怎样，我会在这里……因为诅咒而死吧。"

金村再次发出扭曲的笑声。

的确，被杀的夫妇和消失的孩子都变成人类口中的"幽灵"，囚禁在这栋屋子中，不过他们并没有咒杀金村的能力。就像人类接触不到魂魄，进入另一个次元的魂魄也无法对现实世界产生影响。

该说的话都说完了，金村垂头丧气。我伸了个大大的懒腰，踏上融雪濡湿的归途。我已经充分了解了金村的"依恋"。回溯金村的记忆时，一些地方令我在意，先从确认这些疑点开始。

巨大的引擎声响起。回头一看，庭院旁隔着栅栏的场所是停车场，里头停了一辆黑色的车，那形状扁平的车好像叫"跑车"来着，一个年轻男人打开车门走出来。我记得他是经常代替院长值班的医生，名字叫……名城之类的。根据小道消息，当这位医生来上班时，院长似乎会到山脚下的夜间医院看诊，真是个工作狂。

不知为何，我不太喜欢这个男人。他弱不禁风的身板好像风一吹就会倒。菜穗曾经用"很温柔"来评价他的长相，但其实不是"很温柔"，"靠不住"才是正确说法。

男人必须更有魄力一点儿，像我这样雄赳赳气昂昂的。

"啊，名城医生。"耳边传来舒服的嗓音。我回头一看，菜穗提着垃圾袋从屋里走出。她瞧也不瞧我一眼地经过我身边走近名城："你今天也来得很早呢。"

"院长说他下午三点左右就要出门，所以我就早一点儿来了。"名城打开庭院和停车场间的门栅走进来。我有一股地盘遭人入侵的不快。

"这样啊，辛苦你了。"

两人有说有笑地并肩沿着花坛小路走向医院。

……太令人不爽了。我从喉咙里发出"嗷呜呜"的低吼。可是我也不清楚自己为何不爽。两人消失在屋里,我也追在他们的身后走向屋子。踏进玄关的瞬间,三道魂魄正在建筑阴影处摇晃。他们何时回来的?

和生前一样,他们仿佛在躲避日光,静静伫立在潮湿的阴暗中。

"习惯"真是件美好的事。我躲在二楼走廊的盆栽后赞叹。我四天前才提心吊胆又冷汗直流(事实上身为狗的我不会流汗)地溜进来,今天却轻松得像在散步。我避开护士耳目,像阵风似的迅速抵达。这一切都因我太优秀,短短一周就把藏在狗体内的潜能发挥出来。

我偷偷地望向护理站,护理长打着瞌睡工作。这家医院似乎只有菜穗、护理长以及另三位中年女性,共五名护士——这也是我的新发现。身为死神,我经常造访医院这种场所,但这里和我见过的医院不同,即使忽略这栋洋房低价购入,而且主要照顾病人咽下最后一口气的因素,这家医院还是很不寻常。

首先,患者人数实在太少。医生只有那个古怪又神经质的院长和名城,确实无法应付大量患者。但十间病房连一半也住不满,未免太冷清了。

此外,一些医疗器材和行李堆在二楼走廊尽头,甚至任由称为"移动型 X 光机"、拥有长颈鹿般摄影装置的巨大机器落灰。正常的医院应该会整理得更加井然有序才对。

算了,我才没闲工夫担心经营方针,现在最重要的是要完成吾主的神圣使命。我又回头看护理站一眼,确定护理长正在打哈欠和揉眼睛,接着冲进微暗的走廊。肉垫和地毯这两种缓冲材质把我的脚步声全数吸收。我把爪子伸进挂着"孙洁先生"名牌的门缝,往旁边推开门钻进去,并且环视房间。

哇哦!即使目睹过的人类死亡的场景不可胜数,但眼前这幅场景令我不禁想后退。金村躺在房间深处的床上,瘦如骷髅的脸孔浮现出恶鬼的形象，面向我的方向。他闭着双眼，并非瞪视着我。可能是在做噩梦，恐怕梦到的是七年前的那一夜。

我重新振作精神靠近床边，抬头看着金村。远看就够恐怖，他脸上深深的皱纹在近看时更是一览无余。这幅情景映入狗夜行性的双眼里，更加骇人。

我潜入他的梦境后，苦恼的表情会从这个男人的脸上消失吗？

我在床边躺下，闭上双眼，慢慢潜入金村的梦。

5

反射着月色的白雪飞舞飘落，在树上开出一簇簇雪花。我伫立在月光射不进的森林，而穿着厚外套的金村打着战躲在粗壮的树干后看着医院……不对，是七年后将变成医院的洋房。如果是七年前的记忆，金村应该是油光满面的中年男子。然而，我面前却是受到癌细胞和化疗的侵蚀，明显露出死相的男人。南也是这样。看样子即使梦到过往，也会出现现在的自己。

金村手中的东西在月光下反射出不祥的光泽，是那把危险的左轮手枪。

"你在这种地方不冷吗？"我问金村。

我只有意识入侵到梦境里，所以即使在冰天雪地里也不会冷，但想起七年前记忆的金村似乎冷到快断气。他看着我，流露出些许恐惧和困惑。

"……你怎么在这里？为什么会说话？"

我最近才回答过相同问题："这里是你的梦。狗不管是讲话，还是在天上飞，都不足为奇。"我用跟南说过的台词回答问题。

金村一脸嫌恶地暗啐一声，移开视线。不知是接受了我的说明，还是根本没空理我，他继续凝视洋房。漫长的时间流逝着。

"还不上吗？"我调侃地对金村说。

"要你多事，闭嘴！"金村用蕴含杀气的眼神瞪我一眼，他抬起脚，打算用穿着坚硬皮鞋的脚尖攻击我。然而，我一动也不动，眼看脚尖就要扫到我的肚子，但下一瞬间，脚尖穿过我的身体。抬起一只脚的金村踢空，当场跌坐在地。这里的我并不属于金村梦中的一部分，而是我在病房里冥想投映出来的意识，我是不存在于此的幻影。只要我不允许，他不可能触碰到我。

"你在磨蹭什么？还不赶快进去？"我嘲笑倒在地上的金村。

"……不要。"金村的两排牙齿发出打战声。

"为什么？事实上，你不就真的潜进去了？换成在梦中反倒不敢？你怕什么？"

金村无言以对，憎恨地瞪着我。

"你就快要死了。"

我走到跌坐在地的金村身边注视着他。金村浑身发抖。

"……那种事……我早就知道了。"金村从口里挤出细碎的声音。我凑近金村，他扁扁的鼻子几乎要碰到我好看的鼻梁。

"你真的知道吗？"

"你到底……想说什么？"金村往后仰，试图逃开。

"你就快从这个世界消失了。消失后，你跟这个世界再也没有牵连。无论你再怎么渴望、挣扎，都无法弥补任何人、事、物。你不会以为死了就一了百了了吧？就连犯下的罪行也会消失，再也不会有罪恶感吗？错了。你们口中的'死亡'不过是肉体的消灭，从此以后换成'魂魄'永远背负所有罪恶。你会受到'依恋'的束缚，成为只有后悔和痛苦的存在。"

我淡淡地陈述事实。金村浮出又哭又笑的表情，开始发抖。

"那……我该怎么做才好？只要向神父告解、忏悔就行了吗？"金村求救似的把手伸向我。他的手当然碰不到我，只能抓住一把空气。金村一头栽向雪中。明明知道碰不到，这家伙到底在干吗啊？

"口头上的忏悔有任何意义吗？"我目瞪口呆地看着趴在地上的金村。

"没错，一点儿意义也没有！我的罪孽无论如何都不会消失！"

金村倒在雪地上咆哮。

"倒也不是这样，你犯下的罪行或许不是全然没有转圜的余地。"

"……咦？"金村趴在地上，绝望的眼神透出一丝希望。真是的，他还两度想用脚踢我，真是自私自利的家伙。我无言地转向矗立身后的巨大洋房。金村的脸部扭曲，孩子似的摇着头。如果真的是孩子，倒还称得上可爱，但中年男子装可爱让人不舒服。

"事到如今，你还想继续逃避自己的过错吗？"

我毫不掩饰自己的火冒三丈。

"你要我去那里做什么？我杀了人！像我这种人还有可能被原谅吗？"

金村跪在积雪上，野生动物般咆哮。

我眯起眼睛，露出普通的狗做不出来的轻蔑神情。

"我哪儿知道，这种事你不会自己想吗？"我丢下这句话，再也不看金村，并往洋房前进几步。背后传来金村的哭号。我停下脚步，"……你的罪或许没有你以为的那么深重。"

我喃喃低语，金村在我背后猛然抬头。

"……这句话什么意思？"

"想知道就跟我来。"我头也不回地慢慢往阴暗的洋房走。几秒钟后，背后传来踩在雪地上的脚步声。我挑起嘴角，露出微笑。我来到大门前，等待踌躇不前的金村从后面跟上。我告诉好不容易追上来的金村："打开它。"

金村仿佛是被冰雪女王下咒的冰雕般停止动作。要帮助金村解冻，我只好扯着嗓门大喊："赶快把门打开！"

然而，金村还是不动。

"事到如今还要逃避吗？卑鄙小人。"僵持下去不是办法，我试着挑衅。

"闭嘴！少啰唆！"金村大吼一声，不晓得是对我吼，还是对没用的自己吼。他抓住门把用力拉开。人工光线从门缝透出来包围金村，我的视线也被染成雪白。

"啊啊啊……"金村发出既不像悲鸣也不像呻吟的怪声。

被光线包围后，我和金村伫立在阴暗的走廊。我把头转了三百六十度，环顾四周。金村瞪大浮肿的双眼望着像只猫头鹰的我，往后退一步。

"要我说几次？这是梦，我把头从脖子上拿起来也不奇怪。"

肉体构造如今对我根本不构成限制。我重新打起精神，环视屋里。我很熟悉这里。洋房的一楼是我的住处。不过，家具位置稍微变动了一些。走廊尽头的壁钟应该已经不走了，眼前却还分分秒秒地动着。此外，我熟悉的屋里有扇大窗，将美好的阳光送进走廊，让我度过充实的午睡时光，但现在大窗被密不透风的木板塞住。七年前，金村侵入的走廊就在眼前。我面向走廊尽头，一步一步往前。

"呜哇啊啊啊！"背后忽地响起金村高八度的尖叫。

发生什么事了？我回头一看，通往食堂的门打开，一个男人冒出来。

"别过来！我叫你别过来！"金村发出刺耳的尖叫，举起手枪，宛如无底深渊般的枪口对着男人。这个笨蛋，到底在干什么啊？

"可以闭嘴吗？"我饱含怒气，金村的尖叫戛然而止。他剧烈颤抖着，枪口依旧对着男人，浑身僵硬。"这是你的梦。你发动念力，想让这个世界怎么变就怎么变。听好，集中精神，集中精神阻止那个男人。"金村又用力摇头。都说那个动作要小孩子来做才会可爱了。

"废话少说，给我集中精神！"我大喝一声，金村紧紧地闭上双眼。同时，男人的脚硬生生地停在半空。有心还是办得到嘛，我花一点儿时间开始说明现状。

金村睁开眼睛，跌坐在地。真没用。我有点儿后悔自己对他刮目相看了。我踱步到金村的身边："你开枪打中这个男人了吧？"我抬头看着如雕像的男人。

这是个高大的男人，将近中年，头发剪得短短的，瞪着金村的锐利眼神充满杀气。此外，他从胸口到右手臂的衣服都被染成深褐色，右手握着沾血的宝石。嗯，的确很吓人，难怪金村忍不住开枪。我上上下下地打量男人，回头看着还吓得站不起来的金村。

"你把这条走廊变回现在的医院。"金村"咦"的一声，傻愣愣地张着嘴。领悟力真够差的。"我叫你把这条走廊变成现在的样子，而不是七年前。快给我集中精神。"

这个世界是金村的梦境，通过他的想象力，想变成怎样就变成怎样。

"为什么要这么做……"

"为什么非得向你一一说明不可？别多嘴了，集中精神。"

或许不满身为狗的我对他颐指气使，金村脸部的肌肉紧绷着，但还是闭上眼睛。走廊景色开始摇晃，过去与现在的画面重叠，出现两层影像。走廊中央的男人身影随之变淡，越来越透明。我连忙出声提醒他："啊！别让那个男人消失。那个男人就保持原样，改变走廊就好。"

"为、为什么……"

自己最想抹杀的身影被要求留下，金村狼狈不已。下一瞬间，墙壁像是麦芽糖一般扭曲变形，又像内脏一般蠕动起来。后面的墙壁一下子靠过来，一下子又退开。我气得脸都歪了。金村的动摇让这个世界跟着动摇。一个搞不好，梦境可能会倒塌，金村也会醒过来。

"继续集中精神！我等一下会解释，现在考虑走廊就好。"我说服金村，慢条斯理地说道。

金村露出称不上同意的表情，但还是闭上眼睛。视觉像陷阱画般歪七扭八，远近感荡然无存的走廊逐渐恢复正常。男人的身影虽然半透明，但至少固定在当场。当走廊好不容易变成现在的样子，我抬头望着半透明的男人。

"这男人真的是来你店里的男孩儿的父亲吗？"我问睁开眼睛、胆怯地看着男人的金村。

"你在说什么？当然是啊！"金村颤抖地回答。

"委托你鉴定宝石的男人不是把脸遮住了吗？既然如此，你凭什么断言这男人就是出现在你店里的人？"

"这栋屋里的成年男性除了他还有谁？不然你说这男人是谁？"

"万一除了你，还有其他的侵入者呢？"我意有所指地挑起嘴角。

"什么？"

我看着瞠目结舌、一脸呆相的金村，忍不住叹息。领悟力超差。我深深地吸进一口气，细细咀嚼最重要的话再吐出来。

"你没杀死任何人。"这句话似乎立刻传进了金村的大脑。他一再眨眼，眼珠瞪得仿佛要从浮肿的双眼蹦出来似的。"怎、怎么可能……"

"跟我来。"我转向走廊的尽头。墙壁上存在好几个弹孔。想必金村本人平常并没注意到那些小洞，所以是潜意识创造出跟现实同样的走廊。人类的潜意识太了不起了。

我和金村一起来到尽头放着壁钟的位置，然后重新转向玄关。

"你是在玄关再进来一点儿的地方枪击那个男人的，对吧？"

金村嘴巴抿成一条线，闭口不言。

"对吧？"我强硬地又问一次。

"对……"金村恼羞成怒，不肯多讲。

"男人已经倒下了，吓得屁滚尿流的你还是把剩下的子弹全部射光。然后，陷入恐慌的你抢下男人的宝石，头也不回地逃离，是这样吧？"

"没错……就像你说的。"金村的语气迟缓。

"你射了几发？"

"什么？"

"你把装在手枪里的子弹射光了，共是几发？"

金村将视线落在手枪上，数着弹膛："……六发。"

"没错，就是六发。"我沉吟着退回离入口约一半的走廊，抬头望着墙壁。墙壁上有两个小小的洞。"两发打在这里。"再往前几步路的墙面同样分布着三个弹孔。"三发打在这里，接着是……"我念念有词地走到走廊尽头，放着壁钟的位置。

"你到底想做什么？全都是我射击的弹孔不是吗？"

金村失去耐性地摇头。我懒得理他，绕到壁钟的旁边，那里残留着两个枪击痕迹。

"这里有两发。"

"咦？"金村发出呆若木鸡的叫声，"这、这么一来全部是……"

"没错，是七发。这条走廊上有七个弹孔。"

"怎么可能……这是怎么回事……"

"很简单，除了你以外，还有其他人也在这里开枪了。"

"其他人？怎么可能……哪儿来的其他人？"

"你在说什么傻话？看清楚了，不是还有其他人开枪的证据吗？"

"证据？"

"你没有射时钟吧！"不明白我的意思，金村额头挤出一堆抬头纹。"这个时钟的弹孔从侧面斜射进。如果从这个角度射击，须站在走廊深后方，或是从位于壁钟隔壁的厨房开枪。假设子弹从你站的位置飞来，应该会打在正面的玻璃上。"

"可、可能是先打在墙壁上……"

"到处都没反弹的痕迹。这道墙壁对子弹来说太软，因此子弹都卡在上头。"

"这么说……究竟是怎么一回事？"

"所以，有人早在你之前就侵入了这栋房子，恐怕还不止一人。那些人在你侵入的时候，可能已经杀了那对夫妇。翻箱倒柜时，你好死不死地出现了。其中一个听到声音出来察看状况，但被你射杀了。这么一来，男人浑身是血的理由也就不难想象，一定是在被害人身上找宝石的时候沾上的吧！"

"怎么可能……"金村的嘴巴就像金鱼似的一开一合，但无法顺利地发出声音。

"证据还不只这个。报纸说房里有翻箱倒柜的痕迹，那是比你早到的劫匪干的。而你闻到硫黄和血的味道，应该是硝烟和夫妇的血。他们的尸体搞不好在光线太暗看不清楚的走廊尽头。"

金村颤抖的手捂住脸，高烧似的喃喃自语。

"我、我没有杀人吗？谁也没被我……我和杀人凶手没半点儿关系？"

"怎么会没关系？"我对他淋下一盆冷水。没半点儿关系？你的如意算盘打得太响了。

"什么……关系？"

"你还没发现这个男人的真面目吗？"

"真面目？"金村鹦鹉学舌似的重复。

都说到这个份儿上，还不能举一反三吗？你完全没有动脑吧？

"这个男人，被你开枪射中的男人，正是将这把枪和钱交给你的男人啊！"

"什么？"金村惊呼一声冲到走廊，端详动也不动的男人，"不对，这家伙不是铃木！"

"姓铃木的家伙只是把钱和手枪拿到店里给你的男人。这个男人的确不是那个铃木，但我想你不会不知道，铃木不过是个跑腿小弟。"

"你是说，这个男的……"

"从年龄来看，大概是铃木的上司吧！至于是他的老大，还是下层组织的头头……应该是后者。"

"为……为什么这家伙出现在这里……"金村不敢置信。

我终于明白，这个男人并非完全不想思考，而是不愿意相信自己。我轻蔑地望着金村，斩钉截铁道："不都是你害的吗？"

金村的表情扭曲，宛如烧熔的热蜡。我不在乎地说："还不出钱来的你突然要手枪做什么？还豪气地说会把借款一次还清。地下钱庄当然好奇你想要做什么。何况，你大言不惭地说手枪只是小钱，再加上你经手的东西是宝石，对钱的味道如此敏感的地下钱庄怎么可能轻易放过这块肥肉。"

金村无言以对地专心倾听。

"你被监视了。你拿到手枪后，频繁造访洋房的举动全被躲在森林观察的人看得一清二楚。你等于在告诉他们，这里有'宝物'。地下钱庄说不定一开始打算等你把宝石抢到手，再来袭击。可是你迟迟不行动，他们没耐心再等，只好弄脏手。没想到你居然在同一天下定决心上门打劫。"

"这、这不过……不过是你的想象，有什么证据吗？"

金村说出类似连续剧里被警察逼到狗急跳墙的犯人的台词。

"我没有批判的意思，只是告诉你可能性比较高的事实。你打算潜入时，与这家人无关的强盗也同时潜入，你认为世上有这么巧的事？"

"其他珠宝商可能也……也看过钻石了。"金村不死心。

"我有间接证据。"我也说了一句从警匪剧里学到的台词。

"证据……"金村倒退一步。

"你为什么可以逃到国外？"

"……哪有为什么？"

"思虑周详，打算把你弄死好换钱的地下钱庄，为什么默不作声任由你远走高飞？像你这种外行人，有办法逃离他们的魔掌吗？"金村无言以对。"因为地下钱庄没余力管你了，有成员被打中。我也不晓得被你打中的人是死了，还是捡回一命，总之他们没闲工夫阻止你连夜潜逃。此外，地下钱庄可能已经拿到剩下的宝石，没必要再冒险追你。"

沉默在走廊上蔓延。金村涨红一张脸，还想反驳，但脸色随即发白，当场跪在地上。"我……我该怎么做才好？"金村几不可闻地低语。

"自己想。"我冷淡地回答。重要的是金村不会变成地缚灵，为此金村必须放过自己，而不是得到任何人的原谅。话说回来，以为做点儿什么就能赎罪的话，未免想得太美。人到死都要为自己负责，就算肉体失去生命，也依旧如此。

"可是……我已经一无所有了，我什么都办不到……我就快要死了。"

"是这样吗？你时间的确不多，但还有在所剩无几的时间里办得到的事。"

金村依旧跪在地上，抱着头不住发抖。我冷眼瞧他，耐心等待金村找到自己的答案。梦中的时间涓滴流逝，过了好几十分钟，他终于慢慢地放开捂着脸的手，仰望天花板，一字一句地说道："……我得去那一家人的坟前忏悔，然后在死前把真相告诉警方。这么一来，他们可能会帮忙寻找真凶。不过，我还有在中国香港挣的财产，我打算……全部捐出去，让那笔钱帮助世上的人。"

"如果你认为应该那么做，就那么做。"我冷淡地答。

"这……真的能赎罪吗？"金村窥探着我。窥探狗的脸色真是一种稀奇的嗜好。

"为什么要问我？"

"因为是你告诉我的。是你告诉我，我干了什么好事，我的罪孽到底多深重。"

"睁亮你的眼睛好好看清楚了，我是什么？"

"什么……不就是一只狗吗？"

"没错，我是一只狗。哪个角度来看都是一只狗。你对狗有什么指望？能不能赎罪，难道要狗来帮你判断吗？你的问题没人能回答。你该做的也不是想东想西地烦恼个没完，而是在所剩无几的时间里，拼命完成自己认为正确的事，不是吗？"

金村咬紧下唇，"没错……你说得对。"金村喃喃自语，双手蒙住脸，"或许根本无法赎罪，或许我还是会下地狱，但现在……我只能做办得到的事。"瘦骨嶙峋的肩膀颤抖起来，指缝间流出呜咽，弥漫在他四周的瘴气逐渐散去。

不用被狗教训到哭吧？我露出苦笑。如何利用不多的时间，金村已经找到了答案了。至于答案正不正确，能不能救赎捆绑在洋房里的三个魂魄，我不知道，也没兴趣猜测。

但我相信一件事，金村终于找到了人生的意义。他变成地缚灵的可能性就大幅降低了。时间再短，还是拼命想活下去，这种人类不会受到"依恋"束缚。

任务到此结束。实在有点儿累人，该回到现实了。

我慢慢合上眼皮，从梦的世界淡出。

我抬起眼皮，映入眼帘的并非洋房走廊，而是一间躺着病重男人的病房。我像甩掉毛皮上的水似的抖动全身，确认身体。突然从灵体变回肉体，总觉得哪里不太对劲。我在这个世界不能说话，也不能把头转三百六十度，要是不小心忘了这点，可会扭到脖子。

我仔细地检查自己，然后走向门口。金村动了一下，我回头看，他脸上已经不见我最初来到时的苦恼。

一滴泪水滑过金村的脸颊。这个男人表现出数次只适合女人或小孩儿的行为举止，没想到泪水倒意外适合他。我再次苦笑，但无法像梦中随心所欲地控制表情。

我走到门边，和溜进来时一样，将爪子伸进门缝里，用肉垫推开门。我探头到走廊，突然浮出一个疑问。我停下脚步，凝视阴暗的天花板，眨眨眼睛。地下钱庄为了抢走宝石杀害夫妇，这点应该错不了，但下落不明的小孩儿消失到哪儿去了？我不认为地下钱庄有必要拐走小孩儿。掠过脑海的疑问就像飘落掌心的结晶，转瞬消融不见。小孩儿为什么会消失？又到哪里去了？跟我的任务毫无关系。比起这个，我使出太多力，实在疲惫，得赶快回到楼下住处，好好休养生息。

我把视线从天花板上抽离，往楼梯迈开脚步。抓紧护理长向后转的时机，大摇大摆地打护理站前走过。

　　习惯果然是件美好的事。

第三章

死神
畅谈艺术

うんめい

1

简单地说，我很困扰。我窝在庭院中央伸展四肢，头上顶着万里无云的冬日暖阳，我舒服地晒太阳，同时望着洋房。

自我将金村从变成地缚灵的命运中解救出来后，已经过了一周。这段时间，行尸走肉般的金村恢复了生命力，已经不再需要吸氧气。他在庭院里散步时，不再随身携带装氧气的金属箱，而且每天都有一位西装笔挺，好像叫"律师"的男人来找他。

我以为律师都在名为"法庭"的地方工作，理直气壮地和别人吵架，但看样子，帮忙在人类死后处理拥有物似乎也是律师的工作。也好，如果这位律师可以让金村完成自己的赎罪，不会变成地缚灵，律师这种人显然比我想象的还要对社会有贡献。

我的身体也在这一周间恢复体力，我正打算进行下一份工作，但不太顺利。我已经让两名患者从"依恋"中解脱了，但这家医院仍弥漫着两种不同的腐臭。换句话说，还有两个地缚灵预备军。不过，如果只是这样还好，问题是我还没见过那两个人。说起来丢脸，我住进这里已经两周左右，别说和其中一个人打照面了，连名字也还不知道。

至于已知名字的另一人，我这几天试着偷溜进病房，结果铩羽而归。怎么会这样？我陷入沉思。这时，一辆小型车飙进停车场，轮胎在地上擦出刺耳声响，接着以漂移的方式停下，扬起漫天风沙。

"李奥！"菜穗从小红车的车窗里探出头。居然是这家伙，她开车还挺粗鲁的。菜穗好像刚从哪里回来。这么说来，自从今天喂我吃完早饭，我就没见到菜穗了。她抱着大大的纸袋下车，三步并作两步地走向我。

"我给你买了好东西。"菜穗在那一大袋东西里翻找。

好东西？什么好吃的东西吗？我口中不由得充满唾液。

"你看。"当我看到菜穗拿出来的东西，满心的期待烟消云散。她拿着一条细长的皮革带子，上面挂着几颗闪闪发光的玻璃珠，怎么看都不像可以吃的。

"我想你还没有项圈，就买了一条回来。很可爱吧？"

项圈？该不会是……绑在我身上吧？我头皮一阵发麻。那种闪亮亮的装饰品，怎么看都不适合我这只威风凛凛的公狗。搞不好会像个小丑。

"怎么样？很漂亮吧？"菜穗双手拿着项圈，一步步靠近。嗯，很漂亮没错，但实在太招摇了……我想逃，却又不想辜负她的好意，而那一瞬间的犹豫成了致命关键。"很好，那我就帮你戴上！"菜穗飞快地将手绕到反应不过来的我的脖子后面，后方传来"咔嚓"一声，听起来像铐手铐。

"哇，李奥好可爱！好适合你。"

菜穗是不是忘了我是公狗，还是单纯品味欠佳？我绝望地听着菜穗的赞美，试着摇摇头。玻璃珠清脆地互相撞击，将我推向绝望深渊。我今天起再也不照镜子了，否则会想咬舌自尽。

菜穗虽然见我萎靡不振，但还是自顾自地手舞足蹈。冷不防地，她的表情绷紧。我不解地循着菜穗的视线看过去，不知何时，停车场又停了一辆蓝车，一名身材颀长，穿着藏青色西装，戴着粗框眼镜的男人靠着车身站在那里。

"……又来了。"听见菜穗带着恨意的呢喃，我吓一大跳。我从未见过菜穗露出这么负面的情绪。我"呜"地叫着，想要问她发生了什么事。

"……那个男人打算买下这里。"菜穗抚摸着我的脖子，瞪着男人说。买下这里？什么意思？"他打算把山丘上的土地连这家医院一起买下，将这里改建成休闲设施。"

什么？怎么会这样？那这里会变成什么样？

"这家医院吗？不久……就要关门了。原本就不是为了赚钱，而是把患者治疗摆在第一位，所以很难筹措资金。这时，那个男人愿意花超过市价好几倍的价钱买下这里，院长便答应他了。我们现在已经不收新患者了，等到目前所有患者……全部去世，医院就要歇业了。要是那个男人没有从中作梗，医院说不定还会继续经营。"

怎么会这样？我脑中一片空白。这里患者这么少，二楼走廊放着堆积如山的行李，都是这个原因啊！这家医院一旦关门大吉，我该何去何从？这是吾主赐给我的工作地点，万一没有医院了，我不就不能工作了吗？我眼前一黑。

"啊！李奥，不行！"耳边传来菜穗紧张的叫唤，我才发现自己踩进花坛了。不好意思。我赶紧离开。菜穗连忙检查她种在花坛里的小花苗。

菜穗不用上班时，常来莳花弄草。现在刚好是冬天，花都还没开，但瞧她花了那么多心思在上头，春天来临时，花坛一定会绽放出五颜六色的花朵。

"虽然我这么努力，但或许看不到花盛开了。"菜穗目光迷蒙地低语。

原来如此，这里一旦开始施工，花坛也会被填平。那个男人不仅夺走菜穗的工作，还破坏她煞费苦心照顾的庭院。我回头观察对方。他穿着浆得笔挺的西装，戴着看起来很高级的眼镜，背部挺直……外表充满知性气质，但我就是不喜欢他。因为受到菜穗的影响吗？不，我总觉得事情没这么简单……咦？自己好像见过这个男人。我侧头苦思。错觉吗？或者这是人类所谓"似曾相识"的现象吗？男人从口袋里掏出手机，不知在说些什么。

"所以我才从外面打给你啊！你不是再三强调，不准我进医院吗？"

打给你？究竟打给谁啊？疑问马上得到了解答。男人打完电话没几分钟，院长就顶着一如往常，不对，是比平常更臭的脸，从医院里走出。院长走向停车场和男人谈判起来。我听不见他们对话，但相隔再远，也看得出气氛绝对称不上和谐。

"他又来想办法说服院长让他参观了。明明用患者不想受打扰的理由拒绝过了。"

菜穗的语气愤恨。乖巧老实的菜穗气成这样，想必那个男人手段过分。

"回医院了……不想再看了。"菜穗低声说完后站起来。总是很开心的菜穗露出垂头丧气的表情实在让人不忍，虽然很想为她做什么，但我连出言安慰都办不到。我"呜"地叫一声，目送菜穗沉重的背影。确定她进屋后，我蹲在原地。

这时，高大男人似乎死心了，他正开车离去，而院长板着一张脸回到医院。

庭院里剩下我一只金毛寻回犬。我边享受日光浴，边思考接下来的行动。几十分钟后，我心意已决。继续晒太阳也无济于事，离医院关门还有一段时间，但患者何时"蒙主宠召"都不稀奇。要是患者在我从长计议的时候死翘翘又变成地缚灵，我就没脸面对吾主了。人类一句俗话说得好："不入虎穴，焉得虎子。"我其实不是很明白这句俗语，但我想应该是"不管三七二十一，先做再说"的意思。

我下定决心地起身，打一个大大的哈欠后走向洋房。灿烂的阳光拂过我后脑勺的头发……真麻烦，拂过我后脑勺的金毛。

我踏进屋里，确定一楼走廊没半个人后，利用玄关的脚踏垫把沾在肉垫上的土蹭掉。这个行为以前被护理长目击过，结果她一脸惊讶，我现在都先留意确定周围没人再把脚擦干净。

我走向住处，现在是四下无人的走廊。经过敞开大门的交谊厅前时，南正坐在里面看书。他枯黄干燥的脸如今恢复了些气血与红润。南不久就要死了吧？就算从心结中解脱，肉体的寿命也不会有多大的改变。不过，精神会对肉体带来巨大的影响，摆脱心结能够有效改善身体状态。

我哼了一声，很满意工作成果。或许是听见我的声音，南把视线从书上移开，望向我的方向。我们四目相交。南堆起笑容，眼尾刻画出深深的皱纹，对我点一下头。我差点儿就要回礼了，连忙定住脖子，继续前进。

南那种活像共犯的笑容代表什么？因为我在梦里和他讲过一堆话，他就以为我是只特别的狗吧？如果他分不清梦境和现实，我就有大麻烦了……

算了。南怎么想是他的事，不会造成我工作的阻碍。至少从他的态度看来，南似乎还没把我的事告诉其他人。万一他真的向别人透露我是只特别的狗，应该只会让人觉得是病人临死前的妄想。

我把不必要的担心赶出脑袋，抬头看着楼梯，我没感觉到人类的气息。我迅速跳上楼梯，窥探着护理站。护理长和菜穗都在里面，菜穗专心准备点滴，护理长在做记录。此时不去，更待何时？绝不能放过机会。我冲向二楼的走廊，到最前面的房间。

没错，我迟迟无法溜进病房，是因为这里离护理站最近。要趁护士不注意进房并不容易。然而，我累积了溜进南和金村病房的经验，完全掌握了开门技巧。我趁菜穗她们还没抬头，灵活地用肉垫推门，再把前爪塞进隙缝里。

一切都很顺利。我松口气，环视病房，摆在墙边的两幅画映入眼帘。

其中一幅画非常巨大，大概有一人高，宽度更是高度的两倍。我凝视着昏暗房间里的画，那是一幅风景油画。

其实我对人类称为"艺术"的各种行为——音乐、雕刻、写作等都非常有兴趣。这些行为展现出灵魂封印在肉体的冲动，是受肉体"欲望"支配的人类极少数崇高行为之一。绘画也是一环。我稍微站远欣赏画的全貌。尚未干透的油性颜料刺激着我的鼻腔。

不值一哂。

我当场打零分。这幅画描绘的是从病房看到的庭院风景。应该是春暖花开的季节，因为画中庭院开满五颜六色的花。构图没什么大问题，不是外行人的手笔，但用色太差。姑且不论因画师未完成导致的颜色毫无光泽，油画是一门通过混合颜料创造出新色的创作，这种用色是致命伤。此外，还有致命的缺失，它完全没有灵魂可言，感受不到"灵魂的力量"。

空虚。这是我对这幅画最真实的感想。

我接着看墙边的另一幅画。这幅画不大，可以轻松拿起来带走。我不解地歪着脖子。画的表面脏得不得了，或许尚未干透时就被碰触到，到处都是颜料晕开的痕迹，已经称不上是一幅画。然而，我却无法转开视线，这一幅宛如乱涂的画散发出灵魂的波动。

我蓦地回过神。现在可不是畅谈艺术的时候，我也不是来这里看画的，要是发呆时被患者发现，叫来护士就麻烦了。不过，我回头张望时，床上的男人依旧紧闭双眼，痛苦地呼吸着。我放下心中大石，观察这个男人。

男人很年轻，头发染成浅浅的咖啡色，虽然很瘦，但倒不像南那样一看就知道他离死期不远。五官没什么起伏，不容易给人留下印象。年龄大约三十岁。在这个时代和国家，这个人算是早逝。根据我收集到的情报，这个男人叫作内海直树。

我眯起眼睛，观察内海的体内。一块巨大的肉瘤从右脚根部的骨头探出头，乍看像深褐色花椰菜。我记得那是名为"骨肉瘤"的肿瘤。我看过好几个死于相同肿瘤的年轻人。接下来怎么做呢？我抱头苦思。内海睡着了，侵入他的梦境绝非难事，但现在是大白天，他可能还没进入深层睡眠。若他在侵入的半途醒来，就前功尽弃了。

而且，侵入梦境会对肉体造成负担，基于过去两次经验，我再清楚不过。

可以的话，我想调查清楚他的"依恋"从何而来，再进入他的梦。我只能像过去那样等内海醒来，再催眠他好问清楚。这时，仿佛就在等这一刻，内海发出"唔"的痛苦呻吟，然后翻身。

太好了，他要醒了。内海发现我时就可以对他催眠……正当我沙盘推演之际，内海突然睁开眼睛。醒来了吗？我准备对他催眠。万万没想到，内海没注意到我，他躺回床上伸出手，按下头上的按钮。我惊吓万分。因为那玩意儿正是护士铃。

"内海先生，怎么了吗？"护理长干涩的声音从按钮旁的网状扩音器里传来。

"好痛！痛死我了！还不赶快想点儿办法！"内海扭着身体惨叫。

"……我马上来。"

"你来有什么用？叫院长来，止痛药根本一点儿用也没有！"

"……好的。"隔着扩音器也听得出护理长生硬的语气，她随即切断通话。

内海"啧"一声，他紧紧闭上眼，咬紧牙关忍受痛楚，还没注意到我。我手足无措。护理长很快就会跟着冷若冰霜的院长出现，菜穗倒还罢了，若被院长看到，说不定会把我赶出医院。这也是我迟迟未溜进这间病房的第二个理由：这个男人一天到晚都在找护士麻烦。我手忙脚乱地环视病房。我该立刻离开吗？可是门一打开，我也许会跟院长碰个正着。这里有没有藏身处呢？

这时，我打零分的画出现在视线一隅。找到了！我后脚一蹬地板，蹿进画后面。同一个时间，门开了，院长和护理长一起走进来。

"痛吗？"院长依旧用平板的语气问道。

"当然！痛得都快死了！还不赶快想想办法！"内海撑起上半身咆哮着。

"镇痛剂目前的剂量是？"院长问护理长。

"16.8 毫克。"

"应急剂量呢？"

"两个小时前才服用过止痛药。不过，最近次数多了点儿，有嗜睡的倾向……"

护理长皱着眉头。院长还是一副不晓得在生什么气的表情，沉默地点点头。

"疼痛是一直持续，还是断断续续出现强烈的疼痛？"

"一直持续在痛，你们赶快想想办法！"内海暴跳如雷。

院长帮他检查过一遍后告诉护理长："再给他吃一次止痛药。"

"再继续投药就有点儿过量了……"护理长不满地反驳。

"患者都说会痛了，当然要消除他的疼痛才行。"院长难得表现出强硬的态度。

"……是。"纵使有些不满，护理长还是走出病房拿药。

"不舒服随时按护士铃，我马上过来。"院长的语气里透露出少见的温情。

"别废话，赶快给我药吃！"

"马上就拿来了。"院长说得没错，护理长一下就拿着小小的容器回房。

内海从护理长手中抢走容器，一口气喝下药水。

"过几分钟就会见效了。"

"我知道啦！你们可以出去了。"内海把空的容器推给护理长，悻悻然地把被子拉到头上，转身背对院长他们，在床上缩成一团。

护理长看着内海的背影字斟句酌地说："那个……内海先生，晚上的时候，可以请您不要锁门吗？"

没错，这就是我无法溜进房间的最后理由。不知何故，这个男人一到晚上就会锁门，我利用深夜侵入的老招就派不上用场了。

"要你管！我不锁门就睡不着！反正你们不是有备用钥匙吗？我真的有什么三长两短，再用备用钥匙开门不就好了？这是感觉的问题，感觉的问题。"

"可是……那样的话，需要采取紧急措施的时候就无法立刻应对了……"护理长吞吞吐吐说到一半，内海就打断她。

"你是指病情突然恶化吗？反正这家医院也没办法有什么像样的治疗！"

内海转过脸，挑衅地道。

"所谓治疗，并不只是延长患者的生命。让患者好好过完剩下的时间也是治疗的用意。我们不仅要治疗身体的痛苦，也希望抚平你内心的创伤。"院长面无表情，晓以大义地道。这个院长也能这样说话啊？还真是意外的发现。

"还有别的事吗？我困了，你们都出去。我想聊天会叫你来，这样总行了吧？"内海刻意不屑地咂舌。

"好的，随时欢迎您呼叫我。"院长和护理长走出病房。关门声让室内显得格外冷清。

"混账！自以为了不起。"内海抱怨，又不屑地啧几声。我从画的后方观察他，寻找在内海面前现身的机会。"好痛！好痛！好痛！混账！"内海又开始像和母亲耍赖的孩子，在床上挣扎着扭动四肢。我能体会他感受到难以承受的痛苦，但这情景太过难堪。

安宁医院应该是以消除肉体疼痛为主要目的，可是内海的疼痛一点儿也没缓和。院长身为缓和治疗的医生，技术却不到家，说着一口冠冕堂皇的大道理，没想到这么没用。

我看着挣扎的内海，不禁叹气。要问出内海的"依恋"实在有点儿难。痛苦会破坏灵魂的平静，催眠对陷入混乱的灵魂无法达到预期效果。拿他没办法。我又叹口气，继续躲在画的后面，集中精神地凝视内海。我先消除内海体内的疼痛吧！反正这也不难，逆向操作当时让金村恶化的方法就行了。

我马上消除你体内的疼痛，这样，性情乖戾的男人也会温顺得像只绵羊……

"好痛！可恶！好痛！好痛！"

……并没有温顺得像只绵羊。奇怪。我已经暂时消除男人体内的疼痛了。失败了吗？我再次凝视内海，用念力消除疼痛。

"好痛！好痛！好痛！"

如意算盘落空，内海就像念咒似的对空无一人的地方喊痛。

……原来如此啊！我恍然大悟。他并不是受到肉体的疼痛折磨，他的痛苦恐怕来自"侵蚀"到灵魂深处的疼痛。年纪轻轻就要面对死亡的恐惧、自己就快消失的惊慌，以及没有人理解这种恐惧的愤怒。苦恼"侵蚀"内海的灵魂，化成疼痛。我也无法消除这样的疼痛。真是麻烦。内海再次按下枕边的按钮。

"止痛药一点儿用也没有！到底怎么一回事？"

内海发出撕心裂肺的叫声，扩音器传来"我马上过去"的回答。我连忙藏进画后面。门随即打开。原本瞪着门，好似瞪着杀父仇人的内海突然发出"咕"的一声。

"内海先生，你没事吧？"原来是菜穗。

"菜穗小姐……"

内海的音量顿时减弱，变成呻吟。愤怒的神色也变成像挨骂的孩子。

"还会痛吗？我想再过一会儿，药就会产生作用了……"菜穗一脸担心地注视着内海。

"稍微……好一点儿了。"内海的眼神躲着菜穗。

"真的吗？太好了。"菜穗绽出笑容。

"你那么忙，还让你跑一趟，真过意不去。已经不要紧了。"内海有些不好意思地道，转身背对菜穗。

"那就好，如果有事再叫我，我会马上过来。"

菜穗挂着有些困窘的微笑离开病房。我也呆住了。内海怎么回事？跟对院长和护理长那种好似有血海深仇的态度也差太多了。我知道男人基于生物本能，对正值生殖年龄的女人，尤其脸部五官归类为"美女"的女人特别没辙。菜穗可以归类为"美女"应该没错，但内海的态度也太明显了。

他该不会爱上菜穗了？我从画后面爬出来靠近床，朝内海缩成一团的背部"汪"地低吠一声。内海跳起来转向我，眉间挤出皱褶。

"……狗？"内海说出这个字就接不下去了，他目光涣散。因为我开始干预他的灵魂，进行催眠。不晓得何时有人进房，没闲工夫跟他慢慢耗下去。而且，虽然明白灵魂受到恐惧侵蚀，但内海孩子气的态度也让我很不耐烦。

乖，赶快把你的"依恋"告诉我吧！要简洁一点儿哦。

"我喜欢画，也喜欢画画……"内海目光茫然，高烧似的呓语。

我依照惯例让意识与内海同步，窥看记忆中的光景。

来吧，这个男人究竟有着什么样的"依恋"呢？

2

我喜欢画，也喜欢画画。

内海直树握着画笔，站在半山腰能够俯瞰小镇的观景台上，他非常幸福。颜料掠过鼻腔的刺鼻味道，直树认为这是玫瑰花的芳香。这座观景台平常没有人，他最喜欢这里。翁郁森林下的群山，坐落在山坳里的小镇，天气好的话还看得见远方的湖泊。这里有直树想要的一切：春天色彩缤纷的繁花、夏天清新的绿意、秋天的红枫、冬天纯白的雪景。

他的画笔在画布上轻盈滑动，每刷上一笔松节油稀释的颜料，胸中便充满喜悦。去年刚从东京的美术大学油画系毕业，直树把留在东京找美术老师之类工作的同学抛在脑后，毫不犹豫地回到故乡——四面群山环绕，没什么娱乐，而且人口外迁越来越严重的小镇。

四年大学生活令直树领悟，自己追求的东西并不在东京。钢筋水泥林立的都市丛林里充满娱乐与刺激，但无法感动他的内心。

四年来，灵魂始终饥渴。为了填满欲求，直树毕业后马上回到故乡打工糊口，同时将内心深处源源不绝的冲动涂抹于画布。他想描绘大自然，想把大自然的美丽移上画布，这就是直树的冲动。一开始，生活虽然艰苦，但他没丝毫不满，就算饿得前胸贴后背，但精神时常满足。他想永远在被雄伟大自然笼罩的镇上作画，直到生命尽头。

直树微微发抖，合拢夹克衣襟。冬天的太阳总吝于露脸，约两个小时前就沉没在山的另一侧。然而，沉入山坳里的太阳却还栩栩如生地留在直树面前的画布上，炽热如火球。

直树停笔闭眼。几个小时前的天空与群山界线融合成红色光景，复生在他紧闭的眼中。他接着睁开眼睛，将景象描绘出来。

半年前，直树在一场以年轻画家为主且小有名气的征稿比赛中拿下大奖。此后，他的作品就能卖出好价钱，只要是直树的作品，镇上唯一的画商就愿意全数收购。比起靠打工维持生计，如今能够自由支配的时间变多了，于是他把所有时间都拿来作画。

望向画布，上头是昼夜重叠的魔幻时分。若卖给画商，应该有十几万的进账。但他不打算拿给相熟的画商。对直树来说，金钱这种东西，只要够他维持生命活动就行了。

视线一隅出现一道人影，直树抬起头，眼前站着一名瘦削的少年。

"你来了？"直树对少年露出一抹微笑。

"……嗯。"少年细声回应，散发出带笑的柔和气息。不过直树无法确定少年是否真的笑了，因为少年的脸被大大的太阳眼镜、口罩和帽子遮住，没露出半点儿肌肤。

直树是大约一年前初次见到少年的。他跟平常一样，在冷清的观景台上画画，一个小小人影从黑暗中冒出。看到人影的瞬间，直树不住尖叫。明明三更半夜，却还戴着太阳眼镜、口罩和帽子的少年，简直就像是从恐怖片里爬出来的，散发出使人毛骨悚然的气息。

"你是什么人？"

直树在少年看不到的死角握紧调色刀出声恫吓。然而，少年无半点儿怯色地靠近他。

"你……在做什么？"

少年口齿不清，直树更加警觉。紧握调色刀的手心里都是汗，带着湿气。

"亮介，你在哪里？不要自己乱跑。"

路灯照不到的阴暗角落传出铿锵有力的成年男子声。在当下异常的气氛中，父亲对孩子的寻常呼唤让直树感到一阵放心。然而，男人的身影从黑暗中浮出时，安心顿时烟消云散。高大的男人和少年一样，整张脸都被口罩和太阳眼镜遮住。男人找到少年后，小跑至他的身边，双眼从深色太阳眼镜底下打量着直树。

"不好意思，小犬打扰你了。"男人微微低下头。即使看见符合常识的行为，直树内心还是亮着红灯。男人的外表给人强大的压迫感。

直树想起两人的身份了。约两个月前，他打工的咖啡厅店长就在八卦说"吸血鬼"家族搬进了观景台旁山顶上的洋房。不仅如此，街头巷尾到处都听得到传言。

当时，店长以机关枪扫射般的速度说起传言时，他一笑置之："哪有这种事。"但目睹后，他怀疑"吸血鬼"的传言不是空穴来风。

直树注视着二人，慢慢收起沾着颜料的木头调色板离开，不想再跟古怪的人多相处一分一秒。

"你在做什么？"少年探头看看描绘着枫红的群山的画布，重复他的问题。

"看了就知道……我在画画。"直树丝毫不掩饰戒心，没好气地回答。

然而，少年下一句话直捣直树的心。

"……好美。"少年含糊不清地说着。

"好美……你是说这幅画吗？"直树停止收东西，反问少年。

"嗯，好美好美。"少年不假思索地点点头。

"……是吗？很美吗？"直树有些错愕。这孩子令人汗毛直竖，却触动了他的心弦。

就读美术大学四年，几乎没人赞美过直树的作品。重视基础的指导教授一口咬定直树独创的用色是"自我陶醉"，想矫正他。直树没有接受，他认为，绘画就是让颜料在调色盘上舞动，静待诞生出新的色彩，然后将偶然间孕育出来的色彩们解放在画布上。对直树而言，他自己的用色就是"艺术"本身。

之后，指导教授开始鸡蛋里挑骨头，刻意找出直树作品的缺陷，当着众多学生的面数落。其他学生对直树的评价是以指导教授的意见为马首，直树从此在学校被贴上坏学生的标签。因此，直树才这么开心有人愿意肯定自己，即使对方只是年幼的孩子。

"为什么会有这么多颜色呢？"少年指着画。

"为什么……因为枫叶变红了！"

"原来颜色这么漂亮啊！"少年做梦似的喃喃自语。尽管整张脸被太阳眼镜和口罩覆盖，直树还是知道少年脸上浮现了笑容。不知不觉，厌恶早已消失无踪。

"请问你是画家吗？"父亲把手放在少年的头上。

"呃……算是……"直树语焉不详地回答。他不确定自己是否可以自称画家。他的确从美术大学毕业，每天都在作画，但既没卖出过一张画，也未在比赛中脱颖而出……他想：我真的是"画家"吗？

男人隔着口罩，温和地告诉直树："方便的话，可以请你把这幅画卖给我吗？"

"咦……这幅画吗？"出乎意料的要求令直树目瞪口呆。

"还没画完吗？那样的话，可以等你画好……"

"不，已经画完了。不过……我的画还没卖过……不晓得多少钱……"直树老实招认。

"我也不是那么了解……"男人从外套胸前的口袋中掏出价值不菲的钱包，"这些够吗？"

直树接过钞票后连忙点张数。"五万块！"他不禁高喊，吓到了正在看画的少年。

"太少吗？"

"不……够，非常够。"直树在胸前直挥双手。只要画具费回本，几千块也觉得很幸运。五万块这么大的金额足以让生活变得轻松，可以减少打工时间，把时间花在作画上。

"真的吗？那就好。小犬也很高兴。"父亲喜悦地道。令人不寒而栗的氛围一扫而空。

那一夜后，直树每月都会在晚上的观景台见到父子两三次，一如今天。

"晚安。"高大的男人不知何时下车，站在了他附近。男人和少年一样，被巨大的太阳眼镜和口罩包得密不透风。

"晚安。"直树礼貌地打声招呼。刚认识这位少年的父亲时，他觉得很诡异，但现在一点儿都不觉得不妥。

"我问你哦，这个是太阳吗？"少年看着画，口齿不清地道。

"从哪一个角度来看都是太阳吧。"直树把嘴巴抿成一条线。

直树虽然有点儿不开心，但马上被少年的下一句话逗乐了。

"好漂亮……"少年盯着画称赞，近到刘海都要拂上画布了。

"真的吗？很漂亮吗？"直树一笑。

"嗯，好像……宝石一样。"少年搜肠刮肚的赞美让直树的胸口升起暖意。

"你喜欢吗？"直树轻抚少年的头。

"嗯。"少年点头，太阳眼镜后的视线始终不曾离开画。

"谢谢你，这次的画他好像也很喜欢。"父亲以一贯的温和语气告诉直树。

"听你这么说，我也觉得很高兴。"

直树露出发自内心的笑容。父亲有些不知所措地搔着太阳穴说："那个，我听说内海先生的作品在市面上其实可以卖出更高的价钱……"

父亲所言不假，直树的作品自从得到素有"可跻身知名画家美誉"的奖之后，人们怀着增值的期待，开始将直树的作品以二三十万的价格在市面上流通。作品若拿给画商，售价肯定不下于十五万。然而，直树认为这不重要。

"画的价格没有道理可循。老实说，五万块我都觉得是不是太多了。"

这是直树真诚无伪的心情。一年前，少年的一句话给了他勇气，自己身为艺术家的天分因此开花结果。他甚至想免费把画送给他们，但这位父亲恐怕不肯收下。

"颜料还没干，请先放在通风处两周左右。"

"好，我会记得。"直树感觉到男人藏在口罩和太阳眼镜下的脸露出笑容。

这对父子为什么要把脸藏起来呢？直树至今不得其解。一定有什么迫不得已的苦衷。因为这种原因，镇上的人们对他们唯恐避之不及，甚至污蔑他们。至少就让自己永远当这对父子的朋友吧。直树目送着手牵手回到车上的父子，郑重地在心里起誓。

将"夕阳染红群山"的画卖给那对父子后两周，直树前往市郊的画廊。他这段时间都没见到父子俩，但并未特别放在心上，毕竟没约好下次见面时间。他们的关系仅止于偶尔在观景台上打照面，如果有对方中意的画就润饰一下，过几天再卖给对方。那对父子没买下的画，直树才拿去卖给画商。

直树把裱框的画拿给画商。脸色红润、方头大耳的画商瞥一眼画。

"……画得还可以。"画商挺着圆滚滚的肚子，顾左右而言他。

"谢谢……"还可以……直树冷冷勾起唇角。对眼前这个男人而言，画不过是商品的一种，无论有再崇高的艺术性，只要标上价格，就跟画在笔记本上的涂鸦没两样。所以直树从未特别留意画商看见自己作品时的反应。

"话说回来，你的作品多半都是夜景，因为比较擅长暗色系的表现方式吗？"画商两只手捧着直树的画，似乎在喃喃自语。

"啊……对呀。"直树有一搭没一搭地回答。他不觉得自己特别着重于表现夜景，他反而善于运用明亮的颜色。不过，眼前的男人不是艺术家，而是商人，他不想跟商人谈论艺术。

"那么，这是这次的费用。请你点收一下，在收据上签名。"画商也不积极地与他畅谈艺术，将装在咖啡色信封里的钞票递给他。

直树接过信封时，画廊的门在背后打开。门上风铃发出清脆声响，直树转身看向声音来处。一个穿着质量低下的西装、体形壮硕却畏首畏尾的男人伫立门口。

"可以请你帮我看一下这幅画吗？"男人扯着嗓门，大步经过直树走向画商。香烟味掠过鼻腔。男人的气质和画廊的氛围相差太远，令直树不悦。男人粗手粗脚地把东西夹在腋下走进来，然后把这个用大方巾包起来的物品扔在柜台。里头如果是一幅画，他的动作也太粗鲁了。画商脸上也浮出显而易见的厌恶。

"就是这玩意儿，你愿意花多少钱买下？"

男人动手解开方巾。直树打算回家了，继续待在这里也只会不开心。他转身的瞬间，大方巾终于摊开。

直树惊愕地瞪大眼，眼前一片模糊，像挨了柜台上的画一记闷棍。那是直树的画，是他两周前卖给那对父子的画。画上是熊熊燃烧的太阳沉往山坳，但画面完全失去了过往的耀眼光芒。

原本像红宝石般具有透明感的红色，如今沾满尘埃，暗淡无光。天空与群山的界线本应当淡淡融合，但因为颜料未干即被碰触，糊成一片。

"啊啊……"直树发出不成声的呻吟。他按住胸口。当他看到脏兮兮的画时，灵魂好像被挖空。那幅画不是应该被珍重地收藏在那对父子的家里吗？为什么在这里？直树踩着踉踉跄跄的虚浮脚步走近不知名的男人。

"你是在哪里……从哪里得到这幅画的？"他的舌头僵硬，说出的话语如同那名遮起脸的少年，有着牙牙学语的生涩。

"啊？你这家伙是谁？"男人斜睨着直树。

"那幅画……你从哪里弄到的？"直树表情扭曲，逼问男人。

"搞什么，你态度很差。我朋友说他不要了送给我的。你有什么意见吗？"

或许是被直树异常的态度吓到，男人瞥开视线，说出一听就知道是借口的回答。直树站不稳，仿佛整个人被抛到外太空。

"所以呢？你愿意花多少钱买？"男人诧异地看了一眼呆立的直树，又重新看向画商。

"请问这是谁的作品？"画商睁大眼睛盯着作品问道。

"啊？我哪儿知道。"

"画的价值取决于是什么人的作品。不知道就无法定价了。"

"你不是专家吗？起码知道这是谁画的吧？"

"话是这么说没错，可是这幅画的保存方式太随便了。你看，颜料都还没干就碰到，签名都糊掉了。神也无法分辨这是谁的作品。"画商故作姿态地耸耸肩。

"喂！你给我看仔细，这幅画画得很好，不是吗？应该可以卖一个好价钱吧！有名的画不都可以卖好几亿吗？"男人逼问画商，带着眼屎的眼里闪烁着毫不遮掩的期待。

画商不屑地冷哼一声，嘲笑男人的无知般道来："那是知名画家的伟大作品。恕我直言，这幅画根本一文不值。"

男人粗鲁地搔乱用发胶梳整过的头发，丢下一句："可恶！"就把脚步声踩得震天响地走向门口。

"啊！这位客人，你忘了把画带走。"画商连忙提醒男人。

"我不要了，随便你怎么处置。"男人不耐烦地喊回来，走出画廊，用力把门甩上。

"搞什么，真是的。"画商喃喃抱怨，打算把画收到柜台底下。

"啊！请等一下。"直树不由自主地伸出手。

"嗯？有什么问题吗？"

"可以把那幅画……让给我吗？"

"这幅画？也好，给你吧！可是都脏成这样了，你打算做什么？重新涂色，画些什么吗？话说回来，哪个家伙保管成这样啊？我觉得原本应该是幅好画。"

画商用手背"砰砰"地拍打画布。每拍打一下，直树就觉得灵魂多一道裂痕。

"不是，我有一点儿想法……"

直树挤出声音，把画抢到胸前，留下满头问号的画商，然后逃离画廊。寒彻心扉的北风迎面吹来，直树拱起背，抱着孩子似的抱好自己的画，踩着失去知觉的脚步回家。

全身充满虚脱感，心脏仿佛被整颗挖出来。

直树再也画不出画了。

并不是他想放弃绘画，而是拿着画笔，却始终无法将画笔刷上画布。好不容易开始描绘，画笔也无法随心所欲地挥洒，他的画技仿佛干涸了。还有颜色，他再也调配不出光彩夺目的色调了。直树甚至想不起来当初是如何在调色盘上创造出宛如宝石的色彩的，不管他如何拼命调色，也再调不出宝石般闪亮的色彩，反而越发暗淡无光。

自从看到自己的画被弄得脏兮兮的那天起，直树就窝在约十平方米大的房里，足不出户，也不吃饭，一直盯着满是尘埃、看不出原样的作品。两天后，他饿得受不了，外出觅食时才知道，那对父子所住的洋房发生了抢劫杀人案，卖珠宝的嫌疑犯被通缉。直树大吃一惊，前往洋房，他想亲眼确认那幅画是被劫匪偷走的，而那对父子还好好地保存着自己的作品。

抵达洋房的直树不顾警察劝阻，不顾一切地爬进屋里，期待看见自己的画。当直树进屋时，映入眼帘的是走廊尽头壁钟旁的一摊血迹。地板被大范围的血迹染成黑色，直树当下清楚地感受到命案现场的真实。然而，他并未停步，被警察抓住以前，他冲进三楼，然而到处都找不到自己的作品。

直树被警察从屋里拖出来，接受审讯时，又哭又叫地说明来龙去脉，再三强调："劫匪们把我的画全偷走了，把画拿去画廊卖的男人就是凶手。"然而，警方嗤之以鼻。屋里的确被翻得乱七八糟，但大部分财物并未丢失，更何况是不怎么有名的画家的作品，更不可能遭窃。事实上，直树也没见到墙上留下挂画的痕迹。

直树回家后，再次把自己关在房里，漫无目的地任时间流逝，一幅画也画不出来。

艺术界的淘汰率很高。无法动笔的新锐画家，转眼间就失去容身之处。再也不能用画画来赚取生活费的直树为了生活，过回打工糊口的日子。这样的状态持续了几年，一天，直树感到右脚根部隐隐作痛，但他以为是站着工作劳累所致，所以没怎么放在心上。

当疼痛越来越强烈，变得难以忍受后，直树终于去看医生。经过无数次烦琐的检查，主治医师绷着一张阴郁的脸说，死神在他的大腿埋下了定时炸弹。

直树以抓住最后一根浮木的心情尝试过化学疗法和放射线治疗，两者皆无法阻止癌细胞精力旺盛地成长。最后，主治医生将安宁医院推荐给跌落进绝望深渊、陷入忧郁的直树。因为降临到自己身上的净是一些无妄之灾，直树甚至觉得自己不再是自己，对他来说，要下任何判断都变成一件麻烦的苦差事，便听从了医生的建议。此外，听说这家安宁医院被大自然围绕，也使他心生好感。

当直树抵达安宁医院时，不禁怀疑自己的眼睛。这里是他几年前为了寻找自己的画而待过的命案现场。这是命运的恶作剧，直树空虚的胸口涌出丑恶的感情。

直树住进曾经带给他信心，最后又把他推进深渊的父子的洋房，为了留下自己活在世上的证据，以丑恶的感情为颜料，他再次拿起画笔。

没想到……

3

"没想到，我还是画不出。构图勉强可以，但创造不出颜色，无论怎么试，就是无法创造出以前那种鲜艳灵动的颜色。"

我结束与内海意识的同步，睁开眼睛。他抱着头，吐出胸中积郁的呐喊。

他恐怕已经丧失自信，因而施展不开。我在心里喊话，但他听不见我的声音。然而，听不见也无所谓。这种事，当事人自己要比我清楚多了。

我不理会抱着头的内海，走向门口。思绪纷杂，解开七年前命案的关键就藏在内海的过去中。内海的画、下落不明的小孩儿最终去了哪里？为什么那家人要把脸遮起来呢？只差一点儿，只要齿轮全部咬合，一切就会水落石出，我会用思路清晰的脑袋解开谜团。

……啊！差点儿忘了。我踏出病房的前一刻猛然回头，对内海下指示："今晚不要锁门。"内海睁着涣散的双眼点点头。

很好。我心满意足地踏出病房时，那幅放在地上、夕阳被弄得脏污的画散发出撼动灵魂的火红色彩。

这次行动也非常顺利。当天看过内海的心结，我就趁值夜班的中年护士和做记录的菜穗不注意时溜进房间。如同我白天的催眠指示，房门没锁。

我有些兴奋。明白内海的状况后，我在院里晒太阳思考。我必须告诉内海一个说法，因此绞尽脑汁地思考到黄昏。我终于想出一个假设能够梳理清晰七年前的命案，接下来只需要进入内海的梦，确认其正确性。倘若一切顺利，就能成功斩断内海的心结。

室内黑漆漆的。我看清楚内海前，先听见一种令人头皮发麻的声音，不禁严阵以待。然而，当我听见夹杂其中的嘟囔，瞬间明白了状况。

"我不想死……可恶……为什么是我？"内海一字一句夹着呜咽。当我的视觉逐渐熟悉黑暗，便在床上捕捉到缩成一团、扑簌发抖的身影。

这就是他锁门的理由吗？我恍然大悟。内海不想让其他人看到他这副德行。内海没发现我，而是沉溺在对于死亡的恐惧中。今天是月初，少了月色，房里的黑暗无垠无涯。

我定睛一看，内海似乎没有要醒来的意思。他闭着双眼，言语支离破碎。可能是处于止痛药所引起的谵妄状态。再过一会儿就会进入深层睡眠吧？我抬头望着发抖的内海，耐心等待。又过去十几分钟，内海逐渐冷静，传来微弱的呼吸声。

终于睡着了？接下来就是我的工作时间了。我闭上眼睛，进入他的梦。

再度睁开眼睛时，我还在内海的病房。我一时以为行动失败了，但马上发现这不是现实，而是梦中。首先，本该在病床上的内海坐在窗边的椅子上，他拿着画笔，和画布大眼瞪小眼；其次，现实应该已是深夜，而此时阳光却从窗户照进来。此外，还有一项特别之处证明这是内海的梦境。

这个世界没有色彩。

宛如早期的电影，世界由白与黑以及介于其中的灰色构成。从窗户透进的阳光并非金黄，而是淡淡的白色。原来如此，这就是内海眼中的世界。自己的画受到否定，他不仅丧失自信，就连灵魂的色彩——对于这个男人来说最重要的事物——也失去了。

这么说来，狗好像本来也看不见颜色。我在现实世界能够分辨颜色，是因为我的本质是死神；就像我感应得到腐臭，这不是靠狗的嗅觉，而是靠死神的感觉。

我走近窗边的内海。内海依旧握着笔，狰狞地瞪着画布。然而，笔纹丝不动。

"你在干什么？"我出声问他。

内海终于注意到我，他瞪大眼。我已经习惯这种反应了。

"为什么狗……"

"这里是梦。听好了，你在做梦。梦里狗会说话有什么好奇怪的。可以吗？可以这样理解吗？"在内海说完"为什么狗会说话"的疑问句前，我忍不住抢白。

"梦？"内海似乎还无法进入状况，眼睛连眨好几下。真是反应迟钝的男人。

"没错。这是梦。我出现在你的梦里。"

"我又没见过你，为什么会梦到不认识的狗？"

啊，这么说来，我白天溜进房时，一直躲在画后观察，与他对上眼的时候已经开始催眠，难怪他没见过我。但梦里出现不认识的狗有什么关系？这家伙干吗在这种小地方吹毛求疵。我正想着从何说起，内海"啊"一声指着我。

"你是我小时候邻居家的狗吗？总是追着自己的尾巴绕圈圈……"

"不要把我和那种笨狗相提并论！"

他太过分了，我龇牙咧嘴。内海眼中闪过一丝胆怯，大概以为我会咬他。真是的，我说几遍才懂？高贵如我不可能做出咬人这种野蛮的行为。干脆趁这个机会昭告天下，我被封印在狗身体里的这段时间，绝对不会为攻击而咬人，这样总行了吧！

"……那你是谁家的狗？"

"我是这家医院的狗。两周前，以'宠物'的身份住进这里。"

我跟人类一样挺起长满金毛的金毛寻回犬胸膛。

"哦……我听菜穗小姐说过。然后呢？我又没见过你，你为何出现在我的梦里？"

"你从窗户望向庭院的时候，难道就不曾看到我吗？"

我有些不耐烦地随口敷衍。总比直接告诉他我是死神要简单多了。不知是接受了我的说辞，还是单纯失去了探究的兴趣，内海将视线从我身上移开，重新看上画布。我故意发出脚步声，上前看着画布。

"一片空白。"

"关你什么事！狗懂些什么？没事就快滚。"

虽然不像金村那样抬起脚就要踢来，但内海的声音充满尖锐的敌意。

"当然有事才来找你。"我以动物不可能会有的饱含着强烈意志的眼神直视内海。

"什、什么事？"内海被我震慑，身体微微后仰。

我瞄了一眼纯白的巨大画布。

"请你作画。"

内海的表情更僵硬了："不用你这只狗的帮忙……我也能画。"

"说得好听，但你不是什么也画不出来吗？还是这是所谓的前卫艺术？"

我挖苦地说，鼻尖指向画布。内海用力咬紧下唇，几乎咬到流血。

"不用你管！"他的怒骂又刺耳地响起。

"又要发脾气吗？发完脾气你就画得出来吗？"

"少啰唆！我画给你看！我这就画给你看！"

内海对我咆哮，抓起旁边的颜料软管，将颜料挤在调色盘上。然而，他挤出来的颜料跟画布一样纯白。内海眉头皱起，又抓起另一条软管，但还是宛如新雪的纯白颜料。"可恶！"内海抓住画笔，粗鲁地将颜料混在调色盘上。纯白的颜料再怎么调配，都无法创造出色彩。内海将画笔用力地按上画布，一再重复涂抹，可是白色的颜料一接触到画布就消失了。好一会儿，内海疯狂挥舞的手臂和颈项一起无力垂下。画笔从指缝滑落，掉落在地板。

"闹够了吗？"我从头到尾冷眼旁观，终于看不下去地问他。

"我……到底该怎么办才好？"

内海低着头，声音微弱到若不竖起耳朵就听不见。

"我想告诉你答案，才会出现在这里。"

垂头丧气的内海微微抬起头，眼神里闪烁着脆弱的期待。

"你能改变些什么？"

我对内海抬起下巴："总而言之，我们先离开这个阴森森的房间。"

我和内海经过空无一人的护理站下楼，接着顺着一楼走廊来到玄关。人类的潜意识太了不起了，内海的梦和金村的一样，每个细节都重现出现实世界的模样。除了没有色彩。我走到门前，用目光命令内海："开门。"

内海瞪我一眼，随即将嘴巴抿成一条线，双手把门推开。

日光灯般惨白的阳光从门缝射进。我眯起眼睛冲出去，扔下失魂落魄、拖着脚步的内海直奔庭院中心，来到山丘上的樱花树下。现实中的庭院还是隆冬，看不到一朵花，梦中庭院却百花盛放，但没有色彩，比起美丽，更显得寂寥。再也没有比灰色的樱花更扫兴的东西了。

"来这里干吗？外面有什么重要的东西吗？"

"很舒服吧？"我坦然地告诉一脸不耐烦地望着庭院的内海。

"什么？"

"我不是说了吗？离开阴森森的房间。外面舒服多了。"

内海的脸上出现浅灰，下一瞬间突然变成白色，然后变回浅灰，他无力地一屁股坐在长椅上。他的脸色似乎因为发怒变红，又因贫血变白，最后变得铁青。在没有色彩的世界，观察脸色还真不容易，而且居然有人在自己的梦里贫血……继续耗下去也不是办法，开始吧。我对软弱无力地坐在长椅上的内海说："住在洋房里的父子让你得到自信，可是当你得知那对父子毫不珍惜你的作品，还把你的画送给别人的时候，大受打击，再也没办法作画，对吧？"

"对对，你说的都对。那又怎样？"内海自暴自弃道。

"真的是那样吗？"我意有所指。

"……你想说什么？"

"虽说是这种乡下地方，但那对父子可以住在这种豪宅里，想必是有钱人；就算是有钱人好了，你认为有人会出五万块买下自己一点儿兴趣也没有的画吗？"

我知道一般人须相当努力才能赚取五万元。

"可是，他们把我的画弄得那么……那么脏，那么惨不忍睹，还转送给其他人……我是为了他们、为了那个孩子才画的。没想到……"内海悲痛地咬紧牙根。

"如果画是被偷走的呢？如果把画当成垃圾般对待的，不是那对父子，而是偷走画的人呢？你一开始也这么想，才冲进来求证不是吗？"

"没错，我这么想。问题是，我错了。屋子里没半张我的作品，也没有挂画的痕迹，出现在那家画廊里的男人也不是犯人……"

"那个人是犯人，应该说是犯人之一。"

我打断内海的断言。内海一脸讶异地看着我。

"你在说什么？犯人应该不是那么年轻的男人，我记得是个五十多岁……"

"五十多岁的珠宝商，他是个名为金村的胖男人。但他不是犯人，他是无辜的。"

顺带一提，那个男人就是和你住在同一家医院的病友。我在心里嘟囔。

"……你说，那个体格壮硕的男人才是犯人吗？"

内海不敢置信地喃喃低语，我静静点头。在内海的记忆中看到出现在画廊中的壮汉时，我惊讶得差点儿忘记自己在做什么。那个男人无疑就是金村记忆中自称铃木，借钱给金村，又把枪交给他的男人。

"不，不可能。而且，你怎么知道这种事？"

"我什么都知道。"我懒得再解释给满嘴歪理的男人，干脆瞎扯。

"少来了。你是我梦中的产物，我不知道的事情，你怎么可能知道。"

我摇摇头，装模作样地叹气。麻烦的家伙。

"你是什么态度？既然如此，你怎么解释房里连一幅画都没留下的事实？我至少卖给他们二十幅啊，却连一幅也没留下，连挂出来过的痕迹都没有。"内海看似扬扬得意，但语气苦涩。

"真的没有吗？"我直视内海的双眼深处，他的目光游移。

"没有。没有画，也没挂画的痕迹。听说案发后，这里几乎没重新装潢，我自从住进这家医院，检查过走廊和交谊厅好几次。我连受雇于那家人、常进屋打扫的钟点女工都问了，那些画只有刚被带回去的几天会挂起来装饰，然后就不晓得到哪里去了。"

"令人佩服的行动力啊。"

"别顾左右而言他，这样你还敢说那对父子珍惜过我的画吗？"

"那个钟点女工见过小孩儿吗？"

"什么小孩儿？"

"没错，就是小孩儿。最懂你画的那个孩子。你这男人还真无情，满脑子只有自己的作品，完全没把孩子放在心上。"

"才不是那样……我又没问她有没有见过小孩儿这种问题。"

"我想也是……"我转个身，走上庭院的小径。

"你要去哪里？"

"散步。只有一种颜色的世界索然无味，但天气这么好，散步聊天也不错，不是吗？"我头也不回地说。背后响起"等一下"的叫喊，内海随之跟上。

我看着小跑到我身边的内海："案发后找到的尸体只有两具，分别是小孩儿的父亲和母亲。小孩儿至今下落不明。你知道吗？"

"……知道。"

"那你说说看，小孩子到哪里去了？为什么找不到？"

"……我怎么知道？"

"想想看嘛，你的脑袋里装的是豆腐吗？"

"少啰唆！连警方都找不到，我又怎么可能想得出来？可能是被拐走了，再不然就像镇上的人说的那样，那个孩子其实是怪物，自己躲起来了……"

"汪！"我转过身从丹田里提高音量对内海咆哮。内海被吓得不敢乱动。

"怎、怎样啦？突然大叫。"

"你说那孩子是怪物？你瞧不起最爱你作品的少年吗？"我咬牙切齿地撂话，再度迈开脚步。

"……有什么办法？镇上的人都这么说……"

我的质问让内海吞吞吐吐地扯着借口。我的脖子扭转一百八十度，看着背后的内海。这个现实世界里不可能做到的动作，吓得内海动弹不得，发出"咿"的窝囊叫声。他还没理解在梦里发生什么事都不奇怪的道理吗？死脑筋的男人。

"你认为那孩子是被你画中的什么吸引？"

"你没头没脑地说什么？我怎么会知道？就连那孩子是不是真的喜欢我的画……"

"少在这里婆婆妈妈的，把话说清楚。听好了，小孩子没必要故意说谎称赞你的画吧？那孩子真心喜欢你的画，绝不会错。"

"那为什么屋里没我的画……"

"我现在就要说明原因了。记清楚，要以那孩子喜欢你的画为前提，动一动你的脑子！你认为那个孩子被你画中的什么吸引？"

"这种问题本人才知道答案。"内海恼羞成怒。

"我就是知道。你只是不想思考。认真回想，仔细思考。"

我终于让内海闭上嘴巴，他眉间挤出皱纹。

"你最擅长运用色彩吧？"我给了一个提示。一瞬间，内海脸上闪烁起得意的笑容。黑白世界里，仿佛产生出一瞬的色彩。

"没错。美术大学里也没有像我这么会用色的人。这是得天独厚的才能。"

内海沾沾自喜，但自傲的表情一下就变成了泄气。

"可是……发生那件事后，我突然创造不出色彩了……"

也对，这种活像黑白电影的灵魂状态，要是能创造出美丽的色彩才真是见鬼了……受到好奇心的驱使，我脱口而出一个问题。

"你注意到这个世界没有色彩了吗？"

"没有色彩？你在胡说什么？"

"没什么……当我没说过。"果然没有自觉吗？等一下，什么时候偏离主题了？我继续不合常理地扭着脖子说："话说回来，你熟悉的画商对你引以为傲的用色技巧似乎没太高的评价，不对，真要说，是对你本人没有太高的评价吧？"

"那家伙俗不可耐，只会用钱来衡量画作。那种人对我的评价好或不好，根本无关痛痒。"内海不以为然地抢白。

"真是这样吗？会不会其实是你错看画商了？"

"你在说什么鬼话？那家伙……"

"你那幅变得破破烂烂的画，那位画商说：'我觉得原本应该是幅好画。'这不就表示画商具有从惨不忍睹的作品中看出你灵魂潜力的慧眼吗？"

"……"内海不甘心地撅起嘴，但没有反驳。

"假设画商其实独具慧眼，为什么对你的评价如此低？你卖给画商的画，和脏兮兮但打动画商的画到底差在哪里？"

我观察内海沉默不语的样子，他细如蚊呐地低语："我当时画了各种作品，除了拿手的风景画，还有人像画和静物画……我把所有的画都给那对父子看过，父亲从中买下小孩儿喜欢的，我把剩下的卖给画商……"

"那对父子买了什么样的画？"

"……都是风景画。"

"没买下的作品也有风景画吗？"

"这个嘛……应该有。"

"总而言之，那对父子没有买下的风景画，就连画商的评价也不怎么样。换句话说，那对父子买下你作品中特别好、艺术价值特别高的作品。你认为自称不了解艺术的父亲和年纪还小的孩子有这样的辨识能力吗？"

内海抿嘴陷入沉思。以区区人类的智慧一时应该想不出来，既然如此……

"话说回来，向你买画的父子为什么要把脸遮起来？"

"干吗突然改变话题？我怎么知道？"话题突然大转弯，内海蹙紧眉头。

"不，你知道。好好想想。整合你的所见所闻，一定看得到答案。"

"你说我知道他们打扮得那么怪的理由？"

"没错。半夜出门、藏头盖脸，还把窗户封死……这些奇妙的行为引起了那对父子是吸血鬼的传闻。为什么要叫他们吸血鬼呢？他们又没有真的吸血。"

"因为他们的生活就跟吸血鬼一样……"

"何谓像吸血鬼一样？"

"就、就是……"内海露出为难的表情陷入沉思，蓦地抬起头，"隔绝阳光……"

想通了吗？这点儿小事希望他不要想那么久。"没错。那对父子彻底隔绝阳光，那个孩子也不是幼儿了，但口齿不清，走路困难。"

"难不成是……生了什么病……"

我静静地说出从事"引路人"这份工作后才知道的病名。

"着色性干皮症。"

"着色性？那是什么？"内海半张着嘴，呆若木鸡。

"那是一种先天性的遗传性疾病。患者对紫外线极端敏感，稍微晒一下太阳，皮肤就会严重灼伤，甚至溃烂。一旦受到日晒超过一定程度，就有极高概率罹患皮肤癌。有些患者还会产生神经病变，出现口齿不清、身体左右倾斜等症状，是很棘手的疾病。"

我过去曾为几个死于这种疾病的小孩儿带路。现在仔细回想，那些孩子的症状和我在内海记忆中见到的少年的症状几乎一样。

"怎么会这样？所以……出门的时候要把脸遮起来吗……"

"应该是。因为月光中也含有微量紫外线，而少年的病严重到必须连月光都隔绝；或是皮肤已有溃疡，要遮起来。不管怎样肯定很痛苦，无论是本人，还是父母。"

"那位父亲也……"

"不，我想父亲很可能健康。这种病应是隐性遗传，通常父母不会发病。可能是让小孩儿打扮得怪模怪样实在太可怜了，干脆自己也做同样打扮。天下父母心，那些人不晓得这一家人正为疾病所苦，还添油加醋散播谣言，真该羞愧！那种人比这家人还像'怪物'，不是吗？"

"……可是这跟我的画有什么关系？你到底想说什么？"

还不明白吗？呆瓜。

"不管那孩子再怎么渴望，都无法亲眼见到太阳。这样一个孩子在深夜散步的时候，无意中遇见一个画画的男人。那幅画栩栩如生地描绘出少年梦寐以求的东西。"

"你的意思是……"

"没错，那对父子买下的画全有那个东西，也是让你创造的色彩更美的元素。"

我和内海同时抬起头，眼前是丝缎般熠熠生辉的纯白太阳。

"走吧。"我丢下仰望天空的内海往前走。

"喂，到底要去哪里？"

我和手忙脚乱跟上来的内海一同在医院的大门前停步。

"要回去了吗？搞什么嘛！又要我帮你开门吗？你在这个世界不是会说话吗？既然如此，就好好地拜托我啊！说声'请帮我开门'。"

"……少说废话，把门打开，你这个温暾鬼。"这明明是我有生以来最礼貌的说法了，内海却生气似的用力打开门。我不以为意地在走廊上前进。内海走在旁边。

"事到如今，回来又能改变什么？"

"我要让你从'依恋'的桎梏中得到解脱。"

"'依恋'？什么意思？"

"你认为自己的画被那对父子扔掉了吧？"

"不然会是谁？虽然你说那孩子很喜欢我的画，但这栋洋房里没有我的画啊。"

"你认为那一家人为什么搬进这栋房子？"

"你又想说什么？"听到我又突兀地转移话题，内海一脸困惑。

"少废话，用用你的脑子。那一家人为什么要搬到交通这么不方便的山丘？"

"……这里和镇上有段距离，比较不用担心别人的眼光。"内海没什么自信地说。

"这种地方要多少有多少，而且这房子采光非常好，却刻意把窗户从里面封死又是为何？明明应该还有其他条件更好的房子。"

"或许是这样没错……"

"来帮这家人打扫的钟点女工甚至连这家人有孩子都不知情。钟点女工说她没见过孩子，是指连小孩儿的房间都没看到，打扫每个房间可是钟点女工的工作。那么小孩儿的房间到底在哪里？钟点女工在的时候、白天的时候，小孩儿又在哪里？"

"你问我我问谁……"内海皱起眉头，答不上来。

"他在不会被看到，也不会晒到太阳之处。这么大一栋房子，有这样的地方也不奇怪。"

内海突然睁大眼睛，他想到了。"问题是……在哪里？"

"你仔细回想，当你为了找画潜入洋房时，大量血迹分布在哪里？父亲或母亲，或两人一起死在那个地方，你不觉得有点儿怪吗？"

"……啊！"内海大声叫嚷，盯着走廊里的一处。没错，恐怕就是那里。

我对发起抖来，愣在原地不动的内海丢下一句："该起床了。"

4

"啊啊啊！"内海呐喊着，弹簧似的从床上坐起。喂喂，你那么大声……我很紧张，而且我紧张的原因马上就出现了。走廊传来"啪嗒啪嗒"的脚步声，我急忙躲到巨大的画作后面，可惜慢了一步，病房的门比我早一步用力推开。

"内海先生，你没事吧？"担忧的声音回荡在房里。平常这道声音如风弹奏的音乐般欢快，唯独现在这个节骨眼，我不太想听见。

菜穗和我的视线撞个正着，她的大眼睛顿时张得更大，接着眨眼，最后眼梢吊成三角形。

我"汪"一声，堆满讨好、撒娇，又像找借口的意思。

"李奥！你在这里做什么？"

初次听见菜穗的怒吼声。顾虑到夜已深，她的音量不大，但我如同挨了一枪。话虽如此，我这么高贵的存在，才不会把区区人类的怒吼放在心上……应该是这样，但尾巴不听使唤地缩进两腿。头和尾巴同一阵线地自动低下。

"对不起，李奥，吓到你了。"

"时钟。没错，就是时钟……"

"内海先生？"菜穗惊讶地望着看着双手低语的内海。

"走！喂，狗，我们走！"需要慌张成那样吗？内海宛如滚落似的下床，颤抖地对我招手，朝门外走。喂，"狗"这称呼太过分了。人类。我不满地哼一声，踩着优雅的脚步跟在内海的背后。

"你要去哪里？嗯？连李奥也……"菜穗的视线在内海和我之间游移。

"下楼。时钟吧？在时钟的后面。"

内海的回答让菜穗陷入更深的迷惑。可以的话，我想有条有理地解释，可惜在现实世界里，我无法发出人类的声音。

"什么时钟？不可以，内海先生。你不好好休息不行。你是在做梦。你睡迷糊了。请回床上躺好。"

的确是做梦，不过内海不是睡迷糊了。

"我才没有睡迷糊。喂，狗，解释给她听。"

……都说我只能在梦里讲话了，这个男的真的睡迷糊了吧？内海把问题丢给我这只"狗"，三步并作两步地离开病房。我忍不住回头，对上愣在原地的菜穗的目光，我试着用狗的脸流露出同情，然后追上内海。

护理站里的中年护士看见我们走出病房冲向楼梯，不知道嚷嚷着什么。然而，已经不顾周遭的内海似乎没听见（应该是真的没听见），快步走下楼梯。真难想象这是成天喊痛的癌症晚期病患的行动速度。不过这个男人的疼痛原是灵魂的疼痛，只要将精神集中在某个目标上就会忘了痛吧？

内海走到一楼，奔至走廊尽头的巨大壁钟前。

"这个吗？就是这个吧？你说话啊！"内海对追上来的我咆哮。要我说几次？我在现实世界没办法讲话啊！我点点头，代替"没错"的意思。

"内海先生！"

背后传来数人的脚步声。回头一看，菜穗、中年护士，还有院长正冲下楼。不仅如此，大概是被吵醒，南和金村也出现在楼梯间，窥看着这边的情况。那两个人没事跑出来干吗？有没有一点儿为癌症晚期患者的自觉？事情变得好复杂。要是内海被带回病房，就无法切断心结了。喂，内海，磨蹭什么？还不快打开。

我"汪"地催促内海。那三个医疗人员已经靠近我们了。

"你在做什么？内海先生，请立刻回病房。"护士对拼命移动时钟的内海喊话，但无法阻止他。内海失去耐性地抓住时钟，使出吃奶的力气向外拉，可惜大钟纹丝不动。

"内海先生。"从容不迫但带着力道的声音从背后响起，内海停下动作。

"院长……"

"你在做什么？"院长的口吻始终冷静，并没责怪他的意思。

"这个时钟……这个时钟的后面……"内海吞吞吐吐，活像做恶作剧被逮住的孩子。

"因为止痛药，他陷入谵妄状态了。打一针镇静剂，应该可以安静。"护士在院长耳边出主意。我敏锐的听觉一字不漏地捕捉住她的话。院长靠近我们，内海缩着脖子，以为要挨骂了。

"那个时钟对你有重要的意义吗？"院长的声音听不出抑扬顿挫，但我觉得他的话里隐隐透着温度。

"没错，非常重要！我认为，再也没有比这更重要的了！"内海凝视着院长镜片后的双眼。

"既然如此，不用那么着急，慢慢来，做你想做的事。"

听见院长出乎意料的一番话，内海发出"咕"的一声。

"动作可以温柔一点儿吗？这个时钟虽然不会动了，但仍是很漂亮的摆设。"

院长面无表情地说。他该不会打算开玩笑缓和气氛吧？可是这话从不苟言笑的男人嘴里说出，怎么听都像真正担心的是医院物品受破坏。他脸上的肌肉会不会太偷懒了？

护士看着院长，还有话要说，但院长摆明忽略了她。内海点点头，又跟时钟搏斗起来。巨大的时钟毫无赏脸移动一下的意思。一分钟、两分钟、三分钟……走廊出现尴尬的气氛。内海的脸上带有焦躁。他到底在搞什么？

我"汪"地吠一声。内海停下手边的动作看着我，我用眼神示意。不是教你动脑吗？说几遍才记得？这肯定不是用蛮力就可以摆平的。

内海似乎理解了我，他打开时钟前的玻璃盖，微微颤抖地伸进手去。长针、短针……内海依序触摸内部的零件。他无意识地抓住金属质的钟摆，轻轻一拉，一瞬间，空气中响起零件松动的声响。内海像被热水烫到似的连忙缩回手，慢慢将壁钟往旁边推。

使尽全力也推不动的壁钟，如今宛如在冰上滑动似的动起来，张开一个通往地下室的楼梯入口。三名癌症晚期患者和医疗人员——换句话说，除了我以外的人都盯着仿佛通向地底的漆黑大口，动也不动。

"汪！"我大声吠叫，解除加诸人类身上的"定身咒"。该说是意外吗？还是理所当然呢？最快回神的是内海。

"手电筒！给我手电筒！"

内海望着楼梯深处大声嚷嚷。院长犹豫了一下，从白大褂口袋里掏出小型手电筒打开，然后交给内海。内海将手电筒照向楼梯深处，光芒射进黑暗。约往下二十个台阶处，隐约见到一道咖啡色的门扇。

内海跨出第一步，接着激动地冲下楼。我丢下陷入混乱的其他人，追上内海的背影。肉垫传来冰冷的触感，我不禁抖了一下。楼梯经过常年封锁，满是尘埃，弄得我鼻子好痒。

内海站在楼梯的尽头，握住门把一动不动。我不催他了，毕竟这扇门的背后并非愉快的真相。不晓得如何解读了我的视线，内海吞了一口口水后用力点点头，转动门把。门发出哭泣似的倾轧声，逐渐向内侧打开。

房里漆黑一片，手电筒的光线仅能照亮一部分。设计可爱的儿童床、地板上柔软的地毯……它们相继浮现在光线中，旋即又消失。内海空着的另一只手在墙壁上摸索，伴随着电流通过的细微声响，室内顿时满溢光线。尽管七年来无人踏足，但天花板的一半电灯还维持着正常功能。

同时，鲜艳灵动的色彩映入眼帘，宛如霓虹。刚适应黑暗的视觉一时无法处理如此大量的光线，尤其眼中满溢着惊人的色彩，有如万花筒一般。这真是太美好的体验。

我徜徉在色彩的海洋。

"啊！"但是，内海悲痛的声音刺入恍惚的我的耳中。

怎么了？人家正陶醉其中。

我的双眼慢慢适应光线，开始分辨屋内状况。眼前是十五平方米左右灰尘密布的砖造房间。地面铺着橘色长毛地毯，古董风小床设置在角落，满地都是玩具和毛绒娃娃。仔细一看，角落还有大人床。太阳出来后，孩子就是在这里就寝以及和父母一起玩吧？

内海踩着梦游般的脚步，缓缓走向房间正中央的"物品"。在充满鲜艳色彩的空间里，它越发没有真实感，就像是无数玩具中的一个。内海在正中央跪下将它抱紧。他的怀里发出咯啦咯啦的细微声响，它碎落一地。

那是小孩儿的白骨。

我观察白骨周围的地毯。入口到白骨间的橘色地毯上有一摊黝黑痕迹。恐怕是受到袭击的父母拼尽全力将少年藏进地下室，但少年之前就已身负重伤，力竭而亡。

"呜啊啊啊啊！"内海抱着带有大理石光泽的头盖骨，声嘶力竭地痛哭。

听见他不寻常的喊叫声，楼梯处陆续传来脚步声。

"这里是怎么回事？"

"请冷静一点儿。"

"骨头？怎么会有小孩儿的骨头……"

"报警……马上打电话报警！"

七嘴八舌的声音回荡在砖墙上，地下室一片哗然。我把鼻尖搁在还抱着头盖骨，蜷缩成一团的内海的肩膀上。内海缓慢地抬起头来看着我。我转动脖子，鼻尖指向墙壁。内海循着我的动作看过去，瞪大眼睛。

裸露着砖块的四面墙上挂着的，正是让这房间充满鲜艳色彩的源泉。那是好几幅让满溢生命力的色彩跃然纸上的风景画。这些挂满一整圈墙壁的画，全配上了精致画框，绽放出耀眼的光芒，一点儿也不像尘封在地下室长达七年之久的作品。

内海畏光似的眯起眼睛，望着过去由自己刷上灵魂的作品。

我猜得果然没错。劫匪拿去向画商兜售的画，想必是案发当时唯一一幅挂在走廊上的画。那对父子忠实地遵守着内海说要先风干两周的交代，而劫匪们认为挂在走廊上的画应该出自名家之手，便劫走了。

我将视线投向少年的骸骨。必须将太阳挡在门外的少年，他在不见天日的寝室里沉浸在内海创造的彩色海洋中，度过了短暂的一生。

5

我正在下楼，顺着混凝土的冰冷楼梯往下跑。门板逼近眼前，但我没放慢速度，一头撞上。我的身体毫发无伤地穿越门板。藏在壁钟后的地下室墙面上挂着数幅画，然而，这些作品全没有色彩，是黑白的画。

没错，这里并不是现实，我又被迫侵入梦中了。梦境的主人内海直树坐在正中央一把小小椅子上，一手拿着画笔，面向巨大的空白画布，身边是少年的白骨。

"你在这里做什么？"我质问缩成一团的背影。

"怎么？是你啊……"内海嫌麻烦似的头也不回。

"什么叫作'是你啊'？你在这里干吗？"

"我在画画啊。"

"画画？那张画布一片空白！你倒是说说你画了些什么？"

"与你无关吧！"

"与我无关？告诉你少年死在这里，那个少年深爱着你的画的可是我。"

然而，不管我怎么大发雷霆，内海都不肯把头转过来看我。

发现这个地下室的那天，大家在院长的指示下立刻报警，医院里乱成一团。那具已白骨化的尸体可以确定就是下落不明的少年。然而，警方对尸体并未表现出太大的反应。他们已经断定金村就是命案的凶手，就算找到小孩儿尸体，案情也不会有什么进展。

因此，发现遗体后三天，警察就撤退了，医院也逐渐恢复平静。

我以为这次的事可以切断内海的心结，使他再次描绘出充满生命力的作品。没想到，事情出乎预料，任凭我等到地老天荒，内海也不提笔作画，只是病恹恹地躺在床上。他身上的腐臭虽然淡了一点儿，但还是很刺鼻。要是他就这样咽下最后一口气，我敢打赌肯定变成地缚灵。

我陷入混乱。明明工作已完成，为什么他还画不出画来？为什么腐臭没有消失呢？迫不得已，我体力一恢复就再度溜进内海的病房里，潜入他的梦境。

"我的人生……究竟算什么？"内海细如蚊蚋地喃喃自语。

"你在说什么傻话？"我不解地反问。

"我在这七年间，因为一场误会就画不出来了。经由这次的事，我知道那孩子很珍惜我的作品，我当然很高兴，可是……已经太迟了。"内海不断吐出痛彻心扉的话语，"七年，七年！这期间，我一幅画都画不好，好不容易知道真相，但一切都太迟了，我没时间作画了，我已经快要死了……明明才活了三十年，我却马上就要消失了，在这世上什么也没留下……我的人生……一点儿意义也没有。"

内海的双手抱住肩膀，全身颤抖。

"你死了吗？"我喃喃自语。

"你是……什么意思？"内海终于转过脸，双眼、鼻孔和嘴角都淌着泪水或鼻涕。

"你说你没时间作画了，你把时间都花到哪里去了？你什么时候死掉了？"我连珠炮似的说个不停。内海只挤出一句"我……"就再也接不下去了。

"你确实会死，可能几周后，也可能几天后。但这跟不能作画有什么关系？活多久你才能作画呢？几年？几十年？还是要长生不老？"

我的言灵宛如子弹，把这些话毫不留情地射进内海的心。

"别自以为是了，人类。你们的肉体只不过是借来暂住的地方，因为这才能存在于世界上。什么时候得把这个借来暂住的地方还回去，不是由你们决定的。你们该做的事，不是对剩余时间多寡长吁短叹，而要在有限的时间内努力活下去。"

我一口气说完，闭上嘴巴。寂静降临在狭窄的地下室。声音和色彩尽皆消失的空间，感觉就连时间也销声匿迹。内海停下动作，嘴唇微微颤抖。

"我……到底该怎么做？"

"活着对你来说是什么？"我反问。

"活着就是……画画……"内海没什么自信地回答。

答对了，人类。我露出笑容。

"这样……可以吗？剩下的时间，我真的可以只做自己喜欢的事吗？"

"人类一生当中总会留一点儿东西在这个世界上。有的人留下子孙，有的人留下想法，有的人留下名字，也有人一生执着于赚钱，什么东西也没留下，两腿一伸便一无所有。想要留下什么，正是你们人类存在于这个世界上的意义之一。这个过程会擦亮你们的灵魂，绽放出美丽的光辉。"

"我的画……我死后也会留下来吗？有留下来的价值吗？"

内海充血的双眸送出求救的信号，我不厌其烦地回答："你在画里注入灵魂。音乐、文学、思想、雕刻……用来盛装灵魂点滴的容器琳琅满目，但真正注满灵魂的容器稀少，你是极少数留下灵魂碎片的存在。"

"问题是……时间所剩无几了。"

"的确，你的作品或许没有受到世人肯定、得到财富或名声的时间了。但对你而言，艺术是为了得到那些东西的手段吗？"

"不是！不是这样！对我而言，绘画就是我的生命。只要能画画，我根本不在乎钱，也不用变得有名。"内海唾沫横飞。

"那就画，善用你剩下的时间。或许时间不多，但你应该可以创造出普通人活了几十年也无法留下的珍贵宝物。"

内海沉默地凝视我，像死鱼般失去光彩的双眸，隐隐透出鲜活的情绪波动。

"你留下的'灵魂波动'应该能撼动看者的灵魂。他们会继续传递这股波动。你留下的灵魂碎片会永远活在世上。"

内海的呼吸变得粗重，如永冻土般坚硬冰冷的心终于有融化的迹象。那几幅挂在地下室的画宛如产生心跳般阵阵鼓动着。

"你真的这么想吗？不是安慰我……"

我暗骂一声。他还在说这种话。疑神疑鬼的家伙，硬要我说出这么肉麻矫情的话。以为画被否定，彷徨无助的七年时间，难道连自信都根除了吗？伤脑筋。

"你想想那个孩子，那个死在这里的孩子。"我有些激昂地道。

"那孩子……怎样了？"

"那孩子从你的画里看见了太阳。你认为没有注入灵魂的画办得到吗？"内海咬住下唇，几乎要咬出血。"对那孩子来说，你的画就是他眼中的太阳。你让那个莫名其妙地被太阳拒于千里之外的孩子，在生命的最后，在你创造出来的太阳簇拥下离世。与你的画相遇，对那孩子来说一定是件幸福的事。"

内海抿成一条线的唇间流出呜咽，不久，变成撕心裂肺的痛哭。但他的哭声不再充满空虚与恐惧，而是充满内心深处泉涌而出的感情。

"我给了那孩子……太阳吗？"内海泣不成声地问。

不用我再多说答案了，人类。我轻轻点头。

内海痛哭失声。一瞬间，房里充满光亮。我惊讶得目瞪口呆。那几幅把墙壁围了一圈的画，仿佛本身就会发光似的，闪耀着鲜活的光芒。满溢的美丽色彩扩散至单色昏暗的房里，色彩填满了视野。墙上的画全绽放过光芒后，内海手中数种白色颜料的调色盘纷纷散发出令人睁不开眼睛的光。

我眯起双眼，望向内海的手边。白色的调色盘突然换上无数色彩，这些色彩彼此交融，孕育出新的色彩。内海终于拿回了失去七年的宝物。

内海七年前看到的世界，是个镶满宝石的世界吧。看着这幅光景，我也哑口无言。不知何时，他的哭声停止了。内海抬头挺胸，焕然一新地凝视着依旧空白的画布，再也看不到过去忧郁的阴影，充满往前看的人类才有的威严。

内海动起右手，宛如缠绕彩虹的画笔在画布上飞舞。画在画布上的一缕光线淡淡晕开，复杂地变幻着色彩，覆盖在整张巨大的画布上。

"喂，李奥，我能在死前完成最后一幅画吧？我能留下最后最棒的作品吧？"

内海第一次喊出我的名字，判若两人似的自信一笑。

"答案你最清楚了不是吗，内海直树？"我也扬起一边嘴角。

内海满意地点头，再次面向画布尽情挥洒。每画一笔，星子般灿亮的光束便在空中翩然旋舞。我回味着这如梦似幻（的确也是发生在梦境中）的画面，虽然有些舍不得，但还是慢慢地闭上双眼。再继续打扰内海的世界就太不识趣了。

好不容易摆脱苦恼七年的枷锁，就好好地让灵魂舞动，不要受到任何人的干扰。等你醒来以后，再对摆在病房里那幅巨大的画布，燃尽你的生命吧！我会耐心地等待作品完成，等待欣赏到那幅足以撼动所有人灵魂的作品那天。

明艳的光泽在我闭着的眼皮内侧飞舞，久久不散。

第四章

死神
谈情说爱

うんめい

1

冬日的太阳即使接近正午也不会晒得人皮肤痛，我的毛皮暖烘烘的，泥土的香味轻柔地搔着鼻腔，我躺在庭院中央，心满意足地打哈欠，抬起一只眼睛的眼皮。

内海一手拿着画笔，从医院敞开的二楼窗户望向这里。自从取回色彩，这三天来内海一如我的期许，变了一个人似的埋头作画。晚上也不再锁门，所以我昨夜其实又潜进了内海的病房。我发现他心无挂碍地发出均匀的呼吸声，以及满溢着月色，仿佛获得力量又不失细致色彩的画作。短短三天，画已经成了完全不同的作品。

似乎和内海对上了眼，只见他露出笑容。这家伙到底想干吗？他如果不认为出现在他梦里的我，不过是他大脑创造的幻觉，和我本人一点儿关系也没有，我会很头痛的。毕竟我（虽然外表卓然不群）顶多只是一只狗，一只再平凡不过的金毛寻回犬。

不过，不光是这家伙，南和金村也会主动与我攀谈，有时还会瞒着菜穗给我供品（主要是被称为甜点的奢侈品）。那种甜点真是人间美味，幸福在口中融化……

我最中意一款叫作泡芙的甜点。咬破酥脆绝佳的外壳，里头满满香甜奶油，太销魂了。我想起南昨天给我的泡芙那令人回味再三的美味，突然涌出唾液滴落嘴角。当我看见下巴下方濡湿的泥土，猛然回神。

糟了。居然受到食欲控制使思考停顿，太丢人了。就算那是至高无上的奢侈品也……我也没有要一再回味的意思！

我想东想西的，再次望向内海。他轻轻地朝我挥手。

难不成他已经知道我不是普通的动物，而是高贵的灵体？冷汗沿着背脊滴下，我像洗完澡时那样用力甩动身体，把可怕的念头赶出脑袋。他们都是有常识（至少是身为人类的常识）的大人，应该不会想到梦境里和现实里的我有关系吧？因为外形和我一样的存在在梦中解救自己，所以才会觉得现实里的我有一种亲切感。

对，没错。

我硬生生打住思考，背对内海闭目养神。怎么想也不可能，就算有些古怪，那三人应该不会想到我的真实身份是死神。别想太多，像平常那样面对他们就好了。我得出应该开始工作的结论。顺带一提，在温暖和煦的阳光下睡午觉，其实也是一份要让体力恢复的工作。

虽然内海事件告一段落，但因为侵入梦中两次，我的体力消耗得比之前厉害。前天，我连鼻尖都不想动，破抹布似的躺在走廊上，差点儿就被带去动物医院做检查。

我闭上双眼，集中精神，皱着鼻子感应。原本覆盖这整家医院浓得化不开的腐臭就快感觉不到了——南、金村，加上内海，这三人的确是腐臭的主要源头。我再次皱起鼻子猛闻。土壤、青草、残雪，以及那三个男人领悟到自己生存意义散发出的柑橘般的香味。但其中有一丝淡淡的甜腻气味掠过鼻尖，这是不注意就察觉不到的微弱腐臭，属于尚未打过照面的患者。

基于死神多年经验，这么微弱的腐臭不太可能成为地缚灵。不必急着找出第四个人。

我现在就应该让身体好好休息，让我再睡个午觉吧，这是很重要的工作……真的。不知道为什么，我感到些许罪恶感，但还是闭起眼睛。

睡意马上来袭。就在意识快要落入黑暗中的前一刻，我突然整个清醒，睡意消失殆尽，我起身到庭院中央的樱花树树根附近。刚才拂过肌肤的感觉，那是……

"你就在……这里吧？"我抬头盯着半空询问。不是运用嘴巴、舌头或声带，而是发出言灵。风戏谑地在我垂下的耳边吹拂。隔几拍，对方回话了。他也不是出声，而同样是通过言灵的力量。

"好久不见。这阵子没见，你变得真迷人啊！ My friend（我的朋友）。"

我骂了一句脏话。我知道对方是谁了。我在眉间挤出纹路。飘浮在面前的是我的同事，他和过去的我一样都是负责引路的死神。

"……是你啊。"我没好气地吐出言灵。负责引路的死神无所不在，但这位同事却跟我最合不来，也就是所谓的水火不容。鉴于我现在是狗，那他就是猴子[①]。

"没错，就是我哟！你被封印在那种身体里居然能注意到我，真是敏锐的 sixth sense ！"

同事的言灵带有调侃。我身为死神的视觉捕捉到樱花树干涌出的淡淡霞光，那是相当于灵体的存在。

"Sixth sense ？什么玩意儿？"没听过的词。我更皱起眉头。

"你还是那么落伍。Sixth sense 就是第六感的意思！不是偶尔有些动物和人类不晓得为什么会注意到我们吗？就是那种敏锐的直觉。"

"第六感就第六感，有必要刻意换成洋文吗？"

"洋文？就知道你会这么说，所以我才说你跟不上时代嘛！现在是个全球化无国界的时代，人类一直在进化，高贵的我们也应该要跟着与时俱进呀！ Understand（明白吗）？"

完全听不懂。像是有一匹马在我面前说起人生的大道理。

"你来这种地方做什么？"

---

① 日本人会用"犬猿之仲"来形容水火不容的人。

"真是笨问题。你才封印在那个身体没多久，怎么就忘了以前的工作，my friend？"

的确多此一"问"。引路的死神降临人世还能干吗？我反射性地抬头看着那家医院。南、金村、内海，还有一个没见过的患者当中有人要死了吗？那三个人自从摆脱桎梏以后，病情暂时好转，甚至精力充沛，足以再撑几周。这么说来，是我还没见过的患者要死了吗？

"啊！非也非也。我今天不是来引路的，don't worry（别担心）。我是为了另一件事来的。"

另一件事？我想了一下，马上反应过来。原来如此，他是来说服他们吗？我望向洋房角落太阳未及之处。那里飘荡着三个藏身阴影的魂魄。

"就是这么回事。"

同事宛如在空中滑行似的飘过。我不由自主地追上。

"怎么？你要跟我一起来吗，my friend？"

"就当是打发时间。"

"打发时间啊？真令人羡慕。我倒是 very busy（很忙），忙得眼睛都花了。真羡慕你啊。"

"你根本没有眼睛好吗？如果你愿意，我随时都可以跟你交换。"

"这就不用了。这只是所谓的场面话。我才不想变成都不工作，懒洋洋地做日光浴的懒惰虫。"

"你身为灵体也很清楚吧！运动过量就会感到疲劳，要消除疲劳就必须好好休息。"

"对，好像有这么回事。这方面的知识我还是有的。肉体真麻烦啊！请节哀顺变。"

同事半点儿兴趣也没有。我总有一天一定要拜托吾主让这个同事尝尝"封印在狗身体里"的滋味。我在心里暗暗发愿。

同事有如泡泡般轻飘飘地浮起，往屋后前进。同事发出有些做作的热情和端着架子的言灵，但魂魄仍旧紧依在阴暗处，不肯靠近半步。

"别躲在那种阴暗潮湿的地方，到我这里来。别担心，我不会硬把你们带去吾主那里的。"

"不要发出那种阴森的气息嘛！别担心，到我这里来。你们自己也知道，再这样下去是不行的。"同事的言灵里流露出些许不耐烦。

我见他那个样子，忍不住插嘴（当然不是真的"开口"）。

"他们不会走到太阳下啦。"

"什么？不会走到太阳下？ Why（为什么）？"

"Why？那孩子生前得了不能晒太阳的病。父母煞费苦心。即使此刻已经变成魂魄，也还是躲着阳光。"

同事一脸不可思议地看着我。要是他有肉体的话，现在肯定歪着脖子。

"那是还有肉体时的事不是吗？他们现在已经没有body（身体）了。事到如今，晒不晒得到太阳根本没区别不是吗？"

"一点儿都没错，但生前对太阳的恐惧已经烙印在灵魂深处了吧。"

"原来如此。或许是这样吧，human（人类）这种存在的确会做出一些不合逻辑的事呢！咦？他们逃走了？"

如同事所说，魂魄趁我们说话时消失了，可能跑到医院后面了。

"算了。今天到此为止，我改天再来。"

同事的语声未落，存在已经逐渐变得稀薄，似乎为工作移动到别处了。死神很忙碌，不可能一直把时间耗在同一个地方的地缚灵身上。冷不防地，我脑中闪过一个疑问，发出言灵："为何事到如今才来说服那些魂魄？他们绑在这里七年了，这七年来，你从没出现过不是吗？"

我的问题让同事停止移动。

"那群soul（灵魂）刚变成地缚灵的时候，我劝过他们好几次了，可是他们完全听不进去，我才撒手不管的。但不久前，我从这三个soul身上感受到强烈的波动，过来看看情况，他们不再像以前那么顽固，愿意听我说话了，我才过来try（试）一下的。"

原来如此。在地下室里找到那孩子的白骨，让"依恋"减弱。这是我的功劳呢。不过，深谋远虑的我不会高调强调自己的功劳。

"Adieu（再见）。"

同事丢下一句怪腔怪调的洋文，开始淡出。

"那群魂魄很快就会烟消云散了。"我再次抛出言灵，同事诧异地摇晃一下。

"我知道啊！那又怎样？"

"如果你有办法说服他们的话，多花点儿时间在那群魂魄身上又会怎样？"

死神存在于远比人类高阶的次元，不会受制于时间。时间对死神来说，类似人类对距离的感觉。我们甚至能在某个程度内玩弄时间，若有心，我们可以同时在这个世界多处出现。即使超过时间范围，发生在未来的事，我们也可像人类眺望远方似的看见。可惜我被封印在这个身体里，受到时间的束缚，既不能玩弄时间，也无法看见未来……

"给你一个忠告，my friend！"轻薄的口吻从同事的言灵里消失，"不要和 soul 们……人类们走得太近，那只会给你造成负担。要是你对他们太同情，将来回到自己的工作岗位上会出问题的。"

高贵的我和低下的人类走得太近？他在说什么蠢话？

"不过，优秀如你应该不用我来提醒吧！那就改天再会啦！See you soon（再见）。"

同事又变回轻佻的德行，留下带有讽刺意味的言灵，消失无踪。改天再会……吗？如果这里是同事负责的区域，往后的确要常常见面。虽然身为死神的同事并没有脸。

我怀着莫名的挫败感走向建筑后面。这一带几乎晒不到太阳，弥漫着一股霉味。三个魂魄畏首畏尾地飘在正后方的树干阴影下。我靠近他们。

"为什么还留在这里？"我对魂魄提出质疑。然而，经年累月赤裸裸地在现世游荡，伤痕累累的魂魄已经无法回以言灵，只能保持沉默。

"要坐以待毙地等待消失吗？已经找到那孩子的遗骨，也埋葬了，该去吾主身边报到了吧！"

魂魄粗糙的表面掀起微微波动。上次没见过这样的反应，是感到迷惘吗？

"你们还有什么心愿未了？要怎么样，你们才肯去吾主身边呢？"

已经变成这副德行的魂魄们，没有从我面前逃走，他们宛如风中残烛般地在原地飘摇，像在控诉。到底想干吗啊……难不成？我犹豫半晌，说出一闪而过的恐怖想法。

"难不成……你们该不会希望我惩罚加害你们的凶手吧？"

魂魄的反应令我目瞪口呆。混浊暗沉的表面宛如爆发，释放出耀眼光芒。

"你们怎么会指望我呢？我被封印在动物的身体里，哪有办法帮你们找出凶手啊？更何况，你们的负责人是刚才那个死神，又不是我。没错，这不是我的工作。"

我拼命找借口晓以大义，可是他们的光芒非但不曾减弱，反而迫人地步步进逼。"知道了，我知道了！"无言的压力令我举白旗投降，"不会妨碍到正事的范围内，我会尽我所能，这样总行了吧？但不要对我抱太高的期待。"

明明都强调不要抱太高的期待了，魂魄们却变得更闪亮了，摆明就是充满期待嘛。我叹口气，尾巴对着魂魄们，逃命似的离开。我到底吃错了什么药，怎么会答应这种事呢？我明明没有义务为那群魂魄做任何事。我头昏脑涨。我是吾主创造出来的存在，忠实地完成吾主交代的事，这就是我存在的意义。既然如此，我为什么要对那群跟工作无关的魂魄如此放心不下呢？

降临人世的十数天，我身上究竟发生了什么变化？

"不要走得太近。"

同事留下的言灵在我的耳中回荡。高贵的我和人类？怎么可能？别说傻话了。我只是心血来潮。我只是觉得利用工作空当、闲暇时间让那群魂魄顺利去往吾主的身边，借此卖同事一个人情也不错。才不是为了那群魂魄呢。

仿佛说服自己，我在心里默念好几遍，然后离开这里。

因为肚子饿吗？还是难掩动摇呢？

我脚步虚浮，好似走在云端。

2

"啊！李奥，你在这里啊。"我漫步踱回庭院，耳边立刻传来呼唤。我头也不回地缓慢躺在地上。不用回头，我也知道是谁。

"咦？听不见吗？吃饭的时间到喽。"

脚步声越来越靠近，但我还是一声不吭。宠物也有暂时不想讨主人欢心，只想一个人的时候……真麻烦，一只狗待着的时刻。我闭着眼睛，动也不动……虽然下垂的大耳一直不安分地抖动着，但那是反射动作，我拿自己的耳朵一点儿办法也没有。

"李奥，怎么啦？你有点儿没精神。"

菜穗来到我身边，有点儿担心地低头看。我微微撑开眼皮望一眼菜穗，但不像平常那样猛摇尾巴。今天就是没那个心情。男人……公狗有时候就是会这个样子。

菜穗并未穿护士服，而是穿着蓝色条纹的上衣和浅绿色的裙子。

"我把饭放在走廊上。没胃口吗？还是肚子痛？"

菜穗屈着包裹在裙里的膝盖，抚摸我的头和下巴。她的指尖按压到狗下巴敏感的穴道，舒服的触感害我差一点儿发出撒娇声，还好我硬生生吞回。

"嗯……果然身体不舒服吗？平常吃饭时间，你总是滴着口水等在走廊。"

真没礼貌！我才不会那样……应该不会。

"还是心情不好呢？嗯……实在搞不懂。李奥跟普通的狗好像不太一样，总是在思考复杂的问题。李奥听话，进来吃饭嘛，你乖乖吃饭的话，我就给你泡芙当点心吃。"

菜穗说出令心脏漏跳好几拍的话，凝视着我。视线压力让我坐立难安，我努力地顶住压力。

泡芙？这个词语让我心思左右摇摆。甜美的记忆控制了我的大脑，口中溃堤似的涌出唾液。好想马上冲进屋里，但我还在硬撑，而且撑过去了。我真了不起。那么美味可口的泡芙当前，高贵如我也不可能输给食欲。

我沉醉在胜利的余韵里，菜穗扑哧一声笑出来。

"李奥，尾巴。"

尾巴？尾巴怎么了吗？我的头慢慢向后转，望向自己的尾巴。雄赳赳气昂昂的黄金尾巴正摇摆着，活像只左右蹦跳的弹簧兔子。因为速度太快，屁股几乎痛起来。我连忙想要阻止失控的尾巴，但尾巴仿佛有自己的生命，完全不听我这个主人的命令，心无旁骛地左摇右摆。

没办法了，我不甘愿地起身，和菜穗一起走向医院。

"你果然是在装睡，想要吃泡芙吧！"菜穗得意地说。

别说傻话了。我是实在拿自顾自乱摇的尾巴没办法，才不是那么想吃泡芙。我踩着优雅的脚步前进。几秒钟后，不知不觉被我远远甩在后面的菜穗，上气不接下气地叫着追上。

"李奥，你走得太快了。想吃泡芙也别那么猴急。"

"好吃吗？"菜穗笑着观察我。

我享受着泡芙残留的余味，点了两三下头。

"……李奥真的完全听得懂人话！简直太聪明了。"

菜穗讲了不太妙的话，但我还沉醉在泡芙的余味里，根本没把她的话放在心上。

菜穗凝视着我恍惚的脸："好像也没有……现在的表情就很呆。"

菜穗又说了失礼到极点的话，但我继续沉醉，不把她的话放在心上。

我舔着嘴角，菜穗笑着摸我的头。突然，手停下来。我莫名其妙地抬起头，只见菜穗温和的表情变得僵硬扭曲。我往背后一看，身材颀长的男人穿着浆得笔挺的西装，站在玄关附近的走廊上，冷冰冰的视线从眼镜后射来。我见过那张脸好几次，他是打算买下这家医院的人。

"请不要随便进来。"菜穗的语气和表情同样僵硬。

"啊，不好意思，我想和院长聊聊。"

"请你在停车场打电话给院长。医院里有患者。"

"我又不会加害患者。"男人开玩笑地说。

天晓得呢。我在心中嘟哝。这家伙散发出危险气息，可能会对年老力衰的患者造成压迫感。而且他穿的西装颜色明明不是特别深，看起来却像丧服。

"如果你愿意帮我请院长来，我会非常感激的。"男人局促地面向菜穗，撇着薄唇，露出不自然的殷勤态度。

菜穗像一台机器般收紧下颚，用力踩着脚步上楼。

走廊只剩下我和这个危险的男人……不，一人一狗。残留在口中的幸福早就随着这个男人的出现烟消云散。我恼火地仰望男人，突然不敢相信自己的眼睛。一瞬间，我还以为眼前的男人换人了，因为他的变化实在太剧烈：绅士般的态度荡然无存，老太婆似的弯腰驼背，眼镜后面的眼睛布满血丝，射出咄咄逼人的视线。

男人吼着"闪一边去"，就往我身上踹。我在千钧一发之际躲开皮鞋攻击，发出"嗷呜"的怒吼。要是没有发誓"绝不做出咬人这么野蛮的行为"，我早就一口咬下去了。

男人不理会我的龇牙咧嘴，他打开交谊厅的门，以与高大体形毫不相符的灵敏动作溜进医院。这人在干吗？事有蹊跷，在我想跟上去的瞬间，男人又从溜进去的门冲出，接着打开了食堂的门。待在交谊厅里的时间大概只有十秒。

男人当着我的面在各个房间进进出出，纠缠不休地摸遍走廊家具，形迹可疑。时间大概只有两三分钟。他到底在做什么？真伤脑筋，高贵如我，有时真的很难理解人类低俗的行为。就在男人把家具摸完一遍的时候，楼上传来脚步声。男人立刻戴回虚伪的面具，变回那个穿着笔挺西装，薄薄嘴唇挂着似有若无微笑的假绅士。了不起的变脸绝技。

菜穗和院长从楼梯上现身。

"不好意思，打扰您工作了，院长。"男人放低姿态向院长打招呼。

"什么事？你答应过我，不会在有患者的时候进医院来的。"院长一向缺乏抑扬顿挫的语气隐含不耐烦。

"抱歉。我有无论如何都要确认一下的事，可以聊两句吗？当然，可以跟平常一样出去说。"

男人语气很是卑微，但无懈可击。院长不发一语地看着男人。

"在那个房间谈好了，请你长话短说。"

思考几秒钟，院长打开交谊厅的门，催男人进去。当两人走进房间，门就要关上的瞬间，院长对茫然地戳在走廊上的菜穗丢下一句："菜穗，回你自己的房间。"他的语气令我有些愤愤不平。我以前就觉得很奇怪，院长对菜穗的态度也太专制了。此外，以雇佣关系来说，又未免太……太没有距离了。我在这个国家当了这么多年的死神，对于这种的"常识"算有很深厚的造诣。但院长对菜穗的态度远远超过"常识"。若不管雇佣关系，两人应该毫无关联……应该没有关联吧？

讨厌的想象掠过脑海。我这辈子看过太多例子，中年人利用自己的地位，将年轻女性当成性对象养在身边。好像叫金屋藏娇来着。院长和菜穗该不会……不，不可能有这种事。不晓得在想什么的院长姑且不论，但菜穗……那个楚楚可怜的少女绝不可能和别人产生这种关系。

我摇头甩开令人作呕的想象，但一度涌上的念头如同路上的口香糖般粘在了脑海中。

我为什么这么火大？院长和菜穗怎么样与我有什么关系？人类有性欲，因为要繁衍子孙，提供容器给新的魂魄，而物欲等各式各样的欲求有时会产生化学作用，走样变形。人类是愚蠢低俗的生物，我犯得着大惊小怪吗？但顺着血液流向全身的烦躁感迟迟不退，我闷闷不乐地缩成一圈时，菜穗说："走了，李奥。"

走？走去哪里？

"外面。如果窗户打开，应该听得见交谊厅里的声音。"

菜穗像在回答我心里的问题般道，并往走廊前进。喂喂，等一下。我拿她没辙，追上菜穗纤细的背影。

"……因为这个缘故，我们也很为难。"

我和菜穗躲在医院后面，交谊厅窗户下方，倾听从微开的窗缝传来的说话声。顺带一提，我们抵达时，窗户没开，当然也听不见屋里的对话。然而就在我以为只能死心的瞬间，菜穗弯下腰跑到窗户下方，"咻"的一声把窗户推开。出乎意料的行动令我目瞪口呆，菜穗叽里咕噜地说一句"mission is complete（任务完成）"的洋文，对我抛一个不怎么成功的"媚眼"。放弃就好了……我如今不就不明不白成了共犯吗？

"有这么为难吗？"

"没错，就这么为难。房子里居然挖出小孩儿的尸体，价格可能暴跌，因为太不吉利了。"

自己也没多吉利的男人，还阴沉刻意地表现出"我真的很困扰"的态度。

"七年前的命案早已让洋房是不折不扣的凶宅，现在出现尸体，我猜评价也不可能再坏到哪里去。"

"不，命案是七年前的事，已经逐渐从世人的记忆中淡去。但这次又让大家想起悲惨的命案。"

"工藤先生，你拐弯抹角地说这么多，究竟想说什么？降低买价吗？"院长开门见山地道。

我终于知道原来这个可疑的置业者叫工藤。

"不，我不是这个意思。既然我们要买这里，就必须了解状况……"

"所以？"院长显然被工藤欲言又止的态度惹毛了。

"根据小道消息，尸体是在密室般的房间里找到的。我想看一下。警方已经收工，现场搜证完成了吧？可以让我检查一下，顺便估个价吗？"

"我说过好几遍，患者在时，我不会让你们进医院。"院长的语气分明在告诉工藤，这件事毫无商量的余地。

"但您不可能让患者住进密室吧？请放心，我很快就能搞定，不会让他们发现。"

"患者很敏感，他们对环境远比你想象的还要敏感。恐怕现在大家也察觉到你在这栋屋里了。"

"我又不会接触患者，一点儿影响也没有啊！"院长顽石般的态度让工藤也流露出不悦。剑拔弩张的气氛溢到窗外。

"当然有影响。"院长斩钉截铁，"患者也知道这家医院不久就要关门了。"

"那又怎么样？"

"你必须等到患者全部离开，医院关门后，才能买下这里。这是安宁医院，患者全部离开就代表患者全部离开人世的意思。"

我身边的菜穗微微颤抖。

"嗯……的确。"工藤有些尴尬。

"换句话说，我在这边跟你讨论卖房子的事，在患者看来，等于主治医生已经考虑到自己死后的事。有些患者可能会解读成主治医生希望自己早死，医患关系会骤然紧张。"

惜字如金的院长突然侃侃而谈，口吻激昂。

"想太多了。他们应该不会被害妄想到这个地步。"

"大限将至的患者非常神经质。"

工藤皱起眉头。数十秒的凝重在两人之间流过。

"院长大人，请恕我直言。"

工藤讨好有礼的口吻一变，寒冷的冬日温度仿佛骤降。

"盖在这种穷乡僻壤的建筑本来就毫无价值，我们却愿意出比市价高出好几倍的金额，因为这是我们开发计划相中的土地。不过，我们不是非这里不可。如果您始终这么不合作，难保我们不会将计划在别的土地推动。"工藤语气不善。

"你是说，收购这里的事就当作没有说过吗？"热情从院长的口吻里消失了。

"视情况如此。院长大人，这是一种商业行为，让我们在商言商。我只是稍微看一下屋里，检查一下建筑状态。"工藤连哄带骗似的说道，"您到哪里再去找像我们这样愿意出这么好条件的买家呢？"

确信能够说服院长，工藤的语尾轻佻。我们感受到沉默再度降临。

"……我明白了。"一两分钟后，院长静静地道。

菜穗的表情扭曲，流露出悲痛。

"您明白我的意思吗？太感谢了。"工藤喜上眉梢。

"……李奥，走吧。"菜穗咬住樱花色的唇，小声说。她不想再待在这种地方。然而，听到院长的下一句话时，她的动作倏然停止。

"我明白了。就当收购没发生过吧。"拉椅子的声响传来，"不好意思，你请回。"

"不是，院长，请等一下！请冷静一点儿。"

"我很冷静，你比较慌张。"

"为什么这么在乎患者的想法？这里是你名下的财产不是吗？"

故作殷勤的糖衣终于从工藤身上剥落，暴戾之气表露无遗。

"法律上，这里的确是我名下的财产。但只要还有一位住院患者，这家医院就是属于患者的设施。"院长用斩钉截铁的话堵住工藤的嘴巴，

"请回吧！"

院长又强调一次。椅子被粗鲁拉开的声响传来。

"……你会后悔的。"

"请回。"

相较于工藤野兽般咬牙切齿的威吓，院长镇定地重复第三次。我们听见一阵敲响地板的脚步声，然后是用力甩门的砰然巨响。我和菜穗不约而同地面面相觑。她哀伤的脸庞浮出一朵笑容。

"李奥，听见了吧？院长说'请回'的语气，不觉得帅呆了吗？"

菜穗还蹲在窗户底下，却灵活地学起兔子跳来抓住我的前脚。狗的身体须由四肢支撑，突然剩两条腿，我差点儿失去平衡，拼命地用肚子使力，免于摔倒的命运。我忽然发现菜穗的眼眶湿湿的。

院长的确非常有男子气概，以医生这种处理人类疑难杂症的职业来说，表现非常杰出。但有必要感动到眼泛泪光吗？我觉得好没趣。不过，这跟我刚才觉得菜穗和院长的关系不单纯没有关系，绝对没有关系。

菜穗抓着我的前脚，小声地欢呼："真不愧是我的爸爸。"

我往旁边倒下。什么？爸爸？谁啊……院长是菜穗的爸爸？菜穗和院长的脸同时出现在脑海，但任凭我左看右看，都无法找到相像处，我一片混乱，思绪纷杂。

"怎么了，李奥？干吗倒在地上？"

被你吓倒啦！被你的双手，还有石破天惊的话吓到。我依旧倒在地上，消化还无法顺利传送到脑细胞的事实，嘴巴念念有词。这个事实怎么咀嚼也嚼不清，我只好维持固定的姿势。

"好奇怪。吃饱后困了吗？在这里睡着会感冒啊。"菜穗担心我，但我没力气站起来。"真拿你没办法。那你睡一下就要回家，我等一下会去看你。我先去和爸爸讲一下话。"

菜穗转身踩着轻盈的脚步走开。父女啊……我好不容易才把这个事实吞下去，摇摇晃晃地起身，只见三个魂魄在我的四周绕圈。这群地缚灵想干吗？ "有什么好看的？离我远一点儿。"我发出言灵，亮度明显增加的魂魄们嘲笑我一般，轻飘飘地在我身边飘来荡去。

原来他们是父女啊。

我逃离蚊子似的缠着我不放的魂魄，走到阳光满溢的庭院樱花树下，反刍令我宕机的消息。虽然很难接受，但借此重新审视医院，一些疑问就迎刃而解。

这说明了年轻但缺乏经验的菜穗竟然能在安宁医院工作，以及为何其他护士开车通勤，唯独菜穗住在医院，还有为何菜穗爱着这家医院……这都是因为菜穗是院长的女儿，这家医院是菜穗的家，一切都说得通了。我叹口气，无地自容。菜穗这么清纯善良的女孩儿，怎么可能和中年男子有负面关系。

耳边传来说话声。我抬起头，院长和菜穗从门口走出。她上班时总是谨守护士分寸，如今离开工作的岗位，她满是笑容地勾着院长手臂，不晓得在说些什么。她如今确实是个和父亲撒娇的女孩儿，这终于让我产生真实感。总是将唇抿成一条线的院长，脸上似乎也挂着淡淡的笑意，难道是我的错觉吗？

望着两人和乐融融的身影，我的嘴角自然放松。我在不会超出狗的常识范围内展露笑容。这次的事或许会让院长打消出售医院的念头，这么一来，我就不会流落街头了，可说是求之不得。事情接下来怎么发展呢？我被封印在狗的身体里，无从得知未来。不过，这也挺有意思。不知道未来发展，人类才拼命活在当下。这次我决定向人类看齐。

我仰望医院，使劲地皱着鼻子猛闻，一股淡淡的腐臭掠过鼻尖。大概是我尚未见到的第四位患者的腐臭。拯救内海时的疲劳消除大半，今夜就找出最后一位患者吧。下定决心后，我躺在草坪上补充夜晚所需的能量，慢慢闭目养神。

3

为什么会这样？我躲在二楼阴暗走廊的盆栽后，吞回即将出口的吠叫。灯光明亮的护理站在十几米外，值晚班的护理长和傍晚上班的菜穗正在工作。

我确定她们不会看到我，视线将整条走廊巡视一遍。左右各五间房，都是将客房改建成了病房。我留意着护士的举动，走到房前，把鼻子凑近门缝，寻找有没有腐臭味流泻。

我要找出第四名受制于"依恋"的患者。然而，我将二楼的房间全都闻过一遍，没一个房间流泻出腐臭。别说腐臭，就连普通的狗闻得到的人类体臭，也只出现在三间房里，就是南、金村、内海的住处。

这层楼的病房只住着我认识的三个病人。怎么回事？我躲在盆栽后面绞尽脑汁。没有其他患者了？这不可能，虽然稀薄，但的确弥漫着腐臭；死期将近，但心中还有心结的人就藏在某处。我望向刚才的楼梯。初来那天跟着菜穗去过院长室，后来就没到过三楼。该不会三楼也有病房吧？

仔细想想，没人说过病房都在二楼，值得确认一下。我注意着护理长和菜穗都没看走廊，于是穿过护理站前，冲上楼梯，溜进三楼。三楼的走廊乍看和二楼差不多，仅比一楼二楼稍微矮一点儿。跟二楼的差异，顶多是不会一上楼就看到护理站，以及只有五扇门。

房间比较少，应该也比较宽敞。洋房住着有钱人的时代，房主和他的家人以及贵宾就住在这层吧。

我闻着味道慢慢前进。院长的味道在最后一间房，我如履薄冰。要是被那个院长逮到，他可能会把我关在外面一整晚。我的毛（因为上司的迷糊）还是夏天的毛，尽管最近多少长出点儿冬毛，因此增厚，但我还没有在零摄氏度以下的世界试用新毛皮的勇气。

我屈着身体匍匐前进，鼻尖凑近最近的一扇门。吸入空气时，下垂的耳朵动了一下。就是这里，是这个房间没错。门缝流出的空气夹杂着浅淡但真实的腐臭。这就是找半天都找不到的第四位患者的房间。

我比照尝试过无数次的方法，打算将富有弹性的肉垫伸进门缝里。但当我把一只前脚举到"握手"的高度时，突然停下动作。不太对劲……面前的门不是二楼病房的拉门，在门上位置远远高过我的头之处有个半圆形的把手，必须往下压才能把门打开。

干吗要装这么麻烦的装置啊？用两条腿走路的人类或许很容易打开，但狗很难把前脚挂到那么高的把手上……没办法，我以两只前脚用力蹬地，拼命利用肉垫的摩擦力挥动脚，拉长身体，想爬上门板。伸直的前脚不听使唤地发起抖。肉垫终于碰到门把。我将门把往下压，门往我的方向打开。

办到了！我在心里大声欢呼。然而，门一打开，我也失去平衡。惨了，这实在有点儿糟糕……我紧紧抓住门把，总算稳住身体，没想到肉垫在金属上滑了一下，我失去支撑地往后倒。

"呜……"口中发出窝囊的叫声。下一瞬间，强烈的冲击从后脑勺直蹿眼球，眼前一片闪亮的星星。我咬紧牙关定住几十秒，静待疼痛过去。继续待在走廊上，难保会被院长发现，处以冰天雪地的极刑。我甩甩痛得嗡嗡作响的脑袋，滑进拼老命打开的门里。

这是病房？非常不对劲。与其说这是病房倒不如说这是卧房。毕竟是有钱人家的客房，二楼的病房都非常豪华，但这里与二楼的完全不一样，高度顶到天花板的书柜、上年纪的桌椅、看似比二楼便宜的床、随手披在椅背的女性衣服，这里的生活感太过强烈。

我搞错房间了吗？我嗅闻着味道，的确含有腐臭，淡到快感觉不到的腐臭弥漫在这里。这就是第四位病患的房间。可是……我瞥向床铺，床上是花纹柔和的被褥，没人睡在上头。

不知打哪儿来的寒意贯穿我。这几周的事陆续掠过脑海。

到底是怎么一回事？整颗头以额头为中心发热，仿佛电线短路似的思绪停滞。然而，脑里一部分，真的只是一小部分，冷静地判断着现况。那个部分的我声声呼唤着自己。

你发什么呆？这么明显的事实应该早就发现了。没错，我知道。我早就知道。我的感情始终不愿面对事实。感情？高贵如我，竟受制于感情这种低下的存在？怎么可能……

思绪纷乱，内脏宛如扭曲，反胃侵袭着我。

逃走吧！把在这里看到的东西全赶出大脑，就这样逃走吧！逃去哪里？哪里都行。逃得远远的，把一切忘掉。但要连吾主赋予我的任务也忘掉吗？

两个我在体内挣扎，灵魂被撕成两半的痛苦折磨得我满地打滚。

我踩着东倒西歪的脚步走向门口。我不想再待在房里。但当我站在离门剩下几步之处，门突然打开。突发状况让我愣在原地。

月光从背后偌大的窗户照射进来，将打开门的少女照得明亮美丽。

"咦？李奥，你在我的房间里做什么？"

菜穗就是房间的主人，她露出不可思议的神情提出问题。

"李奥终于摸到我房间来了吗？"进房的菜穗温柔地抚摸我僵硬的头。我的前脚发起抖来，颤抖在全身扩散开来。

"李奥，怎么了？会冷吗？"我实在太不寻常，菜穗担心地看着我。

我忘了自己是狗，用力摇头。"呜……呜……"声音不受控制地从微张的嘴发出。明明是自己的声音，听起来却让心脏为之紧缩。我为什么喘不过气？胸口为什么这么痛？鼻腔为什么像是有针在扎？眼前为什么一片模糊？

我拼命寻找的第四位患者……竟然是菜穗。

只要仔细回想，这不是明摆在眼前吗？那么严肃的院长为什么让还没什么经验的菜穗在自己的医院工作？院长又为什么决定等到所有患者去世就卖掉医院？看到什么就拿什么出气的内海为什么唯独对菜穗言听计从？为什么菜穗在庭院里会那么悲伤地说"我或许看不到这些花盛开的样子了"？

全都是因为菜穗的生命即将走到终点。

没什么……这有什么好惊讶的。不过是我眼前的女孩儿比平常人早一点儿……失去肉体的生命而已。只是……这样而已。

没错。人都会死，理由千奇百怪，但随时会死。菜穗也不例外。

肉体灰飞烟灭，成为魂魄，离开混浊的世界，前往吾主的身边。这才是人类的路，根本无须为肉体生命何时消逝感到伤心……救了我一命，好心地让我留在这家医院，每天忙得不可开交还要抽空喂我吃饭，随时对我露出太阳般温暖笑容的这名美丽善良的少女也不例外。

我让陷入恐慌的自己冷静下来，深深地呼吸。"嗷呜！"声带一阵痉挛，发出我曾经听过的声音。那是至今我拯救的三个男人发出过的声音，那是悲伤的洪流，称为呜咽。越想阻止自己，呜咽声就越大。我到底怎么了？一口气呛在气管里，咳到喘不过气，我想要大口呼吸，歇斯底里的悲伤却先把空气从肺里压出，我氧气不足，眼前一阵黑。有生以来第一次体验到如暴风雨的情感，就快被它淹死了。

"没事的。"柔软的触感包围着我逐渐模糊的意识。蒲公英般轻柔的声音掠过我下垂的长耳，"没事的，你什么都不用担心。"

菜穗抱紧我，声音轻抚着我的耳朵。我不再发抖，气息逐渐稳定。

"没错，慢慢地深呼吸。"

我乖乖地深呼吸，宛如龙卷风般把一切吹到高空的情绪终于平静下来。

"很好，已经没事了。"

菜穗把额头贴在我窄窄的脑门上，而我把意识集中在嗅觉上，菜穗嫩草般的清新香味掠过鼻尖，同时夹带着淡淡的甜腻腐臭。

静谧的哀愁填满胸口，犹如太阳下山，夜幕密密实实地笼罩着大地。

不承认也不行了。被封印在狗的身体里与人类接触的这段时间，连我也受到"感情"这种无敌麻烦的东西的强烈影响。上司说过："你还不懂人类的感情。"但我根本不想懂这种东西。都怪这种精神上的巨大冲击，害我无法冷静行动，胸口压着难以承受的疼痛。

菜穗站起来，开始在衣柜前脱下护士服。我望着菜穗仅着内衣的背影。注意到我的视线，菜穗回过头，笑着瞪我一眼，"你盯着我看做什么？小心我告你性骚扰。"菜穗开玩笑地说。性骚扰？那是什么？我犹豫着是不是该把视线移开，但菜穗倒没特别在意，继续换衣服，好像不是真的斥责我，我也不以为意地观察菜穗。

并不是我对菜穗的裸体有兴趣。我的确被封印在肉体里，拥有与生俱来的本能，但我可是金毛寻回犬，不可能有非分之想，虽然从艺术的角度来看，菜穗的身材的确非常好……看菜穗看到出神的我连忙摇头，甩掉乱七八糟的念头，集中精神。我不是要贪看菜穗，而是要找出在她体内筑巢的病灶。

怎么回事？我愣住。

我找不到像其他三个病人那样的明显肿瘤。她的心脏、肾脏、肝脏、肌肉……五脏六腑都粘着一层暗红色的物质，宛如熟透的水蜜桃。菜穗的身体发生什么事了？等一下，我见过罹患同样疾病的患者，并且送过那个人最后一程。

尘封的记忆一点一滴苏醒。我记得这种病叫……对，叫作"类淀粉变性症"。这是名为"类淀粉蛋白"的异常蛋白质沉淀在全身脏器，剥夺功能的怪病。若是沉淀在心脏，会引起心律不齐或心脏衰竭，危及生命。我继续睁大眼睛望向她胸膛里泵似的心，上头早已布满暗红色的物质，像群聚在砂糖上的蚂蚁。

以一定节奏跳动的心脏，一眨眼的工夫就微微振动三次，然后忘记任务似的停两三秒。菜穗的手放在胸口上，似乎不太舒服，微微蹙起眉头。已经开始出现心律不齐的症状了。外表看不太出来，但菜穗的时间不多了。

我急得如热锅上的蚂蚁。我受到菜穗天大的恩惠，可是从来没报答过她。我能为菜穗做些什么呢？我该怎么做才好呢……这种事还用想吗？当然是找出菜穗的心结，帮助她摆脱"依恋"。我将全力以赴地帮助菜穗从桎梏中走出来。

这是我第一次发自内心想完成工作，而不只是完成上头交办的任务。别误会，这不是因为我对菜穗有特别的感情，只是要报答恩情。

"李奥，今天干脆睡在我房里吧？这里也比一楼暖和呢。别担心，我不会告诉爸爸的。"菜穗换上轻便的睡衣招手。这再好不过了。共度一夜，肯定问得出菜穗的心结，既可以催眠她，也可以偷看她的梦。我在菜穗的身旁坐下。

"李奥果然听得懂人话。"她莞尔一笑。糟糕，狗是不是装得笨点儿比较好啊？

"其实我知道你的秘密，李奥。"

我动一下耳朵后抬起头。秘密？什么秘密？我从交谊厅桌上的盒里偷吃几块饼干的事露馅了？我心惊胆战地等待下一句话。她缓缓张开形状好看的唇说："李奥你啊……其实不是普通的金毛寻回犬吧？你其实会说话对吧？你听了住院患者的烦恼，还帮他们解决问题对吧？"

……什么？仿佛被铁锤重重敲了一记，我完全死机。

"内海先生、孙先生、南先生都这么说。说李奥不是普通的狗，是上天派来帮助自己的使者。"

怎么会这样！我仰望天花板。绝不能让人类知晓我们死神，这下子全曝光了！怎么办？怎么办才好？听起来目前只有菜穗和三名患者知道我不是普通的狗。消除大家与我有关的记忆吗？若我将能力发挥到极致，倒也不见得不可能。

不行，此路不通。要是消除三名患者与我有关的记忆，他们可能连已经摆脱心结的事都会忘记，将重新散发腐臭。他们的救赎跟我绑在一起。既然如此，还有其他方法吗？我鞭策着脑细胞，手段只剩一种了。

没办法，只能这么做了。

"……我有个请求。"我缓缓地对菜穗释放言灵。

"什么？"第一次听到言灵，菜穗不安地东张西望。因为不是通过耳朵，而是灵魂接收到我的话，所以觉得怪怪的吧？

"是我啦。狗无法发出人类的声音，只好直接对你的灵魂喊话。"

菜穗不再左顾右盼，她僵硬地看着我。平常就已经很大的眼睛，如今更是瞪大。

"……李奥？"

"没错，就是我。"

"李奥你……会说话？"

"我不确定这称不称得上会说话，因为我是直接对你的灵魂喊话。"

"……"

"……"

不知从何而来的沉默流淌在我和菜穗之间。过了一会儿，菜穗喃喃自语："咦？"

"咦？"

"咦咦咦？！"

"咦什么咦？"

菜穗提高音量的反应吓我一跳，言灵不由自主地提高分贝。

"骗人！真的假的？咦？你真的是李奥吗？咦？真的？假的？你真的不是普通的狗？"

菜穗一口气重复两三次"真的""假的"这两种完全相反的词汇。支离破碎的发言听得我晕头转向。今晚真是混乱。

"骗你干吗……你不是说你早就知道我不是普通的狗吗？"

"患者都这么说，我只是跟着说说看……没想到你真的会说话……"

菜穗露出非常严肃的表情，接着沉默不语。

"那你为什么要做这种不合逻辑的事？这种莫名其妙的行为算什么？"

"女孩子经常会这样，跟玩偶说话……"

"我又不是玩偶！"我没好气地抗议。把高贵的我与用布和毛线制成的动物玩偶相提并论，这实在是太侮辱人了。

"抱歉，我不是那个意思，我是说女孩子有时候会对明明不会说话的东西说话。"

"可是我会说话。"

"嗯……好像是。如果我的脑袋没有坏掉。可是该怎么说……呃……请等一下，我冷静一下，整理思路。"

"说得也是……也让我冷静一下。"

我握手似的举起前脚阻止菜穗，让脑袋降温。我们不约而同地在眉间挤出皱纹，沉默不语。几分钟过去，发热的脑袋冷静下来，我发出言灵。

"让我确认一下情况……也就是说，你以为我不会说话，所以才跟我说话。因为患者都说我是只特别的狗，所以你就做出那种没意义又傻乎乎的行为，害我受骗上当，说出不必说出的真相。是这样吧？"

我试着发出言灵，顺便整理状况。我要怎么收拾这混乱的局面？

"……你干吗话中带刺，原来李奥的嘴巴这么毒。"菜穗嘟起嘴巴，仿佛很累地喃喃说道。我也很累好吗？这时，门外传来敲门声，门也慢慢打开。我反射性地冲到桌底躲起来。

"菜穗。"院长一如往常地面无表情，张望室内。

"呃……那个……爸爸，有什么事吗？"菜穗惊慌回话。

"三更半夜发出那么大的声音，你才没事吧？"

院长的视线来回扫射，我像猫般缩成一团，尽可能缩得越小越好。

"那是……"菜穗斜眼对我发出求救信号。这种时候怎么会向狗求救？

"随便找个理由蒙混过去就好了，跌倒啊，东西掉了啊，撞到小指之类。"

我以言灵提出建议。言灵在这时特别方便，想跟谁说话就跟谁说话。

"那个……我不小心跌倒，把东西弄掉了，还因此撞到小指。"

菜穗简直像在模仿，毫无抑扬顿挫，语气很不寻常。演技出奇地蹩脚，而且谁要她一次把三个理由全部用上的？我的头好痛。

院长狐疑地看着形迹可疑的菜穗。"小心一点儿。"沉默几秒钟，院长丢下一句话就离开房间。门关上的瞬间，空气轻松起来，我和菜穗同时大大地呼出一口气。

"顺利蒙混过去了，我说不定很有演戏的天分。"

这可是天大的误会。

"谢谢。"我用言灵道谢。

"谢我什么？"菜穗异常有女人味地歪着头反问。

"没把我的事告诉院长。"

"这不是当然的吗？要是告诉他这里有只会说话的狗，反而是我会被怀疑脑袋有问题呢。好一点儿以为我睡迷糊了，搞不好可能会被抓去看医生。"

"这里不就是医院吗？"

"我指的是另一种医院。"

"听不太懂，算了。言归正传，我有件事想拜托你。"

"拜托我？什么事？"

"我不是普通的狗这件事……请不要告诉别人，否则我会有大麻烦。"

我会被吾主骂死的。我紧张地等待宣判。菜穗摸摸我的头，舒服的触感令尾巴不由自主地左右摇摆。

"没问题，就算你没拜托我，我也不会告诉别人的。"

菜穗答应得十分干脆，出乎我的意料。她起初很惊讶、困惑，但多亏刚刚一阵混乱，菜穗好像完全接受了我是只特别的狗这个事实。这是因为她还年轻，思维比较活跃，还是因为她头脑简单呢？我总觉得答案是后者……

"毕竟这件事要是曝光的话，李奥可能会被政府抓去解剖。"

她那惊悚的想象，害我的尾巴缩进两腿之间。

菜穗躺在床上，压在柔软的棉被上。"总觉得难以置信，没想到李奥真的会说话。虽然觉得你应该不是普通的狗，但没想到你这么不普通。会不会其实我脑筋出了问题啊？"

"菜穗相信你想相信的就好了。反正不管你信不信，事实都不会改变。"

"瞧你说得那么轻松。你的语气好像上了年纪的人，明明长得那么可爱，太可惜。你几岁了？应该有一百岁了吧？"

菜穗说道。最后显然是开玩笑的。这么说来，我到底活了几年呢？借用狗的身体才几周，但身为死神，这个国家几百年、几千年来都由我负责。话说回来，对跟人类不同次元的我们而言，时间的洪流本来就没有一定的速度。

"三周左右。"我无计可施，只好告诉她我变成狗之后的年龄……不对，周龄。

"三周？"菜穗声音抬高八度道，"三周前不就是李奥来这里的时候吗？"

"没错，就是那天。下着暴风雪的日子，我借用狗的身体降临到世界上。"

然后差点儿死在路边……

"就是那天吗？你用了'降临'二字……呃，我可以问一些比较基本的问题吗？"

"什么问题？"

"你是……何方神圣？"

"一只狗。"我的本质是高贵的灵体，但在这个世上借用狗的身体。换句话说，我是如假包换的狗。

"就只是狗吗？"

"不然你觉得我看起来像什么？"

"呃，你问我看起来像什么，看起来当然是狗没错。可是我知道的狗不会说话，长到这么大须花上好几年的时间。"

"现在我就只是狗。不过，被封印的我，本质其实是高贵的灵体。"

"高贵的灵体？那是什么？"菜穗探出身子追问。

"人类称我们为死神。"我停顿一下才发出言灵。

下一瞬间，情绪就像退潮似的从菜穗脸上消失。

"原来如此……李奥是死神啊。"

"是又怎样？"菜穗突然的变化令我不解。

"我今晚就要死了吗？"菜穗嗫嚅道，脸上又浮现某种情绪。然而，那不再是少女般天真烂漫的神情。

"你在说什么傻话？怎么可能说死就死。"我拼命否定。

"可是，你不是说自己是死神？没关系，不用安慰我……我知道自己随时会死。"

我发现菜穗误会了。

"不对，死神的确会见证死亡的那一刻，但不会做出取人性命这么野蛮的行为。"

"你真的不是来杀我的？"

"杀死你对我有什么好处？最重要的是，死神相当于灵体，根本无法接触人类的身体，要怎么杀死人类？"

"呃……用手里的镰刀轻轻一挥？"

"我手里又没有镰刀。"

"你没有镰刀啊？那么就是突然变成骷髅……"

"才不会！"

为什么人类听到"死神"二字，就会想到那么恐怖的画面啊？

"那个……你真的是死神吗？你和我印象中的死神不太一样。"

菜穗缓缓低头，不知不觉恢复成平常的表情。

"又不是我们想要自称死神，是人类擅自这么叫的。"

"这样啊……"菜穗微微噘起嘴，点点头。虽然似乎还没完全接受我的说法，但至少理解了我不是来杀她的。"既然如此，李奥为什么要变成金毛寻回犬，出现在这家医院？"

"这件事说来话长……"关于这点，我不想解释得太清楚。毕竟我出现在这里，是出于降职这种不名誉的原因。

"没关系，我明天晚班，聊到三更半夜也无妨。我想知道李奥的事。"

……也罢，她都这么说了，我就稍微透露一下。

"既然如此，我就掐头去尾、长话短说。"

我开始说起自己的工作。考虑到菜穗来日无多，我没有把工作内容说得太详细，只说我是为了拯救内心郁结难解的人才来到这个世界，至于我截至目前如何用高明的手腕解决患者的苦恼，我只挑非说不可的重点，点到为止。最后，我踌躇满志地告诉菜穗："菜穗心里也有牵挂吧？不妨告诉我，我会像帮助那三个人一样帮你解决的。"

那一瞬间，对我的话始终点头附和，听得津津有味的菜穗，脸上倏地蒙上一层阴影。

"时间已经这么晚了吗？该睡了。"菜穗突兀僵硬地说道。

"哪有？才过了一会儿好吗？而且你说聊到三更半夜也无妨的……"

"我困了。今天就聊到这里。我要睡觉了，李奥也回一楼去吧！"

菜穗从床上站起来，两只手用力推我。

"咦？等一下……"肚子突然受到推挤，我来不及扎稳马步，只能节节败退，直到被推出门外。她把我推出房间后，"砰"的一声用力关上门，之后传来上锁的声响。

"怎么了？发生什么事了吗？"

搞不清楚状况，我对应该还在门那头的菜穗发出言灵。

"没什么，不要管我！"

菜穗抬高了八度的嗓音隐含着怒气，我不禁有些退却。什么原因让菜穗失控至此？下一瞬间，走廊深处的房间传出转动门把的声响。我吓出一身冷汗。我的言灵只有菜穗听得见，但菜穗的声音其他人听得见。院长听见她的叫声，又要来察看情况了。

这到底是怎么回事啊？我百思不得其解地逃向楼梯。

4

溜进菜穗房间的第二天，我等待中年护士打开正门玄关后走到庭院，趴在长椅旁享受日光浴。今天是晴天，冬天的早晨空气清冽，甚至有点儿冷，但冬毛已经长足，我不以为苦。这本该是个心旷神怡的早晨，然而我的心情却不像晴空那样明朗。我懒洋洋地动动耳朵，抬起眼皮，转动眼珠望向主屋。令我心情不好的原因正单手拿着装满饲料的碗走过来。

"李奥，那个……吃早饭了。"

身穿便服的菜穗怯生生地开口。平常我都是在走廊吃饭，今天她居然特地把饭端到这里来给我。不过，理由我心知肚明。我一动也不动，假装没听见她说的话。

"李奥，你还在睡吗？我把饭拿来喽。"菜穗走到身边窥探我的脸色，但我还是没反应。"你该不会是……在闹别扭吧？"菜穗发出讨好的声音。

我才没有闹别扭。只是心情不好而已。

"那个……慎重起见，我再问一次好了。昨天的事会不会是我睡迷糊做的梦……"

"不是。"不等菜穗把话说完，我就用言灵打断她，慢条斯理地坐起来。

"我想也是。"菜穗叹口气，轻轻摇头，仿佛想要甩掉头痛。

"我肚子饿了，可以把我的饭放下来吗？"我带刺地说道。

"啊！抱歉抱歉。"

我靠近菜穗连忙放下的碗，优雅地享用里头满满的狗食。嗯？今天的口味是我最喜欢的半生牛肉味。想必是菜穗为了讨我的欢心，特地打开了珍藏的狗食。可惜我还没单纯到会被这种东西哄住。我怀着如此心思把碗里食物全送进五脏庙里，再把空空如也的碗仔仔细细地舔干净，满足地呼出一口气。吃饱了。

"我吃饱了。话说回来，接下来是我的自言自语，因为昨晚被赶出温暖的房间，不得不睡在寒冷的走廊上，害我有点儿睡眠不足。"

"真的很抱歉，我有点儿心烦意乱，请你原谅我。"菜穗双手合十地道歉。既然如此就原谅她吧！反正狗食也很好吃。我偷偷地望一眼菜穗。我都吃饱了，她还不回屋里，看着我的眼神里似乎有什么期待。

菜穗也很清楚吧！我并不希望她放着心结在心里。那么，接下来就是上工的时间了。我绷紧脸，重新转向菜穗。或许察觉到我的变化，菜穗的脸上掠过一丝紧张。我严肃地送出言灵："你就这么不想面对你的'依恋'吗？"

"'依恋'？"

"没错。时间不多的人，对人生有什么后悔遗憾之类的。"

菜穗咬紧樱花色的唇瓣："我没有……那种东西。"菜穗的话一听就知道是谎话。

"一定有。不希望这家医院关门吗？担心自己不在了，这个充满回忆的地方就必须拱手让人吗？"我想起菜穗对那个姓工藤的置业者异乎寻常的憎恶，以及院长收回卖掉医院决定时她手舞足蹈的样子。但菜穗还是将嘴唇抿成一条线，不肯回答我。

"不是吗？也对，如果跟医院有关，你根本不需要保密，应该会告诉我。"

菜穗还是一句话也不说。她很关心医院的事，但内心深处藏着更重要的"依恋"，我心里大概有底了。

"是那个年轻的医生吗？"菜穗的肩膀剧烈地震了一下。

"……你在说什么？"

都已经不打自招了，菜穗居然还想打马虎眼，而且她那句话好像外国人讲日语似的怪腔怪调。这孩子果然没有半点儿演戏的天分。

"你喜欢那个医生吧？叫田代……什么来着？"

"名城！才不是田代，是名城医生！"菜穗激动地修正我的错误，然后声音微弱地说，"跟名城医生……一点儿关系也没有。"

好一个木头演技。

"已经有人帮那个医生繁衍后代了吗？"

"繁衍后代？"

"我问他结婚了没。"

"……还没有。什么繁衍后代？不要把人讲得跟动物一样好吗？"

人类本来就是动物啊。

"那有人愿意帮他繁衍后代……我是说他有像女朋友之类的对象吗？"

"那种事……我怎么会知道……"菜穗的音量越来越小。

"要是还没有人帮他繁衍后代，不就没问题了？你喜欢那男的就告诉他啊。"

"事情哪有你想得这么简单。"菜穗用前所未有的音量嚷嚷，然后马上赔罪，"对不起，我太大声了。"

"为什么没我想得那么简单？"

菜穗又开始沉默。

"你怕向对方表白，被对方拒绝吗？"

菜穗继续行使缄默权。

"不对，不是这样。应该还有其他理由。"如果只是一般人类都会有的感情，应该不至于产生腐臭，唯有在死亡的前提下产生强烈感情，才会形成足以禁锢魂魄的"依恋"。

"你打算什么都不表示，就这样逃到另一个世界吗？"

我故意挑衅，菜穗紧握着拳头，微微颤抖，血管也浮现出来。

然后，她缓慢地张嘴道："有什么办法！我就要……死掉了啊！"菜穗双手蒙住脸，将苦恼化为语言一吐为快，"像我这种……我这种马上就要死掉的人向他表白，只会带给名城医生困扰。医生非常善良，想拒绝也不会忍心的。我才不要那样。我只要常跟名城医生聊天就心满意足了。"

我走近低着头的菜穗脚边，仰望着她，略显强硬地发出言灵："你凭什么擅自帮名城做决定？"

"咦？擅自？"菜穗意外地道。

"没错。你为什么觉得自己的感情只会带给名城困扰？难道你认为那个男人的善良，是不敢认真面对女生的真心，只有在表面上装出温柔的态度吗？真正的善良，难道不是坦然接受对方的想法，给予诚实的回应吗？"

菜穗似乎被我义正词严的说辞驳倒，她背过身，吞吞吐吐地说："……没错，如果是名城医生，可能会好好地回应我的感情。"菜穗说到这里又陷入沉默。她可能担心要拒绝自己会对名城心理造成负担。不过她想太多了，因为……

"那个男的也喜欢你。"

"咦？"菜穗的双颊瞬间红起来，她的双手举到胸前，神色仓皇地挥动，"骗人骗人骗人。名城医生怎么可能喜欢我，不要胡说。"

"谁在胡说？那男人看你的眼神，完全是在看心仪女性的眼神。"

这孩子果然少一根筋。

"骗人……我不相信……"菜穗面红耳赤地嘟囔，再次露出凝重的表情，不发一语。

唉！真令人着急。她到底在犹豫什么？她也想向名城表明心意吧？既然对方也有意思，还有什么好犹豫的？我无言地等待菜穗下决心，但菜穗无精打采地说："可是，就算名城医生真的……喜欢我，又有什么意义？我们顶多在一起几个月。要是我们真的交往，我不在的时候，名城医生一定很伤心。所以……现在这样最好。"珍珠般的泪水从菜穗的眼里滴落，她说到后来已经夹杂着哽咽，"所以……这样就好了。"

菜穗一脸悲伤，却还是硬挤出让人心疼的笑容。

"才不好！"我用言灵怒吼着。

"怎、怎么了？有必要那么生气吗？"菜穗向我举手投降，脸上浮出胆怯。

"人类喜欢一个人是有目的的吗？"

"咦？这是什么问题？"

"人类爱上一个人是为了繁衍后代吗？是为了生小孩儿吗？是为了从对方身上得到什么吗？如果得不到，爱就毫无意义吗？"

言灵一发不可收拾。我干吗这么激动啊？降临到人世前，我总认为"爱"这种东西不过是物欲和性欲交织的产物，肮脏又污秽。然而，和人类相处几周后，我的想法改变了。爱的起源的确和生物本能欲求有关，但人类就是有本事将这种单纯的欲望升华成更纯粹美好的存在，就像我爱不释手的艺术作品。

让我明白这个道理的不是别人，正是眼前心地善良的女孩儿。她把我这只流浪犬当成家人对待，她尽心尽力照顾难以取悦的患者，让我对人类的评价产生巨大变化。菜穗从不吝惜把爱散布到周围，怎么可以不让她有机会得到心上人的"爱"就撒手人寰？

"你和名城无法长相厮守又怎么样？人类总有一天要死，要天各一方。所以不要去作比较好吗？一起度过的每一分每一秒才是最重要的，不是吗？"

我看着菜穗。菜穗低着头，一句话也不说。沉默凝重得令人喘不过气。我还无法软化她固执的想法吗？不够理解人类感情的我对"爱"高谈阔论，只是滑天下之大稽吗？

我感叹自己的无能为力，而菜穗微微颤抖着说："我……还可以喜欢上谁吗？"

"当然。"我抬起头，差点儿就要不假思索地用后脚站起来了。

"……这样啊。原来可以。"菜穗笑。虽然泪湿脸颊又双眼红肿，但这次的笑容不再那么悲痛，仿佛充满阳光。

"死神都这么说了，应该没错。我明白了，我……会试着努力看看。"

"很好，就这么决定了。"我的尾巴兴奋地左右摇摆。

同时，一辆车从正前方的马路出现，是那辆形状特别的跑车。菜穗回过头，表情僵硬。啊，这么说来，今天是假日，也是名城早上就会来医院上班的日子。还有比这更巧的时机吗？上天也站在菜穗这边，今天是表明心迹的好日子。

名城把车子停在停车场里，下车走来。

"上吧！菜穗，就是现在。把你的心意告诉那个人。"我拼命煽风点火。

"咦？哪能这么突然，我还没做好心理准备……"

"你在说什么？再也没有比现在更好的机会了，你们人类不是说，打铁要趁热吗？"

"可、可是……我才哭过，妆都花了，很难看。"

"不要紧的，你跟平常没有什么差别。"

"跟平常没什么差别……这也挺失礼……总而言之，今天到此为止，改天再……"

"汪、汪、汪！"我对一直说丧气话的菜穗猛吠。

"我知道，我知道了啦！只要向他表明心迹就行了吧？有什么难的。"菜穗赌气地说。就是这样，最重要的是气势。

"那你努力吧。"

"嗯？等一下，李奥，你要去哪里？你不留下来陪我吗？"

菜穗大惊失色地想抓住我的尾巴，我将尾巴优雅地甩动一下，她的手扑空了。

"我还没不解风情到留下来偷听你的告白。"

"怎么这样……"

"我会远远守护着你，加油。一定会顺利的，相信我。"

菜穗咬紧下唇，沉默不语，一副随时都要逃走的样子。名城看见我们（主要是菜穗）便朝我们走来。然而，菜穗低着头，不敢抬头看他。还是不行吗？冷不防地，菜穗用双手拍拍自己的脸颊，发出两次清脆的声响。"女人要有胆识！"菜穗宣誓般地道，拳头伸向我。我领悟到她的意思，用湿湿的鼻尖抵住她小巧的拳头。

"我会加油的！"

"加油，祝你好运。"

我和菜穗互相点头。我连忙走开，接下来是他们的时间。我跑到医院的入口附近，回头张望。名城带着有些担忧的表情走近站在高大樱花树下的菜穗。这也难怪，突然拍打自己的脸颊，又对狗伸拳头，在旁人眼中一定非常怪异。

我注意着菜穗，紧张得像自己要告白。

名城不晓得对菜穗说了些什么。或许是没有勇气直视他的脸，菜穗还是低着头，嘴角微微地动着。该不会正在表白吧？虽然那样子怎么看都像在念经。名城又一副忧心忡忡的样子，或许因为菜穗的样子实在太不寻常，他有些担心。只见菜穗一再摇头。

加油！菜穗。或许接收到了我的鼓励，菜穗突然抬头望着天空，大大地吸了口气。

"名城医生！"菜穗的音量大到我都可以听见，"我从第一次见到你的时候就很喜欢你了，如果……如果……不会对你造成困扰的话，请跟我交往。"

有人这样表明心意吗？我真是不忍心看了。整家医院都听见她的话了吧！

不过，菜穗还是做完她该做的事了，接下来只能等名城回答。这个温柔的男人应该不会拒绝吧？万一他拒绝，我会用上死神所有能力给他洗脑，直到他明白菜穗各项优点为止。

突如其来的示爱让名城愣住，反复眨了几次眼，几十秒后，名城终于回过神，不晓得说了些什么。你到底说了什么？我内心绝望地叫着。

我没看错吧！菜穗的眼里滚出大颗泪水。这家伙拒绝菜穗了？他不是也对菜穗有好感吗？难道我还是无法理解人类的心理吗？怎么办？遭到名城拒绝的菜穗，"依恋"可能会更强烈。咦？如果没有表明心意就迎接死亡是她的心结，那么现在已经消失了吧？不管怎么说，我都不会放过害菜穗伤心难过的人。

没办法，我只好不择手段了。就算利用催眠术，我也要让他接受菜穗的爱。我正打算冲过去的时候，突然觉得有点儿不太对劲。咦？情况好像有点儿怪怪的？我屏气凝神地看着两人，菜穗虽然一直掉眼泪，但脸上浮现的是我至今未曾见过，发自内心的幸福微笑。

菜穗一时失去意识似的倒向名城，名城小心翼翼地抱住菜穗纤细的身体。两人紧紧相拥，仿佛他们身边的时间静止了。

咦？这该不会是万事大吉的意思吧？这么说来，人类这种生物在喜悦的时候也会流眼泪。菜穗也是如此吗？嗯，应该是这样没错。所以大功告成了？嗯，没错。两人看起来幸福得不得了。

我望了两个人一阵子，转身走进屋里。心中一面为菜穗得到幸福而感到快乐，一面又莫名地有股闷闷不乐的情绪。这难不成就是所谓的嫉妒？怎么可能，我可是高贵的存在，怎么可能嫉妒人类。

我用力摇头。无论如何，我还没不识趣到打扰他们的二人世界。没错，我强调过好几次，我可是个懂得察言观色的死神。

第五章

死神
上街

うんめい

1

　　我用力吸气，树木的清爽香气掠过鼻尖。我将意识集中在嗅觉上，然而，我感觉不到一丝一毫的腐臭了。菜穗向名城表白已过一周。我仰望天空，心情清澈。

　　我办到了。我已经完成吾主交给我的崇高使命，成功斩断所有地缚灵预备军的心结。背后响起踩在泥土上的脚步声，菜穗和名城并肩走来，两人穿着便服，而不是熟悉的白大褂。两人既没有牵手，也没有刻意离得太远，小指若有似无地相碰。

　　"晒太阳？"菜穗在我身边蹲下来，摸着我的背。

　　"嗯，没错。你要去哪里？"

　　我用只有菜穗听得见的言灵问她。

　　"今天不用上班，所以要去看电影，傍晚就会回来了。"

　　"这样啊？那就路上小心。"

　　"什么？李奥好像我爸。"

　　菜穗扑哧一笑。

　　"院长放假时也会跟它一样懒散吗？真想不到。"名城误会了菜穗的意思，目不转睛地盯着我。没礼貌的家伙。我才不是懒散，我在储备体力，好随时开展吾主交办的新工作。

"那我走了，要我买什么礼物回来给你？"菜穗站起来。

"泡芙！"

我忍不住兴奋起来，发出言灵时吠了一声。名城不禁往后退了一步。胆小鬼。

"好，那你就乖乖地看家吧。"

菜穗轻轻挥手，和名城并肩走向停车场。

"包在我身上。所以你千万别忘记买泡芙。"

我目送他们离开。两人散发出花蜜般的香味，那是沉浸在幸福中的香味。他们的幸福或许仅能维持数月，甚至数周，但又怎么样？菜穗此时此刻全力以赴地活着。

人类和死神不一样，他们受到时间的束缚，抱着死亡的定时炸弹。正因为不晓得炸弹何时爆炸，人类才那么恐惧死亡。因为时间有限，人类才在有限的生命中拼命活下去。我已经活过漫长时光，而他们就像转瞬即逝的烟花，甚至令我有些羡慕。人类的一生就像烟火吗……经过这些时光，我对人类的评价也大幅改变。我眯着眼睛，目送两人渐行渐远。

"你干吗陷入感伤的氛围啊，my friend？"

"……你来干吗？"

背后传来死神的气息，我懒得回头。除了那位同事，没人用这种轻浮的口吻说话。

"你还没学会说话时要看着对方眼睛的礼貌吗？"

"你又没眼睛。"

"你还是那么没水平。唉。"

同事的言灵里夹杂着叹息。没事这么举一反三干吗？

"今天来为谁引路的？"

我救下的那三个人，最近身体好得很，精力充沛得不像病人。然而，他们确实是癌症晚期患者，何时病情恶化都不奇怪。

"No，no，放心吧，my friend！我今天是来当说客的。"

我将松口气的心情吞回肚子里。

"有什么好不放心的？我对他们并没有什么特别的情感。"

"真的？"

假装没听见同事疑心病超重的言灵，我强硬地改变话题。

"话说回来，那些地缚灵还不去吾主的身边吗？"

"不晓得为什么，那群 soul 突然变得好有精神。看来暂时不用担心消灭的危险性了，不过还是迟迟不肯去 my master（吾主）的身边，唉。"

同事再度叹一口气，他莫非很喜欢这个行为？

"他们……希望凶手受到惩罚。"

"嗯？凶手吗？为什么？"

同事打内心觉得不可思议。

"为什么？全家都惨遭杀害，心存怨恨也是当然。"

"怨恨？当然？你在说什么啊，my friend？怨恨一点儿意义也没有。为了这种毫无意义的感情，甘愿冒着消灭的危险，真是太不合逻辑了。"

经同事这么一说，我这才回过神。一点儿都没错，他们不该被怨恨这种无谓的感情左右，应该乖乖地前往吾主的身边。问题是……"一点儿也没错。但自从我来到世上，看到人类采取过无数次这种不合逻辑的行为，所以才用'当然'两字，像人类那种低俗的存在，当然会被感情耍得团团转。"

我想要自圆其说，但我也知道这借口太勉强。

"被杀死的 soul 的确有相当高的概率变成地缚灵呢。"但同事对我的说辞似乎坦然接受了，"可是 my friend，你不觉得那群 soul 很奇怪吗？就算被杀死，大多经过几个月，你口中的怨恨就会稀释，前往 my master 的身边。但他们现在被强烈的心结困住，那绝不是单纯的死不瞑目。"

"死不瞑目"这四个字用得真好。我斜眼望向医院，那几个魂魄正从固定位置偷看这边。

"话说回来 my friend，你的工作还真辛苦。不过，就算失败也 never

mind（不要紧）。不管产生多少地缚灵，我都会说服他们，为他们引路的。"

同事丢下这一句言灵，轻飘飘地前往那群地缚灵在医院后面的藏身处。

咦？他刚刚说了什么？

"等一下！"我将言灵的音量提到最高。

"干吗呀？干吗突然发出那么强烈的言灵？振幅太大，差点儿被你吓死。"

我没心情理会同事的抱怨。

"你这句话是什么意思？"

"嗯？你指哪句话？"

"你说就算我失败了，产生地缚灵，你也会为他们带路是什么意思？"天气明明不冷，我却汗毛倒竖，甚至听得见自己体内打战的声响。

同事用没有半点儿感情的言灵说："我的意思是，这个世界的时间再过两周左右，医院将会死七八个人，而且绝大部分都会变成地缚灵。"

什么？怎么会这样？疑问在脑中回荡。耳鸣停不下来，恶心感向我袭来。

"不要紧吧，my friend？"

同事对站不稳的我发出感觉不到半点儿关怀的言灵。

"别放在心上。话说回来，这里两周后会发生什么？为什么变成地缚灵……"

"你问这个做什么？"轻薄的口吻和莫名其妙的外来语同时从同事的口里消失，"我想你应该不至于忘记，我们无法改变人类的死期。连拥有肉体，可以干预物质世界的你也不例外。"

"我的工作是拯救他们免于变成地缚灵的命运。如果这家医院的人会变成地缚灵，那我的工作就是避免这种事发生……"

"那你就在不会干预他们寿命的情况下，防止他们变成地缚灵吧。听好了，我不打算提供任何情报帮助你救他们。你怎么做不关我的事，但我不想受你连累，挨吾主的骂。死亡是人类的宿命，什么时候死，死法是什么，不是我们在意的事。"

"没错……对你而言的确是这样没错。"我挑起嘴角，露出苦笑。就狗的脸来说，我应该做得不错。同事很正确，没有比这更正确理智的论调了。这才是死神的想法。但为什么我会产生反感呢？我到底怎么了？

"我就先告辞了。你千万别做傻事。"

我没有挽留。同事如飘落的雪花般消失。

气温似乎急速下降，我的身体发起抖来。

过了多久呢？我的感觉混乱起来。不知不觉间，太阳已经西落。同事离开后，我仰望天空，望着白云。只要心思飘移，同事的不祥预言就会占据我的意识。背后传来脚步声，我立刻听出了是谁。她的体重已经很轻，又刻意蹑手蹑脚地放轻步伐。这家医院只有一个人会发出这种脚步声。

"咦？李奥，你还在这里？气温下降了，要在天黑以前进屋来哦。"

菜穗到身边摸摸我的头。她和名城看电影应该很开心，不仅脚步声，语气也很轻快。我慢吞吞地把脸抬起来，想说些什么，可是又不晓得该说什么。菜穗他们再过两周就要死了，还会变成地缚灵，在人世间彷徨受苦，而我只能置身事外。我的心像受到海风侵蚀，我无精打采地低垂着颈项。

"李奥怎么了？身体不舒服吗？"

"……没事。我还想再吹吹风，你先回去。"

嘴里好苦涩。

"是吗？那你可不要着凉了。"

菜穗忧心忡忡地看着我，然后走回医院。

"菜穗。"我不由自主地叫住她。

"嗯？什么事？"

菜穗澄澈的瞳孔映出我的身影。我看起来萎靡不振，十分沮丧。

"不……没什么。"

"没什么就好……啊，我买了你爱吃的泡芙回来，要吃吗？"

"嗯……明天再吃，你帮我留着。"我有气无力地回答。

"好，那你想吃的时候再跟我说。"

菜穗依旧担忧地回头看了我好几次才进屋。我蹲坐下来，什么也不想思考。我只想把一切忘掉，离这里越远越好。

风里带有黑夜的气息，夺走了体温，还有我心里的温度。

2

我一口气冲上阴暗的楼梯跑到三楼，然后站在最前面的门前。这是菜穗的房间，我咽一口口水，好让心情平静。一旦打开这扇门就不能回头，真的没关系吗？我问我自己。

没关系。我已经决定了。要是在节骨眼上临阵脱逃，我还算是男人……真麻烦，还算是公狗吗？上吧！我下定决心，蹲低身体，准备跳起来够半圆形的门把时，门瞬间打开。硬邦邦的门板高速撞上我的脑门，我的眼前一片星星。这已经是第二次了。

"呜……"我缩成一团，忍受剧烈的疼痛。

"啊！抱歉。李奥，抱歉。"菜穗探出头，她看见我的惨状，不禁捂住嘴巴。不管她怎么道歉，我始终痛得无法回答。"那个……要是被爸爸发现就惨了，你还是先进来。"

菜穗抓住我两只前脚，拖我进房。"痛，肚子和地板擦得好痛！"我用言灵大声抗议。

"抱歉，忍耐一下。"菜穗非但没放开我，反而更用力。好不容易把我拖进房间，菜穗"呼"地松一口气。"没被发现真是太好了。"菜穗露出无邪的笑容，但我雪亮的眼睛可没错过她嘴角快爆笑出声的压抑线条。

"痛死我了……"我投以怨怼的视线。

"真对不起，呃……你要吃泡芙吗？"

菜穗双手合十，挤眉弄眼地讨好我。

"你以为给我泡芙吃，我就会原谅你吗？高贵如我，才不会受到食欲的左右。"我毅然决然地道。

"嗯？可是你的尾巴好像不是这么说的。"

我闻言回头看尾巴，毛茸茸的金色尾巴活像雨刷似的摇摆。

"这是反射动作……与意志无关。话说回来，你刚才要去哪里？"我拼命转移话题。

"咦？我没有要去哪里啊。我听见外面有声音，想着应该是你。你从傍晚就怪怪的，我想你会来找我。因为你连听到泡芙都没反应，那可是我特地从名店买回来的。"

真没礼貌。我确实很爱吃泡芙，但那是优雅的嗜好……等一下，是有名的泡芙吗？供日后参考，要我浅尝一下也未尝不可……

"李奥，你口水都流满地了。要不要吃一点儿？"

菜穗笑指我的嘴角，然后走向房间一角的小冰箱。我连忙把唾液吞回去。

"请用。"菜穗将五个可爱的小泡芙装进纸盘，放在我面前。既然都特地买回来了，我就笑纳吧！我优雅地凑近泡芙。

"犯不着那么狼吞虎咽，又没人跟你抢。"菜穗摸摸我的头，又说出失礼的话。我才没狼吞虎咽。应该没有。

几十秒后，我吃干抹净，心满意足地舔着嘴角。

"好吃吗？"

"嗯。"我点点头，闭上双眼，吐出一口气。我来这里可不是为了吃泡芙。虽然我的确吃了，不过我还有更重要的话要说，有史以来最重要的话。我又吐出一口大气，直视着菜穗。我心跳加速。

或许是注意到我的脸，菜穗也绷紧表情。我缓缓地送出言灵："我就开门见山地说了。"

见过同事后十几个小时以来，我思前想后，苦不堪言。回想起来，自从我来到这个世界，就被迫要在各种各样的情况下做出抉择。如今，我将面临最大的选择……赌上自身存在的选择。

我是为了执行吾主的命令才被创造出来。我可以违逆吾主的意志吗？当我违背吾主意志的瞬间，我会不会像砂糖融于水般消失呢？问题是，我无法坐视菜穗他们死亡。我降临到这片土地上，菜穗就给了我莫大的恩惠。如今正是我报答她的时候。我做好最坏的打算，发出言灵。

"再这样下去，两周后……你就会死掉。"

菜穗如遭电击似的跳起，薄薄的樱色唇瓣颤抖着，抿成一条线，明亮的大眼睛蒙上一层雾气，她慢慢地将脸埋在掌心里，身体缩成一团。

稍微松一口气的感觉在胸口扩散。我的行为已经明显超出死神权力范围，但"我"还存在。我静静地望着抖着双肩的菜穗。

过了几分钟，菜穗抬起头。

"这样啊，这么快啊。我还以为能撑到圣诞节……甚至……过年后……还真有点儿遗憾。"菜穗坚强地展颜一笑，"不过……没关系，我做好准备了。我得处理后事了。谢谢你，李奥，谢谢你告诉我。虽然有点儿受到打击，不过或许能冷静地死去了……"

菜穗的表情跟"没关系"相差十万八千里。她低头接着说道："可以请你让我一个人静静吗？"

当然不可以。我无视菜穗的请求，继续往下说："不只是你，这家医院绝大部分的人，都会在同一天死去。"

菜穗的眼睛瞪到不能再大。

"咦？为什么？这是怎么回事？"菜穗激动万分。

"我也不清楚。只知道大约再过两周，这家医院里大部分的人都会没命。"

"怎么会这样……你是说，爸爸，还有其他护士也会死吗？"

"是的，搞不好名城也难逃此劫。"

菜穗倒抽一口凉气，六神无主，目光游移不定。

"李奥，到底怎么一回事？你突然这样说，我脑中一片空白。"

菜穗以哽咽的鼻音说完，搂住我的脖子。我感受到她微弱的颤抖。

"对不起……我也不知道会发生什么事。"

"怎么会这样……既然如此，该怎么办才好？"菜穗的颤抖变得更加剧烈。

"菜穗……"我释放出镇定又强而有力的言灵，"请你和我一起调查究竟会发生什么事……让我帮助你们。"

"呼……"菜穗将茶杯移开嘴边，呼出一口气。

"冷静下来了吗？"

"还没，再让我喝一杯。"她将还冒着热气的浅褐色液体倒进杯里，大口喝下。

"你在喝什么？"我对弥漫着甘醇芳香的液体产生兴趣，前脚搭在菜穗的椅子扶手上，窥探杯中物。白色的瓷杯中盛着琥珀色光泽的液体。

"伯爵茶。李奥要不要也来一杯？"

"好。"

菜穗再拿出一个杯子，倒进红茶，然后从冰箱里取出冰块丢进去。

"给你，这样应该没那么烫了。"

我用舌头舔舔地板上的杯子里的水，虽然还有点儿烫，但不至于烫伤。或许被冰块稀释了，茶水没什么味道，不过香气宛如暖炉中温和的火光，从口腔往鼻腔溢散。我蓦地回过神，发现菜穗正凝视着拼命用舌头舔茶的我。

"怎么了？干吗盯着我看？"

"我从以前就这么觉得了，李奥你啊……其实是个贪吃鬼。"

"什么？"我一时语塞。贪吃鬼？高贵的我吗？

"你吃饭时总是狼吞虎咽，吃泡芙的时候更是。"菜穗挥动着双手。

"才没有！我才不是贪吃鬼。我只是不想把时间花在吃饭那种原始的行为上……"

"那就当成这样好了。"菜穗恶作剧地眨眼，喝光剩下的红茶，"我已经好多了，平静多了。"

虽然我对菜穗的结论有点儿不服气，但还是点点头。

"那个……虽然还是有点儿乱糟糟的，但让我把事情整理一下。我再过两周就要死了。不只是我，其他人也是……到这里没错？"

"嗯，没错。"

"所谓的大家，具体是谁呢？不光是所有患者吧？还有爸爸、护士……名城医生也包括在内吗？"

"我不知道有谁，我只知道人数大概是七八个人……"

"这几乎是医院的所有人了……"菜穗似乎不敢把这句话说出口，声音小到几乎听不见。虽然采取轮班制，但医院不过就七八人而已。沉重的安静笼罩每一个角落。

"到底会发生什么事？真的会发生什么吗？会不会有误会？"

承受不住沉默的重担，菜穗止不住发问。

"不会错的。只是我也不清楚会发生什么。"

同事不会骗我，他也没理由骗我。而且死神不像低级的人类，我们不会说谎。

"森林大火吗？还是地震、泥石流呢？该不会是陨石吧？"菜穗掰着手指列举各种天灾。的确，考虑到医院坐落在山丘上，她讲的不无可能……虽然陨石有点儿不太可能。

"是有这样的可能性。"

"那么只要两周后，大家暂时到别处避难，不就谁也不会死了吗？患者们现在的情况也还不错，要移动应该不难。"

"没错，是有这样的可能性。"我说着同样的话。

"你干吗一副话中有话的样子？"菜穗蹙起眉。

我发出言灵："我想……恐怕不是天灾。"

这十几个小时以来，我一直在想会出什么事，最先就想到菜穗刚刚列举的天灾。然而，经过我聪明头脑的演算，事情恐怕没这么简单。因为同事说"会产生七八个地缚灵"。人类是种傲慢的生物，自以为全世界都围着自己转，可是另一方面，却意外地敬畏大自然。死于天灾之人成为地缚灵的概率并不特别高，因为人类具有将之归咎于"命运"，坦然接受的特性，跟寿终正寝很像。

"你怎么知道不是地震或火灾？"

菜穗的眼睛一眨不眨地望进我双眼深处。该怎么说明才好？解释何为地缚灵很浪费时间，而且我不想让菜穗知道得太详细，不想让她知道，她死后将在人世彷徨，受苦受罪。

"你们会抱着强烈的心结死去，可是死于天灾的人类通常不会出现这种状况。"

菜穗不太能理解地侧着头。这也难怪，要她接受这么含糊的说辞也太强人所难。

"会不会是瓦斯爆炸或电线走火引起火灾？……或者飞机从天上掉下来？"

为什么最后都会扯到有什么东西从天上掉下来？

"一样。人类死于意外时，不会有太强烈的依恋。因为人类比较容易把意外视为命运的安排。"

"那……究竟会发生什么事呢？"

菜穗的声音颤抖。她从我的口吻中察觉到危险的信号。我其实已经猜到会发生什么事。我绞尽脑汁地花费十几个小时，得到一个结论。无论我多么不愿面对推演过的结果，依然只有一种情况会造成同时数人丧命，而且所有人都变成地缚灵。

我为了尽可能不要刺激到菜穗，缓慢镇定地放出言灵。

"菜穗，两周后，你们……会被杀死。"

"……杀死？"菜穗一时无法听懂，重复我说的话。

"没错。两周后，有人会潜入这家医院，杀死你们。"我斩钉截铁地说道。事到如今含糊其词也于事无补，不如让菜穗彻底了解严重性。

只有人类这种生物，才会带着恶意杀死别人，而当人类莫名其妙地被杀害，的确会变成地缚灵，要是亲近的人同时惨遭杀害，概率更高。我想菜穗他们都会在这家医院里惨遭谋杀，届时，对凶手萌生的恨意，将变成荆棘，将他们的魂魄捆绑在人世，而且还会继续令他们痛苦。

"这家医院……会发生命案吗？"

"恐怕是的。"

"是谁？为什么……"

"我也不知道。为了查出凶手，防止悲剧发生，我需要你的协助。"

"死神也不知道事情的全部吗？"

"死神的确远比人类还要高等，但不是无所不能，尤其我现在被封印在狗的体内，能力非常有限。"

"这样啊……"菜穗明显流露出失望。

"你不用那么担心，还有两周，一定会有办法。"我为菜穗打气。

"真的吗？"菜穗的视线里交织着怀疑和期待，我一下答不上来。我一看见菜穗垂头丧气就忍不住说出不负责任的话，但我真的有本事改变未来吗？

我把未来的事告诉菜穗，已经会影响世界的运行。这真能改变同事看到的未来吗？还是同事看到的未来早就包含了我的行为？我无从分辨。

"有人对医院心存怨恨吗？例如患者曾经和院长起过争执？"我硬生生带开话题。

"应该没有。爸爸总是为患者鞠躬尽瘁，仔细治疗，患者和他们的家属都很感谢爸爸。"菜穗倾身肯定地道。

"这样啊……"我不晓得菜穗说的是不是真的,但通过我一路观察,院长虽然十分冷淡,但似乎很有人情味,医术也很高明。但这样不见得就不会招人怨恨,因为人类很特别,芝麻绿豆的小事也可能产生剧烈的愤怒能量。

"何况,再怎么憎恨医院,有必要连其他患者也全杀掉吗?"

"这倒是……"

我模棱两可地颔首。菜穗说得合情合理。理论上,再怎么憎恨医院,也不太可能疯狂到把患者一并杀光。但我身为死神多年,看过不少比起理论,宁愿毁掉一切的人类。问题是,陷入疯狂的人类有办法一次杀掉七八个人,不放过任何一人吗?纵火似乎有可能。不对,如果只是纵火,应该不会变成地缚灵吧?因为根本搞不清楚是失火还是人为纵火。既然如此,抢劫杀人吗?可是会有劫匪刻意选择抢劫这种远离尘嚣,快经营不下去的医院吗?

"还是想不出来谁会这么做。"我哀号。

"李奥认为凶手大概是什么样子?"

"这个……"我把我的想象用言灵描绘,"对这家医院异常执着的人。而且不是一个人,应该还有同伙。他们不仅具有冷静执行任务的智慧,还具有为达目的不择手段的凶残。综合以上,可能是个外表理性,内心比畜生还卑劣的人。"

咦?这种感觉是什么?我描绘时,思绪一阵骚动。好像快要想起什么,又想不完全。我猛然回过神,菜穗正注视着我,眼睛眨了一下又一下。

"我脸上有什么吗?"泡芙粘到脸上了吗?我舔舔嘴巴四周。

菜穗紧盯着我,慢慢张口。

"我……可能知道凶手是谁了。"

3

巨大的铁块从眼前高速驶过，惊人的魄力令我忍不住倒退。一股烧焦的恶臭窜进鼻腔，我忍不住咳起来。

"李奥，没事吧？"菜穗忧心忡忡地观察我。

"怎么会没事，这是什么？"我高声问。

"什么？这是卡车啊。你不知道吗？"

"我知道卡车，不就是一面排放毒气，一面搬运货物的巨大铁块吗？"

"什么毒气……只是会排放出一些废气而已。"

我以前以为只是会排放出一点儿白色气体，但自从我变成这副德行，我才知道那是有毒气体。一辆车还好，但当好几辆车同时在街上穿梭，街上便充斥着令我难以忍耐的刺激性臭味。尤其是卡车，排放出来的毒气更是强烈。

"废气的确不太好闻，但有那么臭吗？"

"我的嗅觉可是人类的好几千倍。"

"……普通的狗明明不会有反应，是因为你一直待在空气良好的山丘上的关系吗？"

眼前的红灯变成绿灯。

"李奥走喽，过马路。"

菜穗开始过马路，但是我被废气逼出眼泪，视线模糊，一时动弹不得。

"啊！等、等等我……"

菜穗听见我的言灵前，已经牵着狗绳往前走，点缀着玻璃珠的项圈勒住我的喉咙，害我发出"咕叽"一声，活像青蛙被踩扁。

"啊！抱歉。没事吧？这是我第一次带狗散步……"

"……以后小心一点儿。"我低下头。高贵如我，居然被绳子绑住拖着走……

请求菜穗协助的第二天下午，我和菜穗开车到山脚下的市区。以前身为死神，总是高高在上地俯瞰人类居住的城市，如今从狗的视线仰望，不禁觉得所有的东西都好巨大。尤其是卡车，根本是铁打的猛兽。

"李奥，不要再发呆了，快点儿走吧，就快到了。"

菜穗拉扯着项圈。她对我的态度是不是越来越粗鲁了？没办法，我提心吊胆地穿越马路。快车道的对面矗立着一栋五层楼的建筑，那正是目的地。入口处写着"藏野建设股份有限公司"。走到建筑物前，我在入口旁坐下。

"你在干吗？"

"干吗？我可是狗，狗应该不能进去吧？"

不是人类的我都明白这么简单的道理，这孩子比我还没常识，不要紧吧？

"别担心，我有法宝带你进去。"菜穗抬头挺胸。她从裙子口袋拿出一副深色眼镜（我记得好像是叫太阳眼镜来着）。

"这样真的就没问题吗？"

我释放出不安的言灵。跟我相反，菜穗丝毫看不出不安。

"都说没问题了。泰然自若就好了。"

无计可施，我走在菜穗前面。明明还没碰到，眼前的玻璃门就开了。自动门吗？人类到底要懒到什么地步啊？不就是开个门，又不用花多少力气。柜台就在正前方，妆有点儿浓的柜台小姐盯着我们，过于强调睫毛的双眼露骨地诉说着"可疑分子来了"。我万般不情愿地拖着戴眼镜的菜穗往柜台走。

"不好意思，我想找人。"菜穗以恰当的音量说道。

"那个……不好意思，宠物不能进来……"柜台小姐目不转睛地盯着我。

我知道，我知道自己不能进来。

"啊，这孩子是导盲犬。"

菜穗脸不红气不喘地说谎。这个谎话太烂了。菜穗假装眼睛看不见，但步伐未免太镇定，我身上的绳子也不是导盲犬专用的手绳，而是一般散步用的狗绳。想也知道，柜台小姐的眼里充满怀疑。

"导盲犬也不行吗？这家公司拒绝导盲犬进入吗？"

"呃……没这回事。那个……导盲犬就没关系。"

被菜穗的气势压倒，柜台小姐只好放我们进去。

"谢谢。可以请你帮我叫这位先生出来吗？"

菜穗再次把手伸进裙子的口袋里，掏出一张名片。我把视线投向名片正面，上头印有"藏野建设　营业三课　工藤哲夫"的文字。没错，就是那个男人，那个身材颀长，死缠烂打地逼院长卖掉医院的人。

根据我描绘的形象，菜穗昨晚想到的嫌疑犯就是工藤。外表人模人样，双眼中却隐藏着疯狂因子，而且对医院有着异于常人的执着。正常人就算买不到地，也不会动起杀人念头，但当我想起这个男人的眼神，觉得这也不是不可能。

找出了最有可能的犯人，我们兴奋不已。然而，关于接下来的行动，我和菜穗的意见南辕北辙。我认为应该要慎重地观察，确认工藤是否就是犯人；菜穗却主张从工藤的名片就可以得知公司地点，应该马上杀进去问清楚。

逼问还没发生的事，我觉得既草率又危险，但菜穗始终坚持"只要让人看见他和我们起冲突的画面，他就不敢轻易下手了"的观点，死都不肯退让。我们僵持不下，最后还是采取菜穗的意见。我根本说不过坚持己见、一步也不肯退让的菜穗。她平常看似柔顺听话，一旦固执起来，八匹马都拉不动。

"请问工藤先生在吗？"菜穗笑容可掬。

"我帮你问一下。你和他有约吗？"

"没有，请你告诉他关于丘上医院的事，他应该就会见我了。"

"好的，请稍等。"柜台小姐拿起话筒。三分钟后，她把话筒放回去，用一种复杂的表情开口道："那个……工藤说他不认识丘上医院的人。"

"那家伙居然这么说？"菜穗双手撑在柜台的桌面，探出身体。心爱的医院被推说不知道，她怒火中烧，失去理性。菜穗的视线从眼镜底下射向柜台前的楼层平面图。

喂喂，你现在可是盲人！

"营业三课在四楼吧？你告诉工藤，丘上医院院长的女儿现在上去找他，请他好好等着！"

菜穗低声告诉柜台小姐便丢下我，径自走向电梯。都说你现在是盲人了。

"那、那个……"柜台小姐一时被菜穗娇小身体散发出的怒气震住，根本不敢阻止她，连忙拿起话筒，肯定是警告工藤小心提防。

我跟在菜穗后面走进电梯里。事情闹大了，不过这样也好，只要在这里跟工藤大吵一架，他之后若要对医院出手，的确比较有难度。因为医院要是出事，工藤首先会受到怀疑。我思考着有的没的，一声不吭地等待电梯抵达楼层。但我其实不敢与盛怒的菜穗搭话，若不小心刺激到她，后果不堪设想。

门一打开，我们走出电梯。宽敞的空间置放数张桌子，几十个西装笔挺的男人正忙碌地工作。

"工藤先生在哪里？"菜穗高声询问，这层楼所有人的视线都集中在菜穗和我身上。

"我找工藤哲夫先生。我来和他谈丘上医院的事，请他不要躲了，给我出来！"

菜穗继续嚷嚷，简直像战场上指名单挑的武将。静得连一根针掉在地上都听得见的公司，一个男人胆战心惊地站起来走向我们。

"那个……我就是营业三课的工藤哲夫……请问你是？"我们眼前站着的是比我认识的"工藤"还要矮小一号，又胖上两号，而且头发稀疏的中年男子。

"那家公司的工藤居然不是'工藤',到底怎么一回事?那家伙骗我们吗?难道买下医院的事也是骗人的?"菜穗气呼呼的声音响彻车里。

"你一口气丢出这么多问题,我也答不了你,不如先让我安静想想。"我蜷缩在副驾驶座上,微微撑开眼皮,往上瞥菜穗一眼。

"李奥,你该不会……困了吧?"

"才没有。"

"真的吗?"

"真的。"

这次我是真的毫无睡意。虽然从窗外洒落的阳光一直催促我听从睡意的呼唤,但现在不是懒散睡觉的时候。只剩两周了,我们的线索又落空了。

"李奥,你真的要认真想,太懒散的话,小心我不给你饭吃。"

菜穗出气似的拍打着我,当然不是真的用力,因此非但不痛,还很舒服,不过我完全无法集中注意力。

"我正在想,不要打扰我。用食物要挟真是太卑鄙了。"我扭动身体抗议。

"抱歉,可是我真的很担心。一想到再这样下去,大家可能都会被杀死……"

"我知道,可是现在必须冷静下来。"

"说得也是……我去买饮料,顺便平复心情。你要什么?"

"泡芙!"我刻不容缓地回答,引起菜穗对我投来不信任的眼神。

"你真的需要泡芙吗?"

"那当然。糖分可以让我的大脑运转速度达到平常一倍以上。"

"最好是真的有一倍以上……算了,我去便利商店帮你买。"

菜穗打开驾驶座的门走出去。我终于能安静思考。我重新启动被菜穗的拍打（舒服到会让人昏昏欲睡）打断的思考。

真正的工藤哲夫承认名片是他的，但他每天都发出大量名片，所以谁假借了他的名义，他也毫无头绪。那个男人不惜利用建设公司员工的名片伪装身份也要接近院长，可见两周后的事和他有关的可能性非常大。

他为何要这么做？那个男人不是真正要买下医院，要是他有财力，根本不须假借别人的名义。换句话说，他出现在医院里，并不是对洋房或土地有兴趣，而是有其他目的。他的目的何在？

那家伙三番两次想溜进医院，医院里有什么特别的东西吗？的确有些上了年纪看起来很高级的家具，但我实在不认为这值得让人这么大费周章想要占有。既然如此，患者才是他的目的吗？考虑到患者的经历，只有金村比较有可能吧？逃亡到海外后，金村似乎干了不少见不得人的勾当。假设这男的溜进医院，要确认金村住在哪间病房，好袭击他的话……

不对，这太奇怪了。我摇摇头，否定自己的想法。如果想要袭击金村，根本不用绕这么大一个圈子。金村经常去庭院散步，要攻击他的话，从外面要比在医院里容易得手。何况，没人会如此大费周章地攻击一个癌症晚期的病人吧？

思维钻进死胡同里。这方向也行不通，得再换个角度。我回想着自称工藤的人。每次见到那个男人，我思绪都会被引起一阵波动。我以前见过这个人，但想不起来。在哪里？到底在哪里见过他？我还在当引路人，帮魂魄带路而降临人世的时候吗？不，不对。我将魂魄引导到吾主身边的时候，从不关心人类的长相。我囚禁于狗的身体以后，才开始能够分辨每个人类。

如果不是在身为引路人的时候，那剩下……

"久等了，我买回来喽！"

妨碍我思考的人又出现了。

"够了！"

我下意识地用言灵发起牢骚。没想到我也蛮灵活的嘛！

"怎么了？干吗突然发出那么大的声音？"

"我才没有发出声音，是言灵。我差一点儿就要想通了。"

"什么，人家还特地帮你买泡芙。那好啊！我自己一个人全部吃光。"

怎么可以这么浪费。"别这样，是我不好。因为糖分不足，有点儿心浮气躁。只要吃泡芙，跑掉的灵感就会回来了。"我坐在副驾驶座上，反复摆出握手的动作。

"让我考虑一下。"菜穗把泡芙从袋子里拿出来，挑衅似的在我够不到的高度晃来晃去。我的头也晃来晃去，仿佛被一根看不见的线牵着。"拿你没办法，好吧，你可以吃了。"

菜穗苦笑着把泡芙送到我嘴边，我一口咬下泡芙。伴随着酥脆的声响，嘴里充满幸福滋味。我闭上双眼，精神都集中在味觉上，心头一阵暖意。

"所以呢？你想到什么了？"菜穗问我，嘴里还咬着一颗泡芙。

"嗯，小颗的泡芙固然不错，但大颗的咬起来比较过瘾……"

"我不是在问你对泡芙的感想。"

咦？不是关于泡芙的感想？啊！那件事啊……

"你是指那个自称工藤的人吗？"

"当然。你该不会忘记了……"

"怎么可能。我有一边吃一边想哦。"

"真的吗？"菜穗狐疑地眯起眼睛看我。我忍不住躲开她的眼神。

"对了，菜穗，医院里有什么值钱的东西吗？"我转移话题。

"你是指不惜杀人也想据为己有的值钱物品吗？"

"没错。"

"要是有那么值钱的东西，医院也不会面临倒闭的命运了。"

"对呀……也是。"我小声地附和。我想就算医院的财务没问题，等到菜穗死后，院长还是会把医院关闭吧？即便是那个院长，也无法承受一个人在充满女儿回忆的医院里，继续陪其他病人走完最后一程的生活吧？话说回来，倘若医院里没值钱的东西，他接近医院究竟有什么目的？还有什么是不惜杀人也要得到手的东西？

嗯？不惜杀人也要得到手的东西？七年前……

"钻石……"我用言灵喃喃自语。

"你说什么？"

"不，没什么，我想太多了。"

在金村的记忆里，宝石的确有让贪心的人不惜杀人也要得到手的价值，可是应该被当初杀了那一家三口的劫匪带走了……等一下，真的被带走了吗？案发当天，金村打中其中一名劫匪，他们可能还来不及找出宝石就逃之夭夭。宝石该不会还藏在洋房吧？

藏在哪里？我的思绪又卡住了。假设宝石还藏在屋里，为什么事到如今才翻旧账？那一家人死后，房子好几年都没人住，那段时间想怎么找就怎么找，不是吗？难道最近才知道宝石还藏在屋里？那他又是从哪里得知有宝石的？除了劫匪、金村以及被杀的一家三口，应该没人知道屋里有宝石。

"怎么了？干吗突然不说话？"

"安静，我就快要想出来了。"我尖声说道。菜穗虽然不服气地噘起嘴巴，但乖乖地不再说话。假设七年前，劫匪离开的时候并没找到宝石，最近才能再回来拿……

"菜穗，开车！"我激动地发出命令。

"你发现什么了？"

"等一下再告诉你，先开车，带我去图书馆。"

"图书馆？去干吗？"

"你先别管，到了我自然会告诉你。"我十分激动，没耐心从头细说，只想赶快知道推测到底正不正确。

"是吗？"菜穗不快地嘟囔，一面转动车钥匙，车身震动起来，

"李奥。"

"嗯？"

"小心点儿。"

菜穗话还没说完，车子就往前猛冲。惯性迎面而来，我被用力推向椅背。

"汪？"我失去平衡，头下脚上地倒栽在副驾驶座。

"我不是说过要你小心一点儿吗？"

在上下颠倒的视线范围内，菜穗坏坏地笑着。

"所以呢？要查什么？"菜穗边往图书馆里面走边问我。

她好奇的视线令我全身发痒，我缩着身体，亦步亦趋地跟在菜穗身边。一踏进图书馆，菜穗就大大方方地用一句"这是导盲犬"堵住瞠目结舌地想阻止我的图书馆馆员。狗出现在这里太奇怪了，就像航天员跑到歌舞伎的舞台，所有人都用怪异的眼神看着我。相较于一反常态完全不敢放肆的我，菜穗完全不在乎异样眼光。

没想到这少女胆子这么大，又或者她太迟钝了，感觉不出异状？

"我想看报纸。"

"报纸？特地跑来图书馆看报纸？"

"不是这两天的报纸，是七年前的报纸。应该只有图书馆才有吧？"

"七年前……"菜穗的表情蒙上一层阴影，"你要调查那起命案吗？那件事果然和这次的事有关吗？"

"我想……应该有关。不过我要查的不是发生在屋里的命案。命案发生以后两三个月内，这个镇上应该有放高利贷的被捕。我要查的是这个。"

杀死那一家三口的，恐怕就是威胁金村的地下钱庄。假设那帮人在命案后因为别的事被警方逮捕，在监狱里蹲了几年……一切就都说得通了。

"高利贷？关高利贷什么事？"菜穗不解地侧着头。

"如果没错，那群放高利贷的人就是犯人。"

"咦？我听不懂你在说什么……"

菜穗浮现出困惑的表情。这也难怪，因为我知道南、金村、内海的过去，又经过聪明头脑绞尽脑汁地思考，好不容易才得到结论。菜穗不晓得患者的过往，不可能理解。

"这事说来话长，总之图书馆关门以前，我们要把七年前的上百份报纸从头到尾翻过一遍。动作快，你找到后我再慢慢解释。"

"好，那约好喽！你一定要从头到尾解释清楚。"

菜穗丢下这句话便轻快走到旁边的椅子坐下。桌上有一台四方形机器，那玩意儿好像叫电视机，是人类的娱乐品。

"你在干吗？现在可没时间让你悠哉看电视。"我催促菜穗，可是菜穗像没听见，自顾自地看着电视机。

"这不是电视。"菜穗哼着歌道，右手按着一个小小的机械，发出"嗒嗒"声。一条线从小到可以一手掌握的机械延伸到电视机上，形状活像老鼠。

"怎么看都是电视机。"我再怎么不熟悉人类的娱乐产品，也认识电视机。我还见证过这台机器刚进入这个国家时被当成宝的时代。

"李奥真的很跟不上时代。这是计算机，不是电视。"

计算机？我好像听过，但搞不清楚计算机和电视的差别。

"根本不用特地来翻报纸，上网查一下就搞定了。"

菜穗这次改用双手敲打镶嵌着一堆按键的板子。

上网？她不是才说那是计算机吗？到底在讲什么啊？

"呃……大约是七年前、高利贷、在这附近被捕对吗？"

不理会一头雾水的我，菜穗继续敲打着按键，似乎不打算解释。没事可做的我只好坐下来仰望菜穗。她在报复我没好好说明命案的来龙去脉吗？

"找到了！李奥你看你看！"菜穗兴高采烈地大喊。

"谁有心情看电视啊……"

"别说那么多，你看了就知道。"菜穗弯下腰，抓起我的前脚。

"好啦！我知道啦！放开我的脚，我看就是了。我才不要再倒栽葱一次。"

上个月被兴奋的菜穗抓住两只前脚放倒的记忆令我余悸犹存。

"你到底想干吗呀……"我抱怨着，轻巧地纵身一跃，前脚跨到桌上，不情不愿地望向电视机荧幕。原以为会看到什么影像，没想到居然是大量文字。

"话说回来，李奥识字吗？"

"废话。"也不想想我在这个国家当了多少年的引路人，古文我也看得懂。

画面最上方出现斗大的"黑道成员　依绑架罪嫌疑被捕　被害人死亡"。我一字一句地往下看。那是一件单纯至极、愚蠢卑劣的案件。七年前的十一月，经营非法高利贷的三名男子用车子绑架准备连夜逃亡的男人。车子穿过街巷时，拼命逃跑的被害人趁他们不注意的空当打开行驶中的车门往外跳，结果不幸被后面疾驶的车子碾毙。犯人当场驾车逃逸，但通过警方锲而不舍地搜索，三个月后，三名男子被逮捕归案。

我追逐着更详细的后续报道。这则报道日期是六年前的一月，案发现场是镇上通往郊外的干线道路。就是这个！这就是我要的新闻！我血脉偾张，全身发热。没想到这么轻松就找到了。虽然我不晓得计算机是什么，上网又是什么，但这太方便了。科技的进步倒也不全然是件坏事。

"报道断掉了，下面呢？"我反复摆出握手的姿势。

"来了来了，我马上帮你翻页，别那么激动。"

菜穗移动长得像老鼠的机器，画面上的文字随即往上翻动。

"啊！""汪！"我和菜穗同时惊呼，周围人对我们投以责难的眼光。但现在不是顾及四周眼光的时候。屏幕上并列着三个男人的大头照，其中两人我认识。我在金村的记忆里看过他们，分别是自称铃木的那个虎背熊腰的男人，以及在洋房里被金村枪击的高个男人。

两人的大头照下分别写着"嫌犯水木"和"嫌犯近藤"。原来"铃木"的本名叫水木啊！另一个是我没见过的年轻男人，照片底下则写着"嫌犯佐山"。

我猜得没错，犯人先在洋房杀了一家三口，后来其中一个同伴被金村击中，他们不得不撤退。结果犯人在重回案发现场找出宝石前，就因为别的案子遭到逮捕。他们恐怕很长一段时间都待在人称"监狱"的地方被要求强制劳动。好不容易蹲完苦窑，一伙人又为了得到宝石而与医院接触。

虽然不确定自称工藤的假绅士跟这三个地痞流氓有什么瓜葛，但绝对脱不了关系。咦？等一下！为何菜穗也大吃一惊？她跟我不同，她没看过金村的记忆，当然也没见过那两人。

我觉得事有蹊跷，菜穗又动起那个长得很像老鼠的机器。脚底下突然响起机械声，我吓得跳开。桌底的机械微微震动，随即吐出一张纸。我戒备又恐惧地目睹着。纸上印着其中一名嫌犯的脸部照片，他就是肩膀被金村射穿的男人。哦？还可以这样啊？这个上网还是什么的东西还真方便。我凝视着眼前印有"嫌犯近藤"的纸。这张脸一看就知道是坏人，剃得短短的头发、感觉不到温度的眼神、利刃般锋利的嘴唇。

问题是，她把这个男人的脸印出来做什么？我不明白菜穗的用意。

菜穗把印好的纸放在桌上，拿起一旁的圆珠笔，粗鲁地在纸上乱画。她到底想做什么？我再次把前脚跨上桌面，菜穗正把头发补在男人理成平头的头顶上。

真不可思议，男人的五官原本散发出一股反社会的气质，但一把头发留长就显得正派多了。同时，我脑中又一阵波动。菜穗每动一下笔，我的思绪便越发清晰，而且出现一股难以忍受的焦躁。这不对劲的感觉到底是怎么回事？最后，菜穗将笔尖靠近嫌犯近藤的眼角，用四方形把两只眼睛框起来，临时的眼镜便大功告成。

"果然没错……"菜穗喃喃自语，双手拿起那张纸。

困扰多时的焦躁顿时烟消云散，换成强烈的自我厌恶。我怎么就没想到？线索这么明显了，我怎么没发现呢？后悔之火焚烧我的全身。

那个自称"工藤"，三番两次出现在医院里的男人，正从纸上盯着我。

4

"就是这么回事。"我用言灵说完这句话，伸个懒腰。言灵和出现在梦里不同，不会对身体造成太大负担，但长时间连续使用还是会累。

"你累了？"菜穗靠在驾驶座的方向盘上，微微虚弱地一笑，揉揉我的脖子。我的尾巴因恰到好处的刺激缓缓摇摆。我望向车窗，夜幕笼罩大地，现在已过晚上九点。

我们查到自称工藤的男子就是六年前被逮捕的高利贷商，便离开图书馆返回医院。菜穗回程时要求我说明一切。这也难怪，我怎么会知道六年前在镇上放高利贷的人遭到逮捕？不觉得这点很奇怪的人才奇怪。不过，我一开始有些犹豫。如果要将我一连串的行为说清楚，就必须详细说明我一直含糊其词的工作内容，以及魂魄和地缚灵的种种；如果不交代清楚，我没把握菜穗能接受我的说辞。

我不确定的是，就算是对我有恩的菜穗，我解释得这么清楚真的不要紧吗？然而，当我看着菜穗开车的侧脸，不再迷惘。我已经告诉菜穗，再这样下去，她两周后就会死亡，我身为死神已经踩线了，我已经有觉悟接受吾主严厉的斥责。虽然无法判断从哪里说起才好，但我还是先埋下"此事说来话长"的伏笔，从我为什么降临在这片土地上，开始对菜穗从头细说。

如同一开始埋下的伏笔，三言两语还真的解释不完。镇上到医院有段距离，但开车顶多十五分钟。当我们回到医院附近，故事才正要开始。菜穗见我一下讲不完，便把车停在医院附近的路边，靠在方向盘上，一言不发地听我用言灵继续说明。

我在面无表情的菜穗身上感到一股无言的压力，我将一切全盘托出，包括我自己、魂魄，还有如何拯救患者免于变成地缚灵的命运，以及我在这期间发现的事。我不晓得菜穗怎么消化，尽管人类最想知道自己死后的去向，但也最不想面对这些。

人死后变成魂魄，在死神的引导下前往吾主的身边，但如果有太多遗憾，就会变成地缚灵，陷入消失的危机。知道这些，对人类而言，对菜穗而言是一种救赎吗？还是会带给她恐惧呢？我并非人类，无从得知。

"那个……"菜穗自言自语似的细声道，"那位吾主是个什么样的存在？"

"伟大的人。"除此之外，我不知怎么形容吾主。

"还有，到那位吾主身边的魂魄……后来怎样了？"

菜穗夹杂着期待与恐惧地问。我没料到她有此一问，答不上来。

"这个嘛……我也不清楚。"

"这是只有吾主才知道的事吗？"

"不是，想知道的话还是可以知道。只是……我没兴趣知道。"

我没试图掩饰，老实地回答。没错，我对魂魄的下场，乃至于人类本身，都没兴趣。降临人世前的我认为，魂魄只是货物。搬到目的地后，货物有什么下场，不在我的关心范围。

然而，正如同以前的我不会理解自己为什么要对魂魄感兴趣，现在的我也不能理解自己以前为什么对魂魄、对人类这么漠不关心。

"这样啊，原来是没兴趣知道。"

菜穗的语气里有淡淡的安心，但比起安心，更多的是失望。想必是对我的失望。

"来到这里以前，我在另一个次元，几乎没接触过人类，魂魄也不会对我们说太多。所以……我一点儿兴趣也没有。"

我找了一个借口。然而真的是这样吗？难道不是魂魄明明想传达，但我连听都不想听吗？我机械式地将魂魄运送到吾主的身边，自以为是了不起的引路人。问题是，这份工作有这么了不起吗？我是不是应该更诚实地面对魂魄？不过……剧烈的头痛朝我袭来。

"再这样下去，我会变成地缚灵吗？"菜穗僵硬地低语。

"……没错。"

"李奥现在这么努力地想帮助我们，也是因为工作吗？因为那位吾主有交代，不能让我们变成地缚灵吗？"

"不是！"我大喊。这次倒可以马上回答，"一开始拯救那三个人的确是我的工作。劝菜穗勇往直前可能也是工作。可是现在不一样。我现在……完全是在违抗吾主的命令。"

我的存在是为了完成吾主交代的任务，如今却违抗他的命令。这件事我早有心理准备，但真正说出口，恐惧还是窜进四肢百骸，胸中满溢自己快要不存在的失落。我的四肢逐渐发起抖。

"李奥，怎么了？没事吗？"菜穗连忙轻抚我的身体。

"……没什么。"我勉强挤出嘶哑的声音。

"你都抖成这样了，还说没什么。冷吗？还是哪里痛？"

"我好害怕。"我脱口而出才恍然大悟，没错，我在害怕。原来如此，这就是"恐惧"。心脏简直像被寒冰打造的锁链锁紧。

"害怕什么？"

"害怕受到吾主的责罚。"

"责罚？会受到怎样的责罚呢？那位吾主有这么恐怖吗？"

"吾主宽大为怀，但同时很严厉。说不定我会……"说到这里，我不禁咽了一口口水。我的灵魂在发抖。"我可能会消失。"

"消失……是死掉吗？"菜穗近乎悲鸣地惊呼。

死掉？说不定就是如此。对于死神而言，消失便跟人类的死亡同义。原来如此，这是我第一次意识到自己的死亡吗？我一直觉得异样地恐惧死亡的人类非常可笑，如今有必要更正了。再也没有比死亡更可怕的事。我拼命想逃避这个事实，想将这个事实赶出意识。

"为什么会这样？你做了什么？"菜穗的气息紊乱，我又回答不上来。"你不说话，我怎么会知道呢？你告诉我，说不定我可以帮上什么忙。"

真是个好女孩儿。明明刚才还在对自己死后的世界惶惶不安，现在却更担心我。人类原来是这么崇高的存在吗？我曾经很瞧不起人类这种一切都是为了满足欲望，把伤害别人也不当一回事的动物。但我是不是错了？当然，虽然不能一概而论，但那只是人类的其中一面。

把一切都告诉菜穗吧。她让我发现人类美好的一面，我不该再对她有隐瞒。

"我想……帮助你们。"我慢慢释放言灵。

"什么意思？"

"死神不可以干预人类的寿命，无论缩短，还是延长人类的寿命。"

"也就是说，为了帮助我们……李奥可能会死吗？"

我无力地点头。菜穗捧住我的脸。

"为什么你要这么做？你不是死神吗？早就看惯了人类的死亡不是吗？"

"菜穗救了快要冻死的我，让我留在医院里，每天喂我吃饭，给我泡芙。所以我……我很喜欢菜穗。"言灵脱口而出，揭穿我不曾察觉到的真心。

"可是、可是……我就算没被杀死……也很快就要死了。"

菜穗哭着注视着我，环抱着我的脖子。

"菜穗你幸福吗？"我的鼻子蹭着菜穗的颈项。

"……幸福？"菜穗不可思议地喃喃自语。

"没错。如愿以偿地成为护士，还和名城成为恋人，现在的你幸福吗？"

我感受到菜穗大幅度地抖了一下。

"很幸福……非常幸福。"菜穗放开我，沾着泪水的双眼注视着我。

"我能报答你的，就是让你尽可能幸福得久一点儿。高贵如我，绝对不允许自己眼睁睁地看着你被杀。"我不容置疑地道。不知何时，体内的恐惧不翼而飞，我想要帮助菜穗，以及会被杀的大家，使命感在我心头熊熊燃烧。从未有过的感觉令我有些困惑，我舔舔菜穗的手。

"不用担心，吾主很慈悲。像我这么优秀的使者，顶多挨一顿骂，应该不会受到太厉害的惩罚。"这句话不仅要减轻菜穗的罪恶感，同时也说给自己听，"话说回来，现在要伤脑筋的是该如何阻止那个姓近藤的男人和他的同伙。"

菜穗歪着嘴角，双眸紧盯着我，再三点头。

"那么……该怎么做呢？是不是报警比较好？"

"跟警察说'这个人将来会杀人，请将他绳之以法'，他们会行动吗？"

"不会……那控告他欺诈如何？假借他人的名义买下我们家的医院，所以是欺诈……好像也不成立，毕竟又没骗钱……"

菜穗抛出一个又一个建议，但越说越无力。

"我认为在没有实际证据的情况下去找警察是一种不聪明的行为。"

"我知道。那你也想想办法，不要光说不练。"菜穗噘起嘴巴，鼓起脸颊。

"我正在想。我也想过要报警，不晓得警方会不会有动作，但至少可以牵制近藤他们，算是有备无患。"

"既然如此，你又何必瞧不起我的建议。"

"我没有瞧不起你的建议。"

"不过，有个比报警还要有效、成功率更高的方法。要不要先试试看再说？我们先把他们要的东西找出来。"

"你的意思是说，把钻石找出来？"

"正是。只要交给警方，他们就没理由攻击医院了。"

"话是没错，但真的有钻石吗？我住在那里三年了，从没看过啊。"

"那对父子说他们找到好几颗宝石。扣掉金村拿走的那颗，其他的应该还在洋房里。"

"可是七年前和前阵子发现男孩儿遗体时，警方里里外外搜了个遍，根本没找到类似钻石的东西。"

"警方是搜证，又不是在找宝石。而且宝石就那么一丁点儿大，乍看是玻璃珠也不无可能，本来就没那么容易找到吧？"

"嗯，或许没错，可是光靠我们要找到什么时候呢？这家医院可不小，很多老家具连碰都没碰过。"

菜穗所言甚是，不过山人自有妙计。

"向我帮助过的那些人讨回这个人情。"

"那些人？"菜穗困惑地歪着头。

第六章

死神
命悬一线

うんめい

1

"真的要跟大家说吗？"菜穗在交谊厅门口探头探脑地皱着眉头问。

"当然要，不就是为此才把那三个人聚集起来吗？"我从门缝里看见南、金村、内海局促不安地各做各的事。前往图书馆的第二天下午，我拜托菜穗将三人集合到交谊厅里，而且不能让院长和其他护士发现。

我接下来要对他们表明身份，请他们帮忙找出宝石，但菜穗不怎么赞成这个计划。如果可以，我也不想表明身份啊！可是实在没别的办法。再说我对这三个人有恩情，他们知道我的真实身份，应该不会到处乱说……大概。

"问题是，李奥是那个，呃……死神这件事，对他们来说还是太刺激了。"

"他们早就知道我不是普通的金毛寻回犬了。"

"大家只是隐隐约约有那种感觉，并没有确定……"

"既然都心里有数，想必不会受到太大的冲击。"

"嗯……但还是不要提到死神、死后的事比较好。"

说得也是，尽量别让患者陷入慌乱，这样比较好办事。

"那就不要把我的工作解释得太详细，就说我是来帮大家解开心结的好了。反正我们本来就不叫死神，那是人类自己随便取的名字。"

"既然如此……"菜穗闭上双眼，食指贴在额头上，陷入沉思，"叫你土地神如何？这座山的土地神变成狗来解决大家的烦恼？"

土地神？我又没有被绑在这片土地上……算了。

"都好。我明白了，就这么办。"我自暴自弃地用肉垫推开门。

"要上喽！"菜穗下定决心地点头。

我的右前脚用力推门。然而，门板比想象中还要重，推也推不动。

"我来吧。"菜穗看不下去，从我头上伸手帮我把门推开……真丢脸。尽管一亮相就碰一鼻子灰，我还是抬头挺胸地进房。六只眼睛盯在我身上。不晓得为什么，三人的眼神就像在看老朋友，看得我心里发毛。

"菜穗小姐，这是什么恶作剧吗？为什么要把大家集合起来，还把李奥带来。是不能让你父亲知道的事吗？"南半开玩笑地代表其他两人道。

"呃……那个……是这样的……"菜穗吞吞吐吐，对我投以既像求救又像牵制，很难判断的眼神。

"我乃土地神是也！"

实在太麻烦了，我直接对四人发出言灵。菜穗一手蒙着脸，我假装没看见。

"因为你们的烦恼实在太麻烦、没完没了，我只好助你们一臂之力，感谢我吧！现在我需要你们报答我，具体的做法是……"

"停，李奥，停。"菜穗抓住我的嘴巴，我又不是用嘴巴发出言灵，要讲还是可以继续讲，但我卖她个面子，安静下来。"你看，大家都吓傻了。"

这么一说，我发现其他三人全呆住了，活像被子弹射中的白鸽。

"我有什么办法？不这样做根本无法进入正题。"

"话是这么说没错，但还是要有一点儿心理准备，你就不能先来段开场白吗？"

"这么麻烦的事谁受得了？"

"呃，菜穗小姐，请问这是……"雕像般的三人中，南最早恢复意识，他提心吊胆地插进我和菜穗的争论。

"刚才那个……该怎么说呢？好像是直接传进头脑里的声音，李奥说……"

"那个……呃……就是那个啊……该怎么说才好呢？"

"没错，是我说的。"我打断欲语还休的菜穗，发出言灵。

"等一下，真的假的？"内海摇着头大喊。

"真的，我最讨厌开玩笑了。"我立刻回答。

内海后退一步。没礼貌的家伙。再也没有人开口说话，交谊厅里充满黏腻的沉默，让人如坐针毡。我用后脚搔搔脖子。整整五分钟后，空气好像终于开始正常流动，三名患者不约而同地呼出一口气，凝视着我。到底想干吗呀？

"不过，我早就知道了，我早就知道你不是一只普通的狗。"金村仰望天花板，"只是，该怎么说呢？该说是没有心理准备吗？做梦也没想到狗会开口跟我说话……"

菜穗用眼神示意："看，我早说了。"

我继续当作没看见。

"知道就好办了。话说回来，你怎么会发现我不是普通的狗？"

截至目前，我只有在梦中和他们说过话。为了隐藏真实身份，我非常小心谨慎。平常就像普通的狗一样一心一意地吃饭，在暖和的白天睡午觉，有球扔过来我就拼命去追。没错，这都是为了让他们以为我是普通的狗，绝不是自己心甘情愿。尽管如此，这三人还是一眼看穿了我的特别。

这到底是为什么？因为我全身上下都散发出高贵的气质吗？

"找到地下室以后，我白天就经常来交谊厅或庭院散步，托你的福，我焕然一新。也在这两个地方遇到和我有同样境遇的南叔和孙大哥，三人就聊起来了。"内海指着他的病友说，"一聊之下才发现，李奥竟然出现在所有人的梦里，还帮了很多忙。而且大家在白天就像中了催眠术，讲出了以前的事。若说是巧合也太巧了。"

内海条理分明地解说，我一句话也说不出。没想到他们居然开起小组会议，交换彼此的经验。南原本病情恶化到必须卧病在床，金村则对任何人都充满敌意，内海独自幽禁在自己的世界里，不跟任何人说话。就算我绝顶聪明，也万万想不到切断他们的心结以后，居然有这么戏剧性的变化。

"我从梦中醒来，找地下室的时候，你的行为也非常不合常理。我一醒来你就在旁边，而且完全理解我的话。"

内海来了一记致命一击，我的尾巴像失去水分的青菜，软软地垂下。

"不过怎么看都是一只很普通的狗。"

金村上上下下打量我，在我身边走来走去。

"你胡说什么？我高贵的气质明显异于普通的狗，你难道感觉不出来吗？"

"嗯……这个……我可以说实话吗？"

"……别了，你不用回答。"

这种说法不就等于回答吗？

"那个，李奥，刚才你说你是土地神吧？也就是说，你是这片土地的……呃，该怎么说呢……神明吗？"

"人类对于神明的概念实在太模棱两可，我没办法明确回答。但至少我是栖息在这个地方的高贵灵体。"

"既然如此……你为何要帮忙解决我们的烦恼？"

"因为那是我的工作。我为此存在。请理解这一点。"

南的脸上浮出不置可否的表情。不晓得他接受了，还是没接受。

"那我再问最后一个问题。你为什么会是狗的样子？"

"这个说来话长，请不要追究原因。"鬼才要告诉你我是被降职的，"那好，疑问到此为止。我可不是因为想聊天才把你们聚集在这里的，有件很重要的事一定要告诉你们：再这样下去，你们两周后就会被杀掉。"

"我不是告诉过你，要给他们一点儿心理准备吗？"

菜穗一掌拍在我的脑门上。

沙发上三个男人用相同的姿势抱着头，一脸凝重。他们看起来像是前卫雕刻艺术。

两周后的事、犯人、动机以及现在该做的事，随着我用言灵一一解说，三人的表情越发凝重扭曲，终至变得苍白。等我完全讲完，他们就像蜡像般保持着苦恼的表情和姿势，动也不动，脑里塞满未来的事，我的真实身份已经一点儿都不重要了。

"那帮人吗……"金村呻吟着。脑海中大概浮出了害自己陷入债务地狱，还谋杀了住在这栋洋房的一家三口的那群男人。

"那个，孙先生……可以这么称呼你吗？李奥讲的是真的吗？你是因为洋房命案而遭到通缉的金村先生吗？"

金村凝重地对慎重拣选用词的南点点头。

"是的……金村是我的本名。一直瞒着大家，对不起。"

"可是孙……金村先生，你并没有杀死那个孩子吧？"内海在长椅上微微移动。仿佛只要金村承认杀了人，他就要扑上去。

"没有！那孩子不是我杀的！我开枪了，但我是朝进屋抢劫的家伙开的枪。在店里鉴定钻石时，我见过那孩子，但往后就未见面。"

"这样吗？那就好……"内海怀疑地斜睨着金村。毕竟金村被视为杀人凶手，无法轻易取得信任。何况，金村潜入这里的确是要抢劫，虽然没伤害那一家人，可是如果状况稍有不同，难保他不会做出和近藤他们同样的事。

南虽然不像内海那样直接，但身为前警官，肯定不想和受到通缉的人同处一室。他沉着脸，布满整脸的皱纹仿佛变得更多。

"也罢。金村的事放到一边。李奥，我问你，你说两周后我们都会被杀……这是真的吗？"南的经验丰富，所以也比内海冷静，他字斟句酌地问。

"你不相信吗?"

"不,倒不是不相信,但整件事实在匪夷所思……"南向两边的病友投以求助的眼神。两人也微微颔首。都可以和我对话,却不相信会被杀是什么逻辑?比起遇到会讲话的狗,被杀的概率显然要大多了。

"尽管想要钻石,但是有必要把人都杀光吗?会不会太超现实了?"内海无奈摇头。

"那些人为了宝石已经杀了三个人,我们凭什么认为自己可以逃过一劫?我不确定在座的各位是不是都会死,但放任不管,大部分的人都会丧命。"

内海张开嘴巴,但不发一语。金村沉默不语地望着交握在两腿间的手,突然起身:"既然如此……我去自首,告诉警方那帮人就是凶手不就好了?这样他们就会被抓……"

"你可是潜逃七年的嫌犯。警方会轻易相信你的话吗?"

"就算不相信,应该也会传唤他们。他们可能就不敢对这里出手了。"

"你敢保证两周内可以确实走到这步吗?何况,你打算失去自由,为根本没做过的事迎接生命的最后一刻?"

而且金村可能又会产生新的心结。他一时无言以对,但马上挤出声音:"……总比坐以待毙好。"

"我不同意。好不容易让你摆脱'依恋'的束缚,你要让我的苦心白费?"

"这也没办法。"

"你们到底都听到哪里去啦?我何时说要坐以待毙了?我说的是要把藏在这里的宝石找出来,问题就解决了。"

"你真的以为有宝石吗?那对父子确实说过'不止一个',但没有人亲眼看到。此外你以为在那之后过了几年?七年!有也早就被别人发现,卖掉了。"

金村挥舞着双手，像在赶苍蝇。

"案发后，警方介入却什么也没找到。而改建成医院前，几乎没人靠近这里。幸好院长也没处理掉家具，反而留下来使用。宝石很可能还在。"

"你这不也是病急乱投医吗？跟我的提议有何不同？"

"至少那帮人认为宝石还在。或许没根据，但比你去自首要来得好。"

我和金村互瞪，彼此都想说服对方，不愿让步。我甚至无意识地发出低鸣。

"你们都给我差不多一点儿！"

耳边传来要把耳膜震破的怒吼。声音在脑中弹跳，仿佛一只巨大的铁锤敲打着脑袋。一阵天旋地转，我往后退两三步。

"现在是让你们吵架的时候吗？"菜穗双手叉腰地介入我和金村，脸颊涨得跟枫叶一样红，我们目瞪口呆地看着她。

"李奥和孙……金村先生听清楚了吗？"

金村吓得缩着脖子，小声地说："清楚了，对不起。"这种小事就吓成那样，窝囊废。附带一提，我的尾巴虽然夹进两腿，但不是我的本意，这点不用我再多解释。

"李奥也听清楚了吗？"

菜穗的眼神有一股冰冷的杀气，我全身发抖。

"对不起！"我四脚朝天地躺在地上，露出白肚子。我也不懂自己为什么产生这种反应，这种姿势太丢脸了。

"大家都冷静一点儿。李奥讲得太快，没好好说明，造成大家的混乱。请先冷静下来，好吗？"

都是我的错吗？

我越来越火大，干脆趴下不管好了。

其他三个男人就像被老师训话的小孩儿，正襟危坐地点头称是。

"总而言之，李奥不是普通的狗，这点可以理解吗？"

患者们一瞬间窥探彼此的反应，南随即代表大家开口："事到如今只能相信了。我们本就觉得李奥很特别了，没想到这么特别……"

南头痛似的按着头。金村和内海也一致地保持沉默。

菜穗将三人环视一遍，接着说："第二个问题，大家相信两周后的事吗？"

患者又开始窥视彼此，时间比刚才还要长。几十秒后，南欲言又止，还是代表大家发言："关于这件事嘛……还是很不真实……预测未来已经很不可思议了，再加上所有人都被杀的话实在有点儿……"

还没跳出这个循环吗？但内海赞同地接在南的后面道："我是不晓得那些钻石多有价值，但为此就要把所有人杀掉，是不是太荒唐了？正常情况应该会想其他办法吧？"

"我不是说过了，近藤他们最初打算蒙骗院长，混进这家医院，但因为失败了，无计可施，只好采取强硬手段。"

"你确定吗？你有看到我们被杀的画面吗？"

我的脸部肌肉微微地抽动一下。

"呃……那倒没有。不过两周后，这里应该会有好几个人类死去……"

"'应该会有'是什么意思？这么模棱两可的说辞很伤脑筋。再说，如果你真的是什么高贵的灵体，应该有办法阻止想要突袭这里的那帮人吧？"

唔……被戳到痛处了。

"我没有……直接攻击人类的能力。"

"那不是一点儿用处也没有吗？话说回来……"内海胜利般地大放厥词。

我脾气再好，差不多也到极限了。"随便你们！"我全力抛出言灵，转身背对内海他们迈开大步，"走了，菜穗。我错了，居然想请这群死脑筋的家伙帮忙。我们自己找吧！"

菜穗有些不知所措，视线在我和三名患者间来回。

"你不来也没关系，我自己找。你们不要死到临头再后悔。"我撇下狠话，打算从门缝挤出身体。

"……我相信。"

我停下脚步，因为这自言自语似的低喃。回头一看，低着头的金村正抬起眼皮看着我。

"我相信你。"金村沉重地重复。音量虽小，但他的话勾起了其他人的意识。金村叹一口气，仿佛要把沉淀在胸口的淤泥全部吐出来，他重新看着一旁的南。"我看到的钻石是我这辈子从未见过的上等货。南叔，你那个心上人的父亲曾经是富可敌国的资产家吧？"

"咦？啊，没错。他非常有钱。"突然被点名，南连忙回答。

"我就知道。不够有钱的话弄不到那种钻石。只要两三颗，就可以躺着过日子了……那帮人为了那些钻石，杀死我们就跟踩死蚂蚁一样，绝对不会手软的。要是想不到其他办法，那帮人真的会这么做……一定没错。"

温度仿佛瞬间下降数摄氏度。和自己同样都是患者，而且对近藤他们的心狠手辣再清楚不过的金村和我站在同一条阵线，南和内海终于产生一点儿危机意识。

"喂，李奥。"金村看着我。

"干吗？"

"不好意思，我太情绪化了。"

"知错就好，我接受你的道歉。"

心胸宽大的我不可一世地微微颔首，金村却皱起眉头。

"怎么？"

"一般人在这种情况下，应该要说'我也有不对'。"

我为什么非说这种话不可？而且我又没有不对。

"谁管人类的常识。"

"也是。"金村语带讥嘲地撇撇嘴角，看着菜穗，"菜穗小姐，交给你判断了。你是现场最了解状况，也最冷静的人。如果你觉得我去自首比较好，我会很乐意去自首的。刚才虽然有一瞬间的迷惘，但如果要在监狱里咽下最后一口气，我也不会后悔。是我自作自受。人虽然不是我杀的，但我的确偷了一颗钻石。反正遗产的捐赠去向也已经决定好了，我已经了无遗憾，随时都可以含笑九泉了。不过啊……"

金村轮流看着交谊厅里的众人。

"内海先生，还有菜穗小姐，你们还不能死。你们还有心愿未了吧？内海先生得把作品画完，菜穗小姐应该继续享受好不容易抓住的幸福。南叔，你也是这么想的吧？"

金村又把话题丢给南，南沉默几秒，重重点头。

"金村先生，你说得没错。所以菜穗小姐，虽然把这个艰难的任务推给你真过意不去，但还请你决定我们接下来该怎么做。我活够了，但你和内海不一样。不管你做出如何荒唐的指示，我这把老骨头都会全力以赴的。"

最后当然是开玩笑，但让人喘不过气的沉重气氛的确因此变得轻松一点儿。

菜穗点点头，缓缓开口："我们先来找钻石吧！"

三个男人看着菜穗用力点头。

为什么这群男人不听我的话，却对菜穗千依百顺呢？男性的本能比较容易遵从女人的指示吧？一定是这样没错。我沉溺在自己也搞不太懂的挫败感里，在莫名亢奋的人类旁边缩成小小一团。

2

"如何？感觉到了什么吗？"菜穗的声音从背后传来。

"不，什么也没有……"

我惜字如金，压低身体动着鼻子。

在菜穗的指挥下，我们踏上寻找宝石的探索之旅。考虑到宝石不太可能藏在多数患者住的二楼，菜穗要我调查三楼，剩下的三个人主攻一楼。现在我和菜穗正在搜索三楼。

正对院长室的房间满是尘埃，每闻一次味道，鼻子就痒得不得了。数不清的家具和装饰置放在房间里。

"这房间到底是怎么回事？"

"三楼有院长室、我的寝室、爸爸的寝室、值班室和这间房间。这里被当成堆放杂物的储藏室。改建成医院的时候，用不到的东西都塞进了这里。"

难怪灰尘这么厚一层。

"李奥，你分得出来七年前的味道吗？"

菜穗拉开老旧衣橱的抽屉。

"怎么可能分得出来？而且七年前的味道早就完全消失了。"

"嗯？那你还猛闻地板？"

"我要找的不是味道，而是'回忆'。"

"回忆？"

"人类的灵魂碎片会嵌入心爱的物品。我要找那个。"

"那个用鼻子闻得出来吗？"

"嗯……倒也不是用鼻子去闻，是用死神的本质感应，只是身为狗，找东西时会像这样用鼻子去闻，这是本能。"

"嗯……真奇怪。"

那还真是不好意思啊。我又不是自己喜欢被封印在金毛寻回犬的身体里。我有点儿不高兴，但还是继续动着鼻子。一抹淡薄、宛如青苹果的"回忆"掠过鼻尖。这股"回忆"从哪里来的呢？我拼命抽动鼻子，寻找来源。我专心地找寻回忆，往深处前进。

就是这里。我终于找到源头。深处的窗旁，放着一棵与人类身高相仿的树，树枝叮叮咚咚地挂满灯泡和玩具。香气就是从树上散发出来的。

"这棵树是什么？"我记得每年到某个季节，这棵树就会出现在大街小巷，但总觉得这种树是洋玩意儿，不曾深入了解。

"这是圣诞树。你没见过吗？"

"圣诞树？好像有些印象……我只知道这是在西洋祭典上使用的。"

"李奥，你对人世间的认知实在很狭隘呢。"

"要你管。"

"圣诞节是基督教的纪念日，这一天大家会在枞树上挂一些装饰品以示庆祝。这棵树原本就在这里，即使失去主人，好像还是得到了最基本的照顾，所以幸未枯死，存活下来。装饰品也都是本来就有的。既然都是玩具，大概是那个孩子挂上去的吧。"

菜穗爱怜地轻抚树叶。原来如此，所以才会染上孩子的回忆啊。

"因为很漂亮，我舍不得丢掉，就留了下来，放在晒得到太阳的位置，任其生长。想等圣诞节再把树移到交谊厅，跟愿意参加的患者和医院人员开一个小型圣诞派对。对患者们而言……可能是最后一次圣诞派对了。圣诞节……刚好再两周就是了。"

菜穗的脸上浮出玻璃工艺品般脆弱的神情。我内心深处一阵刺痛。她口中的圣诞节一定很特别。而且两周后的那一天对菜穗而言，一定是最后也最特别的圣诞节。

但如果放任不管，大家能不能活到那天都还是未知数。

"除了这棵树以外，再也感受不到少年的回忆了，去别的房间找找看吧。"

我假装未察觉菜穗的表情有异。我不知道这时候该说什么才好。我因此心烦意乱。而菜穗仿佛没有听见我的言灵，依旧爱怜地轻抚着树枝。

"怎么样？"

菜穗询问精疲力竭地瘫坐在长椅上的患者，看他们的表情就知道答案了。展开宝石探索之旅的四个小时后，我们再度在交谊厅集合。

"什么也没找到。房子太大了，光我们找恐怕还是有难度。"南的丧气话里夹杂着叹息，脸上浮现明显的疲惫。虽说斩断了"依恋"，身体状况稍微有所改善，但他们是癌症晚期病患这点并没有改变。

"最初把问题想得太简单，宝石那么小，藏匿处多得是，再怎么找也……"照理说最有体力的内海的声音也失去活力。

"那……今天就到此为止。"菜穗看着左手腕的手表，"五点了，再过一个小时就是晚饭时间了……"

谁也没有反对她的提议。

我感到大事不妙。才找几个小时，大家的体力就消耗至此，可见不能再这样漫无目的地找下去，得把可能藏宝石的地点缩小到一定程度。我在脑内将目前的信息整合起来。只要串联起微小的情报，或许就能找出线索。自己好像快看到什么了，我紧紧地闭上眼，试图将碎片重组。我慢慢地把拼图聚集，拼成完整的形状。说不定……

"等一下。"我用言灵阻止依序走出交谊厅的患者。

三人不耐烦地看着我。

"金村，我有件事想要问你。"

"什么事？"想赶快回房休息的金村没好气地回答。

"你没告诉被杀的父子他们找到的宝石是真的吧？他们以为那是玻璃珠吧？"

"……我想是的。虽然我的态度很不自然，那位父亲可能觉得怪怪的，不过应该不晓得是那么有价值的物品。"

"这样啊……"

"有什么问题吗？"

"既然如此，宝石可能不在父母手上，而被小孩儿拿来当玩具了。"

"嗯……有可能。"

如果是这样的话……我望向通往走廊的门。

"那个地下室！宝石就在那里。"

所有人都循着我的视线往走廊看。

"你在说什么傻话啊。前阵子警方不是彻底调查那里了吗？"内海叹息。

他说得不无道理，但我想到另一个可能性。

"被当成小孩儿房以前，你们猜那个房间是做什么用的？"

"这个……仓库吗？后来要让孩子避开阳光又掩人耳目，才放上那座时钟。"

"如果是要让孩子完全避开阳光，地下室的确是最好的选择。问题是，父母又没打算要把孩子藏起来，有必要刻意用时钟当机关吗？"

患者似乎无法理解我的话，诧异地皱眉。

我无奈地叹气，继续说："所有看似把孩子藏起来的举动，其实都是为了隔绝阳光，所以才把窗户封死、等到太阳下山才出门。或许白天真的是用时钟把通往地下室的门封起来，所以钟点女工才没见过孩子，但这么做是怕万一孩子不小心晒到太阳，而不是为了藏起孩子。太阳出来时孩子应该都在地下室睡觉，晚上才活动。要是父母真想把儿子藏起来，晚上就不会带他出门散步了。换句话说，时钟不是七年前的那一家人刻意放上去的，而是原本就有，父母只是刚好拿来利用而已。"

"或许是那样没错……"内海一脸无聊地道。

我将视线转向南身上："你心上人的父亲是什么样的人？"

"什么样的人？再也没有像叶子姐的父亲那么聪明的人了。"

"那个人预料到日本战败，以及后来的事，把财产全换成宝石，放在手边。既然如此，那难道不是用来藏匿财产的密室吗？"

"……啊！的确。"

"问题是，有必要大费周章盖一间密室来藏钻石吗？"金村从旁提出疑问。

"不，我想财产应该不只有宝石，应该还有现金、有价证券、艺术品、古董等各式各样的物品，只是预料到日本会战败，为了逃到海外，最后换成了便于携带的钻石。"南的说法和我不谋而合。

"他应该很害怕。自己所有的家当都换成了能轻易带走的东西，虽说是逼不得已，但被偷就会变得身无分文，一家人都得流落街头。所以会藏在绝对不会被发现的地方。"

"你的意思是说，那个地下室原本是个金库吗？可是不管怎样，警方在那里什么都没找到啊。"金村垂头丧气地说着风凉话。

"警方只是表面上检查一遍。即便是地下室，主人也一定会将宝石藏在特别不容易发现之处。后来小孩儿无意发现了宝石，也继续将它们藏在那个隐秘的地方。"

三个大男人面面相觑，憔悴的脸上浮现出淡淡的期待。很好，只差一步。正当我打算发出言灵，菜穗四平八稳的声音响起："去找找看吧！"

三人用力点头。来不及发出言灵的我保持着嘴巴微张的姿势僵住。

……不是该由我来说出关键台词吗？

"哪里都找不到。"

十几分钟后，内海就举白旗投降，没耐性的家伙。不过，只有床和玩具的十五平方米左右的空间里，十几分钟已经算是很花时间了。事实上，我以外的四个人也都无所事事，不是玩玩具，就是欣赏墙上的内海画作。

"李奥，好像真的没有……"

菜穗难以启齿地告诉还在墙边拼命动着鼻子的我。我没回答。我可没有闲工夫理会这些丧气话。

"或许曾经在这里没错，可那孩子不是发现了吗？会不会移到别处了？"

内海一说完，金村和南就点头附和，空气中弥漫着随时放弃的气氛。虽说病人比较没有体力，但集中力就不能再持久一点儿吗？

"前阵子近藤来医院的时候，曾无所不用其极地想闯入地下室。那家伙一定有什么根据，让他确定宝石就藏在地下室。"我发出言灵的同时，也顺便整理一遍思路，"劫匪们的确把房子翻得乱七八糟。换句话说，遭到金村枪击前，近藤他们花了很长的时间翻箱倒柜，却未能找到宝石，只好先撤退。过了七年，在地下室发现劫匪闯入时不见踪影的小孩儿，他们当然会认为宝石和小孩儿都藏在地下室。"

以上是我的结论。一定有的，一定在地下室某处。

我把双眼睁大到几乎会痛的地步，将空气送进鼻腔里。房间充满少年的回忆，即使七年过去，回忆还是紧紧依附在每一个角落，特别集中在内海的画和玩具上。然而我要找的并不是这么浓烈的，而是飘散着淡淡香气的回忆。惨遭杀害的孩子得到宝石的时间不长，而画作和玩具可以抚平他始终被太阳拒绝的悲伤，因此宝石的回忆浅淡许多。然而，星子般的宝石，应该也让孩子产生过不同于画作及玩具的感动。

咦？趴在入口附近地板的我蓦地抬起头。

和弥漫在房里的大部分味道不同，一股"回忆"从鼻尖掠过。萦绕在内海的画和玩具上的"回忆"如阳光般温暖，这一闪而过的"回忆"则带着清凉。我将精神集中在感觉上，寻找来源，凑近砖块打造的墙壁，追寻一不小心就会跟丢……不对，闻丢的香味。

就是这里。找到了。香味从入口旁墙壁下的砖块缝隙飘散。

"汪！"我兴奋到忘记用言灵地吠叫。内心已经半放弃，正环顾四周的四人吓得转头看我。

"怎么了，李奥？干吗突然大叫？"

"就是这里！就是这个砖块！"

我兴奋地看着走到身边的菜穗，以握手的动作摸其中一个砖块。

"这个砖块怎么了？"

"你试着扳动。"

"扳动？怎么可能，砖块已经牢牢固定了。"

"别说那么多，试了再说。"

"好吧，你还真像《开花爷爷》①里的那只狗呢。"虽然不晓得她在讲什么，但总觉得不太开心。菜穗把手放在砖块上，轻轻一拉，居然轻易把砖块拔出来了。

"咦？"菜穗目瞪口呆地看着砖块，上下各有一排轮子。

"这是什么？"

"这就是藏宝处。"

打造房间的主人，除了用时钟藏起暗门，还改造出一个更隐秘之处。真是谨慎小心的男人。他一定是会把石桥敲坏的那种人②。

"看不见里面，我去拿手电筒。"

"手机的光线就够了。"

"钻石就在这里面吗？"刚才一副半死不活的态度根本是个幌子，三个男人就像蚂蚁看到砂糖般全都围上来，兴奋地说着。

菜穗从内海手中接过打开照明的手机，代表众人一探究竟。

"看到什么了吗？"

南的语气里交织着期待与不安。

"……好像是个保险箱。"

"打得开吗？"

打不开的话可就一点儿意义也没有了。要拿到里头的宝石，这一切努力才不算白费。

"嗯，我想应该打得开，钥匙还插在上面。"

众人不约而同地开心欢呼。快拿到救命的宝石了——这个想法染红

---

①《开花爷爷》是日本的民间故事，描述一对心地善良的老夫妻捡到一只白色的小狗，老夫妻将狗带回家，并当成自己的孩子般照顾。某天，小狗挖着田里的土，并发出汪汪的叫声，老夫妻在小狗挖掘的地方向下深探，发现了为数不少的金币。

② 日本谚语，原意为乍看坚固的石桥，为求安全，也要敲打之后确认没问题再过。引申为谨慎再谨慎，小心又小心的意思。

了众人的脸。

"我要打开喽……"

菜穗紧张地道，她轻轻地将颤抖的手伸进洞里。

3

"菜穗，晚上好。"刚从玄关进来的名城看到菜穗，开朗地打招呼。

"嗯……晚上好。"菜穗却无精打采。

"怎么了？你不舒服吗？"名城的声音里带着担忧。

"没什么，我很好，陪李奥玩得有点儿累了。"

干吗推到我头上？

"这样啊……没事就好，不要太勉强。"名城又拍拍我的头，"不要让菜穗太累。"果然怪到我头上来了。欲加之罪，何患无辞。而且谁准你随便拍我的头了？

"我先把东西放到值班室，待会儿再聊。"

"好的，待会儿见。"菜穗努力在疲惫的脸上挤出笑容。

"……现在怪我了？"名城消失在走廊尽头的楼梯时，我提出正当抗议。

"你生气啦？对不起。"

"算了，我不会放在心上。"

菜穗的语气未免太没活力，我想也没想就原谅她了。大约一个小时前，菜穗满心期待地打开保险箱，想象藏在里头的宝石可以帮助大家逃过莫名其妙的死期。然而，保险箱里……什么东西都没有。没错，隐秘万分的保险箱里，一颗宝石也没有留下。

保险箱里的确还残留着"回忆"，少年确实把宝石放在过这里。不过，东西已经不翼而飞。飞去哪里了？我真的毫无头绪。孩子父母察觉到宝石的价值，卖掉了吗？还是案发后其他人侵入这里，把宝石带走了？总之宝石还在屋里的可能性变低了。

菜穗等人凝视着空空如也的保险箱，表情充满让人喘不过气的悲痛。南、金村、内海三人弯腰驼背地走出地下室，回到病房，我和菜穗像两只无头苍蝇似的继续探索。

我不由分说地拖着菜穗，尝试在走廊上闻味道，但心里始终不太舒坦。

"李奥，今天就到此为止。"菜穗听起来真的累坏了。

"……好。"我的言灵也不再有活力。狗的本能一直在催促我赶快去交谊厅的地毯上缩成一团，好好睡一觉。

"得想其他的办法……"

"嗯。"

交换完有气无力的对话，我们并肩往走廊前进。前方传来兵荒马乱的脚步声。

"原来在这里啊，菜穗，现在有空吗？"护理长摇着胖胖的身体下楼，看着菜穗说。

"有，什么事？"

"不好意思，可以拜托你今天值晚班吗？"

"咦？发生什么事了？"菜穗不解地侧着头。

"晚班的酒井打电话来，说是有棵树倒在通往医院的路中央。她现在还在线，你直接用那边的内线电话跟她说。"

"啊，好的。"菜穗乖巧地点头，拿起走廊墙面上的话筒。我集中精神以便能听见菜穗和电话那头的人的对话。"我是菜穗。"

"啊，菜穗吗？对不起。"话筒那头传来轻松的声音，听起来像在哼一段荒腔走板的戏。我认得这个声音。她是在这家医院上班，人数少得可怜的护士之一。

"嗯，没关系。发生什么事了？没事吧？"

"我一点儿事情也没有，可是车子过不去。一棵大树倒在路中央，听说到明天早上才能恢复通车。真的很抱歉，可以请你代替我值今天的晚班吗？护理长说她也回不了家，会跟你一起值班，患者最近也不可思议地有精神，我想应该蛮轻松的。"

"嗯，我明白了，完全没问题。"

明明累翻了，菜穗还逞强地挤出一丝体力，开朗地答应。

"谢谢！真不好意思。下次一定会补偿你的。"尽管隔着电话，但酒井的声音让人想起她双手合十、低头道歉的模样。

"那棵树什么时候倒的呀？名城医生已经来了，厨师也都回去了。"

"什么？名城医生到了？这不正好吗，和男友一起值晚班。不过因为院长也不能上街，这下子乐趣减半了。"

"你在说什么呀。"菜穗红着脸驳斥。

"犯不着那么害羞。不过，名城医生都到了，真的只是前后脚的差别呢。现在有个虎背熊腰的大叔挡在路中间，路障似的禁止大家通行……"

酒井讲到这里，声音突然断了。

"咦？喂？喂？"菜穗喊了好几声，但没有回音。她大惑不解地把话筒放回机子。

"菜穗，讲完了吗？"

"嗯。总之要我帮她值晚班。我马上换衣服。"

"不好意思啊。不过名城医生也要值班，就当约会吧。大家都还算稳定，应该不会有什么工作。"

"怎么连护理长也跟着胡闹。"菜穗掩饰害臊地高声说着。

"在吵什么？"和菜穗的声音刚好相反的低沉嗓音响起，西装笔挺的院长从楼上下来，大概打算去镇上的诊所。

"院长，请留步。今天没办法上街了。"护理长挥着双手。

"怎么回事？"

"酒井刚才打电话来，说一棵树倒在要道上。如果不能开车，走夜路实在太危险了，今天还是请人代班比较好。"

"我打电话问一下。"院长挑起一边眉毛，但若不仔细看绝对看不出来。他下楼拿起话筒贴到耳边。眉头挑得更明显。

"……故障吗？"院长摇晃着话筒。人类似乎有碰到机械故障时，不管三七二十一先摇摇看再说的本能，但这究竟有何意义呢？

"刚才我和酒井小姐的电话讲到一半就突然断掉了，可能是那时故障的。"

"这样啊……"明白再怎么摇也修不好，院长放下话筒，从口袋里掏出手机，"……手机也收不到信号。"

"这就奇怪了。虽然信号一向不太好，但很少完全收不到。"

"咦？我的手机也收不到信号……怎么会这样？"

走廊弥漫起非比寻常的气氛。

我虽不清楚眼前的情况多么不寻常，但也感受到他们的紧张。

"酒井说是因为树倒了才禁止通行，对吧？"

"是的，酒井是这么说的，说树倒在山路入口那边。"

"我去看看情况。走到那边或许手机就收得到信号了。"

院长披上手里的外套，他走向玄关打开门离开。被院长打开的门又缓慢关上。下一瞬间，我用肉垫在地毯上用力一蹬，从快关的门缝里蹿出，追上正要穿过庭院，走向停车场的院长。

我不晓得为什么要这么做，但不安蠢蠢欲动，逼得我不得不行动。

我穿过庭院走进停车场，好不容易追上小跑的院长。院长不可思议地瞥了一眼跑得气喘吁吁的我，手放在车门上，然后突然停止动作，往脚边看。我一时无法理解院长一连串动作的意思，待我追上院长的视线，立刻搞清楚了整个状况。

橡胶制成的轮胎破了，而且不止一个，四个轮胎都破了。正常情况下不可能发生这种巧合，分明就是被故意戳破的。我和院长同时将整个停车场看了一遍。除了院长的车，停车场里还停着菜穗、名城、护理长三人的车子。在路灯微弱的照明下，三辆车的轮胎全软趴趴，宛如被撒了盐的蛞蝓。

显然有什么不好的事正在发生。那已经不是预感，而是确信。

野兽的臭味混在夜晚森林释放的清香中，掠过鼻尖，电流自脊柱窜过。我在降临人世前，多次在特殊情况下产生这种感觉。那就是战场。

这是"杀气"。人类想杀害对方时会散发出这种气息。我还来不及思考，院长的膝盖内侧便撞上我的身体。他整个人失去平衡。下一瞬间，院长胸前附近的玻璃窗变得粉碎，四周回荡起爆竹般的声响。我也记得这个声响，是枪声。得快逃才行。

"汪！"我从丹田发出警告的咆哮。

院长立刻意会到我想说什么，马上压低身体，往医院拔足狂奔。我也马上跟在院长的身后，全力在庭院里冲刺。枪声响了数次，打中脚边的泥土。攻击是从背后来的。我们没有余力回头，一路冲到医院大门。再这样下去，门一打开就可能被击中。

"菜穗，把门打开！"我对应该在门内侧的菜穗发出言灵。就在我们即将抵达玄关时，医院沉重的门板打开。门缝里可以窥见菜穗和护理长的脸。我和院长几乎同时冲进微微敞开的门缝。

"把门锁好！走廊的窗帘也要拉上！"院长虽然气喘如牛，但语气镇定。明明才从枪口下捡回一条命，这样的胆识真是了不起。

"这到底怎么回事？"护理长遵照指示，拉上走廊的窗帘，尖叫着问。

"我也不知道。"院长的额头挤出深深的皱纹。

菜穗蹲在我旁边，用院长和护理长听不见的音量道："发生什么事了？"

我知道发生什么事了，我优异的嗅觉完全掌握了情况。我用言灵慢慢地把最糟糕的情况告诉她："……是近藤。"

菜穗倒抽一口凉气，喉咙里发出哨音般的声响："骗人……真的？你确定吗？"

"我闻到那个男人的味道了，不会错的。"

菜穗的表情充满恐惧："怎么会？不是还有两周吗？"她的语气带有一丝责备我的意味。

我无言以对，保持沉默。同事的确说两周后，这究竟是怎么回事？我马上归纳出两种可能：

一是同事搞错了。因为死神的世界和这个世界的时间概念有相当大的差异。同事说两周左右，或许误差远比我想象的还要大；还有一个可能性……原因可能出在我身上。我听见同事的预言，企图改变未来，而我的行动的确改变了未来，往坏的方向……

"发生什么事了？"

听见骚动，穿着白大褂的名城和患者陆续下楼。

"不晓得。电话突然不通，院长一出去就发出好大声响……"护理长上气不接下气、支离破碎地说明。光靠这些根本搞不清楚状况，只是让现场变得更混乱，陷入恶性循环。

"近藤他们来了，就埋伏在外面。"我发出患者听得见的言灵。他们顿时停止动作，浮现出夹杂着恐惧与厌恶的表情。

"不知道对方是谁，但我一出去就受到枪击，车子的轮胎也全被刺破了，我们被困在这里，得想办法和外界取得联系才行。"

院长以和平常无异的平淡语调，简单扼要地交代了状况和接下来该做的事。

走廊沸腾似的混乱气氛终于冷却下来。

"枪击？有没有受伤？"名城关心着恋人的父亲。

"没打中。"

全是我的功劳。

"为什么？谁会做这种事……"名城反复深呼吸，问道。

"我也没头绪。大家检查一下手机，有没有人收得到信号？"

院长一句话就打发掉名城的问题，迅速地对在场所有人做出指示。

除了南，大家几乎同时拿出一手就能掌握的小巧机器，然后露出失望的神色。

"怎么会这样？平常都还好好的。为什么？"

护理长最六神无主，她举起胖胖的手臂，差点儿失去理智地把机器扔向墙壁。

"你冷静一点儿。"院长的音量不大，但比平常低沉，他具有分量的发言响彻四周，这股压力让所有人都闭上嘴，"惊慌失措只会增加危险。如果手机不能用，再想想其他办法。"

院长说完这句话，整个世界突然陷进黑暗里。

"什么？""停电？""电线被切断了！""什么都看不见！"

冷却的气氛又开始沸腾。

人类身为昼行性动物，异常恐惧黑暗，或许是灵魂深处还残留着祖先在黑暗中受袭的记忆。不管怎样，重要的视觉被夺走，害怕也是理所当然。近藤他们可能会利用黑暗展开攻击。我用嗅觉和听觉代替视觉，努力掌握周围情况。然而，出乎我的预料，没有近藤他们侵入医院的气息。

"立刻切换到备用电源。"

仿佛就在等院长一声令下，走廊亮起跟平常不能比的微弱灯光，顶多勉强认出彼此，照出每个人不安的表情。

"为什么要做到这种地步……究竟是谁？"

"不知道。这里应该没值得偷的东西，我也不记得做过让人怀恨至此的事。"院长井井有条地回答名城的疑问。

"……是那个男人，想要买下这里的男人。"菜穗低沉晦暗地低喃。

"……工藤？"院长不明所以地看着女儿。

"那个男人其实不叫工藤，本名叫近藤，在监狱里至少待了五年。是那个男人干的！"菜穗激动万分，一口气将目前的状况倾倒而出。我不晓得告诉他们攻击者的背景是不是正确判断，如果好好说清楚，的确会让状况变得明朗，减少混乱，但短时间内"好好"说清楚可是难如登天。

"你怎么知道这些事？"

"这是因为……"

院长对女儿提出理所当然的问题，但菜穗也答不出来。事已至此，我是不是该痛下决心，向所有人表明真实身份？但这会不会让事情更混乱？我还在犹豫不决时，有人挺身而出。

"我来解释。"

"孙先生？"院长意外地望着金村。

"院长，我不姓孙，我姓金村。隐瞒这么久，真的非常抱歉。"金村深深低头。

"金村？"护理长注视着金村在阴暗灯光下瘦骨嶙峋的脸。

"是的。我是被视为七年前命案的凶手，受到通缉的珠宝商。"

得知金村的真实身份，院长、护理长、名城的眼神惊疑不定，思考速度跟不上金村突兀跳跃的自白。

几秒钟后，护理长从喉咙深处发出压抑的悲鸣，远离金村。可是死到临头的癌症晚期病人有什么好怕的？

"不过，请各位相信我。七年前我的确潜入过洋房，可是当时住在这里的一家三口早已遇害，真凶就是现在守在外面的名叫近藤的男子。"

金村拼命向想要逃跑的护理长解释，但护理长还是往后退，用力摇头。金村将厚唇紧紧抿成一条线，低头不语。

"请你说得详细一点儿。"院长以一如往常的平板语气说道。

"好的……但这里非常危险，他们杀进来我们就会被逮个正着。换个地方再说吧。"

金村的提议没有人反对。

"到二楼的病房。那里可以上锁，也可以看见外面的情况，而且房间比较多，应该不会马上被找到。"

一行人上到二楼，躲进从最里面数来的第二间病房，从里头反锁门。

"能看到什么人吗？"院长询问从窗帘缝隙窥探的名城。

名城蹲低，以免被外面的人看见，"没有，至少这边看来半个人也没有。"

院长微微颔首，表情凝重地望向病房一隅。

"那么……金村先生……是吗？请你继续刚才的话题。"

"院长，现在最重要的是要想办法和外界取得联络！"

护理长提出抗议，气息因恐惧而变得紊乱，但还是死命地降低音量。

"电话线被切断了，手机也不通，连无线电干扰的手段都用上了。剩下的方法只有直接到镇上讨救兵，但是不能开车，一出去可能就会受到攻击，这招也行不通。现在唯一可以做的，就只有搞清楚状况了。"

院长条理清晰地说明，护理长终于安静下来。院长用视线催促金村往下说。

"二战时，洋房的所有人在屋里留下一些钻石，后来被少年发现，委托曾经是珠宝商的我鉴定。当时我被债务逼得走投无路，为了将钻石据为己有，便拿着手枪潜入这里。可是我潜入时，那家人早被同样得知钻石存在的那帮人杀死了。"

"钻石……"听见意外的名词，院长的语气里带着困惑。

护理长眯起眼睛，眼神中毫不掩饰"少来了，肯定是你杀的"的控诉。或许是感应到她的视线，金村对护理长深深低下头。"你不相信我也是应该的，这件事告一段落，就算你要把我交给警察，我也毫无怨言。但现在请你相信我。"

"院长，七年前的新闻说凶手就是叫金村的珠宝商，我记得很清楚。"护理长颤抖地指着金村。

院长对她射过去严厉的一瞥，缓缓开口："这个人的日子所剩无几了。"

护理长的表情僵住。金村苦涩地扯着嘴角。

"你认为他有必要到这个时候还要说谎吗？听他把话说完，可以吗？"

"……可以。"护理长不甘愿地点头。

"谢谢你，院长，真的……"

"麻烦你接着说。"院长打断金村的感谢，催促他继续未完的说明。

"好的……我潜入这栋房子后，下意识地对攻击我的近藤开枪，然后抢走他手中的钻石，潜逃到国外。"

"也就是说，那帮人是来找你报仇的？"护理长的语气里充满赤裸的责难。

"不，应该不是。我已经完全变了个人，回到日本以后也从未和近藤打过照面……前几天从病房的窗户偶然看到近藤，发现他就是当时那个人。"

金村说到最后，夹杂了一些谎言。要跳过我的存在，又要解释清楚，这也是没办法的事。可见如果有必要，人类即使死到临头还是会说谎。

"那他们为何要攻击这家医院？"名城还在偷看窗外的状况。

"我猜，大概是为了抢夺还在这里的钻石。"

"钻石不是被你拿走了吗……"

"我只拿了一颗。照那对父子的说法，应该还有很多。原本以为那帮人已经把剩下的钻石偷走了，没想到那家伙因为被我击中，来不及把钻石找出来。或许本来要找第二次，但因为犯下其他案子，被关进监狱里。"

"所以才千方百计地要我让他检查屋内吗？"院长的手臂环抱在胸前道。

"可是不是已经买下这里了吗？怎么忽然那么急？"

"我没答应，卖房子的事吹了。"院长事务性地回答护理长的高喊。

护理长瞪大带血丝的眼睛，双手捂住脸，坐倒在地。

"就算是这样……就算是这样……也没必要杀人啊……"

没错，近藤为何突然使出下下策？应该还有很多方法。这时，我的大脑里又出现一阵波动。这是什么感觉？我好像忽略了重要的事。我小心翼翼地捡拾起记忆的零散碎片，找出不对劲儿的源头。恐怕是"那个时候"，近藤溜进屋里来的那个时候。那一天，近藤和我两个人……真麻烦，是一个人和一只狗……后脑勺仿佛受到重击。不会吧！我连忙靠近门口，用后脚站立，拼命地想用肉垫打开门。好不容易打开一条缝，我立刻往外冲。

"李奥！"菜穗惊慌的叫声从背后响起，但我不能停下脚步。冲过走廊，连滚带爬地下楼，我终于抵达一楼。紧急照明的微光在长长走廊上拉出一道令人毛骨悚然的阴影。近藤溜进房子的那天，马不停蹄地在各个房间进进出出，又在走廊东摸西摸。当时我不晓得他在干吗。

我怎么会这么笨？要是我早点儿留意到他举动的意义，事情就不会演变成这样了。伴着心急如焚的后悔，我在走廊拼命抽动鼻子，回想起那一天。

"李奥！"菜穗、名城以及院长都下楼了。

"怎么了，李奥？这里很危险，赶快回楼上。"菜穗抱起我的身体，硬把我往后拖。但我拼命扭动身体挣脱，往走廊一角的盆栽张望。

我记得那个男人确实在这一带……一个异物映入眼帘。啊！果然……绝望乘着血液流遍全身。我咬住混在盆栽泥土里的小玩意儿，泥土令人作呕的苦涩在舌尖扩散，我反射性地把那东西吐出。菜穗用手接住掉落的机器。

"这是什么？"菜穗从各种不同的角度端详拇指大小的机器。

"窃听器。一楼应该到处都有。"

"窃听器……"菜穗的表情浮现出嫌恶。

"我们的对话都被窃听了。即使听不见言灵，也听得见人类的话。因为这个……近藤知道他们的真实身份曝光了。"

明明已经把土吐出来，口中的苦涩却未曾消失，反而更加强烈。

"……都是我的错。"

菜穗连拖带拉地带着我，我终于踩着虚浮的脚步回到二楼。南、金村、内海见我这副德行，一脸有话想问的样子，但又不能直接开口，我也没心情用言灵回答，于是菜穗代替我往前跨出一步。

"医院被装了窃听器。"菜穗让大家看她掌心里的东西。患者们的脸色无比难看。想也知道他们的话对近藤等人造成多大刺激。

"可是他们不杀进来，会不会已经撤退了？"内海悄悄地瞥向窗口，说出乐观的意见。

别傻了，怎么可能，恐怕是……

"他们在等……"金村一句话驳回内海乐观的想法。

"你说他们在等，等什么？"

"等同伴到齐。为了不让闲杂人等闯进来坏了他们的好事，应该至少有一个同伴还在封锁通往这里的路。"

他说得应该没错。

"医院四周现在大概只有一两个人，就算杀进来，难保不会有几个人逃出去求救。这么一来，他们就没足够的时间里里外外地搜。那帮人真的打算杀光这里所有人。"

屋内气氛一片死寂。众人无比恐惧，也许几十分钟后……不对，想到可能几分钟后就会降临的不幸，每个人都说不出话。空气紧绷得仿佛一根一碰就会断裂的绳索。

"你是说，再过一会儿，他们就会冲进来杀死我们？"唯一镇定如常的院长用尽量不刺激到大家的冷静语气询问。

"没错。我很了解那个男人，那家伙绝对不会手软。"

千斤重的沉默溢满病房。受不了这股一不小心就会被吞噬的沉重，护理长开口："院长，逃走吧！只剩这条路了。从后门逃走的话……"

"丢下患者吗？"院长静静说道。护理长张着嘴巴，找不到接下去的话。"大家都不是可以奔跑逃命的状态。当医院陷入危机时，医疗人员留到最后是不变的定律。"

院长看一眼女儿的男朋友。名城脸色苍白，但还是用力点头，他的手放在一旁菜穗的肩上。菜穗的表情一下子放松了。相较之下，院长连枪击时也面不改色的表情微微一变。果然天下父母心。

"既然如此，就只剩下正面迎战吗？"南以与现场气氛极不相衬的缓慢语调道。

"请各位躲在这里，我和院长在一楼想办法处理。"

名城握紧微微颤抖的拳头。一听就知道逞强，但可以清楚感觉到他是认真的。

"名城医生，不行。"南不动声色地否决名城带着决心的发言，"就算是在菜穗的面前，也不能只让你一个人出风头。"

"咦？不是……可是……"名城向院长投以求救的视线。

"大家都是这家医院的患者，不能让你们陷入危险。"院长的语气充满坚定意志。

"现在不是说这些的时候。和外面的人比起来，人数是我们唯一的优势，你不觉得应该将这个优势做最有效的运用吗？"

南的提议合情合理，院长虽然一脸不赞成，却没再说话。

"我虽然已经是一把老骨头，但以前也是警察，剑道功力还没有退化。而且金村很清楚那帮人的底细，内海老弟也还有体力，没道理把我们踢到一边。"

南望向两位病友。金村露出有所觉悟的表情，内海脸色苍白，但都用力点点头。

"可是……"院长不解地轮流看着三位患者，磐石般坚固的意志出现一小条裂缝。

"倘若让两位医生对付那些人，万一失败，我们还是难逃一死。既然如此，不如从开始就采取成功概率最高的方法。"南有条不紊的说服终于在坚硬的磐石上凿出一个洞，院长从喉咙深处发出一声细微叹息，简直像在闹脾气地低语："我明白了……拜托你们了。"能够成功说服院长，南这把年纪真不是白活的。

"他们杀进来以前，赶快收集能拿来当武器的物品，同时拟订作战策略。已经没有时间了。"不愧是退休警察，南的指示明确，而且蕴藏着让大家信服的力量。

不过，无论人数如何占优势，毕竟对方是坏事做尽的老手，还有手枪，一般作战策略绝对没有赢面，须有反败为胜的策略。我方还有对地形了如指掌的优势，得好好利用才行。

当人类还在夸夸其谈的时候，我集中精神，努力找出置之死地而后生的方法。什么方法危险性最低又能将医院现有物做最有效的运用，从而成功击退那帮人……

"……听我说。"我对知道我真实身份的人类发出言灵。四人转身看我，剩下的人类全一脸不可思议。

我坐正姿势。事情演变成这样，有一部分……不对，我须负起大部分的责任也不为过。我虚心地反省过后，认为自己必须发挥人类不能及的智慧，帮助他们脱离困境，这是我唯一能做的补偿。因此我得尽可能谦虚地提出作战策略。

于是我摆出最谦卑的态度，发出言灵：

"我有个了不起的建议，要我告诉你们也不是不行！"

4

屋外微微响起汽车引擎声，我下垂的大耳朵警觉地动了一下。

……来了吗？充斥在四肢百骸的紧张溶解在空气里，我从口中慢慢吐出一口气。

自从退守到屋里，过了约三十分钟，这家医院变成战场的时刻终于到来。

"车子来了，那帮人很快就会杀进来了。"

我用言灵传递着信息。当然没人回答。然而，不需要确认，我也知道那四个人应该都听见了警告，在各自的地盘准备战斗。我的策略已经通过南转告院长他们，他们也接受了。这是当然，毕竟是我想出来的完美作战计划。顺利的话，或许不会有任何人牺牲就能化险为夷；不过，要是不顺利的话……我打了一个冷战。

　　我是多么脆弱啊！第一次感到无能为力的焦躁。

　　寂静填满角落，仿佛就连声音的概念也消失。时间一分一秒地流逝，慢得像在对我施以火刑。背上突然窜过一阵瘙痒难耐的诡异感。我从眼前的障碍物后面探出脑袋，望向阴暗的走廊……那是什么？只见走廊的中间似乎有一道淡淡霞光。我闭上眼，反复摇头，再把眼睛睁开。霞光还是飘浮在走廊半空。我屏息凝神地睁眼一看——不是用狗的眼睛，而是死神的灵魂之窗——那道霞光果然是我认识的死神。

　　起初，我以为是同事，应该是负责这个地区的同事。没想到……

　　"哇……"惊叫声差点儿脱口，我连忙吞回声音。的确是我的同事，问题是，不是只有那位同事。怡然自得地飘浮在同事旁边的……是我的上司。没错，就是把我封印在金毛寻回犬的身体里，只给我一身夏装，把我扔进冰天雪地的上司。

　　"请问你在这种地方做什么？"我方寸大乱，向上司发出言灵。然而……上司和同事一语不发，像没听见我的言灵。我又打了一个更大的冷战。

　　上司来向我传达什么信息？不对，如果是那样，他不会不回答我的问题。既然如此……他果然是来引路吗？他是要亲自为因我提早进入死期的魂魄引路，顺便向吾主报告事情的前因后果。他也是为了处罚我。

　　"他们果然还是会在今天死去吗？我又会受到什么惩罚？"我请教上司，但依旧得不到答案。既然如此，要是他决定始终保持沉默，我也有我的想法。我在言灵里增加一些力道："如果这就是吾主的意旨，我会心甘情愿地领受，但请等到这个夜晚结束再来收拾我。我不惜任何代价也要保护这里的人类，就算那会……就算那会违背吾主的意旨。"

我的决心宣告到这里，上司和同事遂无声地融入墙壁里消失。下一瞬间，惊心动魄的枪声划破寂静。玄关的锁被射破，沉重的门慢慢向外侧打开。

正面进攻吗？进入备战状态的我窃笑。我想象从各个角度进攻的可能性，不只是玄关，交谊厅、食堂、厨房及走廊等，有窗户的地方都可能是敌人的目标。他们不拐弯抹角地从正面进攻，这种手段也比较好应付，他们根本没把我们放在眼里。

我小心不要被对方发现，观察拿着手枪的男人从玄关潜入。男人很年轻，大概三十岁。我记得此人的长相，他是我和菜穗在图书馆找到的报道照片里，和近藤及水木摆在一起的男人。我记得叫"佐山"来着。

佐山举起手枪，神经质地左右张望，一步步地在走廊前进。照我看来，他的胆子似乎没近藤那么大。外面的人应该不会全闯进来，因为若有人逃出医院，他们会追赶不及。果然不出我所料。

"一个男人在走廊上，先不要出来。"我用言灵发出指示。

"这是什么玩意儿？"佐山来到我们躲藏的走廊尽头，他站在巨大的画作前，发出不解的呢喃。原本放着壁钟之处，如今立着内海的画作。在这个男人潜入前，我们先从内海的房间将画搬了过来。

没错，我现在就躲在这幅画后。我深呼吸，下定决心——作战开始！

我故意在画的后方踩出脚步声。

"谁？别动！乖乖给我滚出来。"

佐山尖叫着发出自相矛盾的命令，枪口对准画。

千万别开枪啊！我为了不刺激到佐山，慢慢从画后爬出。

"呜……"我发出撒娇的叫声，吐出舌头，开始"哈"地喘气。我不是在讨饶，只是紧张令体温上升，这么做才能降低体温。就算只是狗，还是有被射杀的可能，要是可以，我还真想用爪子握住一面白旗，挥着走出来给他看。

佐山连忙将左轮手枪的枪口对着我，瞪大眼睛。他会开枪吗？恐惧和紧张令我喘不过气。佐山的食指扣住扳机。失败了吗？我紧紧闭上双眼，静待子弹射进身体。然而，我再怎么耐心等待，冲击和划破耳膜的枪声也不曾响起。我战战兢兢地抬起眼皮。

"什么嘛，原来是只狗。"

佐山一脸放心，枪口朝下。我也松一口气。"还蛮可爱的嘛。"佐山走过来，用没拿枪的另一只手摸摸我的头。嘿嘿，看样子拜倒在我的可爱下了。一切按计划进行。我还刻意摇摇尾巴。因为不是自然地摇尾巴，屁股的肌肉好痛。真是的，再也没有比对没给我泡芙吃的家伙示好更不划算的了。

"告诉我吧，这家医院的人都躲在哪里？"

白痴，谁要告诉你啊。废话少说……看着我的眼睛！

我以"坐下"的姿势仰望佐山。佐山和我的视线交会，我便干预他的灵魂。和被疾病打倒的患者们比起来，佐山的灵魂强韧太多，实在很难干预。我咬紧牙关，将能力发挥到极限。赶快臣服在我的脚下吧。刹那，佐山的瞳孔摇晃，焦点涣散，身体跟着僵硬。

"就是现在！"我用言灵对另一个人——躲在画后的南大喊。"喝！"随着一点儿也不像病人的、发自丹田的气息声，一根拨火棒冷不防从画后伸出，打在佐山的肚子上。肋骨折断的刺耳噪声撞击在耳膜上。

"哇啊啊！"佐山发出野兽受伤般的痛苦呻吟，当场倒下。剧痛让他从催眠中苏醒。佐山举起拿枪的手，朝向那幅画。然而，他还来不及扣下扳机，南已从画后纵身而出，以不逊于剑道家的优美姿势将拨火棒砍上佐山手腕。佐山的上臂往难以置信的方向扭曲，手枪应声掉地。

"趁现在！"南踢开掉在脚边的枪大喊。同一瞬间，厨房和食堂的门同时打开，院长、名城、金村、内海冲出来，扑到佐山身上。佐山陷入混乱，忘记手臂骨折，猛烈反抗。

"名城医生！快注射舒可乐和氟哌啶醇①！"院长拼命按住陷进包围躁动不已的佐山，大声吩咐。

名城从白大褂口袋里拿出注射器，咬掉针头外的透明保护筒，将针头扎进佐山的臀部，把针筒里的液体全推进去。

针头扎进去的瞬间，佐山抵抗得更激烈，但接下来动作就像电池耗尽般逐渐迟缓下来。

"……镇静剂似乎生效了。"

院长大大吐出一口气起身，低头看着发出均匀鼻息声的佐山。金村和内海提心吊胆地放开压制佐山的手。佐山动也不动。金村眼明手快地用封箱胶带把他的手脚绑起来。

小小的胜利在我们之间掀起一阵骚动，我也志得意满地"汪"地叫着。

"内海老弟，弄破你的画了，不好意思。"南手足无措地轻抚着被凿穿的小洞。

"别放在心上，这点儿小洞很快就能修好了。"

内海笑着拍拍南的肩膀。从穷途末路的状态中杀出一条血路，我们都很亢奋。然而下一秒钟，胜利的喜悦一下烟消云散。玻璃破碎声在走廊响起，有人打破窗户闯进屋里。佐山守在外面的同伙眼看情况不对，突然进攻了。

"快躲起来！"院长压低声音道。大家顿时手忙脚乱地寻找藏身处，但走廊几乎没地方可以躲人。脚步声从交谊厅的方向迫近。金村情急之下，打算去捡被踢飞的枪，却被院长抓住肩膀阻止。脚步声同时来到身边。眼下只有一个藏身处，我们手忙脚乱地躲进画的后面。

同一时间，门被推开。这是一幅巨大的画，但躲五个人和一只狗还是非常局促。我们紧挨着彼此，屏住呼吸。

---

① 舒可乐和氟哌啶醇都是精神镇静剂。

"佐山！"走廊响起浑厚的叫声，"喂，你睡个屁啊！别开玩笑了。"

耳边传来踢打佐山身体的声响。我趴在地上，从画的阴影处窥探外面。有个肌肉极其发达的彪形大汉一手拿着枪，毫不留情地猛踹着无力地昏倒在地的佐山。

那是金村记忆里自称"铃木"的家伙，他的本名叫作水木。水木继续将佐山往死里打，下手狠得一点儿也不像对待同伴。过了一会儿，水木宛如橡木桶般厚实的胸膛被怒气胀满。

"浑蛋！谁把佐山变成这样的？快给我滚出来！"

不就是你吗？听见水木野兽般的咆哮，我在心里毫不客气地反驳。

水木握着手枪，在走廊四下张望。看到他眼里失去理智的光芒，我全身汗毛倒竖。藏在画后面的我们全拼命屏住呼吸。隔着薄薄的画布，持枪男子就站在几步外，还是壮到根本不需要武器的家伙。但我们的武器顶多只有拨火棒，被发现的话就逃不掉了。

"这幅画是怎么回事？"

水木和佐山一样，都对这幅明摆着有鬼的画提高警觉。但水木不像佐山那么好对付，他压根不管画后有什么，举起手里的枪就对准画布。他打算直接用子弹确认后面有没有人，而不是靠双眼。

"菜穗，拜托你了。"我拼命发出言灵。

水木把食指扣在扳机上，准备开枪。这时，楼上发出哐啷哐啷的巨响。水木跳起来，面向楼梯，移动枪口。"谁在那里？"他的音量大到几乎撼动墙壁。他慢慢上楼，我压低身体，慎重观察他的姿势。水木的脚一级一级地踩在楼梯上。

"还没。"我用言灵对看不见水木的菜穗做出指示。"还没。"水木站在一楼和二楼间的楼梯口，窥看黑漆漆的二楼。下一秒，水木戒慎恐惧地踩上通往二楼的第一级。

"就是现在！"我对菜穗发出暗示。

"啊啊啊！"菜穗和护理长的叫声响彻云霄，紧接着一台机器从笼罩在黑暗中的二楼出现，然后顺着楼梯滚落。那是"移动型X光机"，它具有长颈鹿般的长手臂，可以透视人体。

"唔！"水木张开双手，想要接住朝自己滚下的机器。

不过，无论是肌肉再怎么发达的彪形大汉，也不可能接得住重量是人类好几倍，而且正以加速度往身上撞的铁块。水木和机器一起撞向楼梯口的墙壁，发出果实被压烂的声音。空气中响起"咚"一声闷响，我们胆战心惊地来到走廊。

搞定了吗？只见水木动弹不得。

成功了。我们又成功了！我激动地摇晃尾巴，"汪"地吠叫。

"太好了！活该。"内海大呼过瘾时，一阵风从脸颊掠过，后方墙壁顿时出现一道弹孔。冷汗顺着我的背脊往下流。

"王八蛋……居然敢这样对我。"

被X光机压倒在地，水木的脸被头上涌出的鲜血染红，他火冒三丈地举着枪，眼神疯狂地瞪着我们。我目瞪口呆。他居然还能动？这家伙的身体到底是什么做的？钢铁吗？

水木的枪口朝向我们，慢慢地爬出来。接着，好不容易挣脱的水木靠在墙上，他应该已经哪里受到了重创。

"我要杀光你们所有人，一个都不放过！"

水木龇牙咧嘴，满腔愤恨地怒吼，活像从地狱爬出的恶鬼。狗的本能催促我逃离现场，我努力停住想逃之夭夭的脚。怒气逼人的水木把在场的人全吓得动弹不得，我们活像被巨型肉食动物逼到墙角的动物。他的手指缓缓扣动扳机。

会被击中。

我这么想的瞬间，某种液体淋了水木一身。强烈的臭味刺激着鼻腔，我反射性地把脸转开。

"浑蛋！这是什么？"水木咆哮着往上看。

菜穗拿着水桶，她脸色苍白，颤抖地站在楼梯上。

"你这家伙！"水木的枪口对准菜穗。

"开枪的话你也会死！"

菜穗颤抖着尖叫。水木扣到一半的手指硬生生停住。

"你身上是汽油。要是开枪的话，你会变成一团火球！"

水木的脸抽搐了一下，闻闻袖子上的味道，牙齿咬得铿锵作响。仿佛想用视线将我们千刀万剐，他狠狠地瞪着菜穗和楼下的我们，把枪收进怀里。

这也是我想到的作战策略。利用紧急发电用的汽油阻止对方开枪，这么一来就能让最可怕的武器无用武之地，接下来再来想办法。但万万没想到，水木将手绕到背后，拿出插在裤腰的开山刀。挥舞着长度相当于人类手臂的刀，水木越来越像恶鬼。我们原本意气昂扬，转眼间就像被抽光气的气球，萎靡不振。

水木顶着一头被汽油淋湿的乱发下楼，打算解决我们，再处理菜穗。

"就算没有枪，把你们全部杀光也是小菜一碟。"

被水木充满杀气的声调吓住，我们节节败退。但已经无路可退了，被我夹在两腿中间的尾巴已经碰到画布表面。怎么办？我绞尽脑汁，必须突破眼前的危机，而且得马上想出办法来。越着急，脑袋越一片发热，思绪也更混乱。

当初的计划是利用二楼的重压攻击，至少摆平一个人，甚至两个人，没想到居然有人受到那么沉重的一击还能动，完全出乎意料。咦？视线一隅的金村摇摇晃晃地走到画后面又走出来。我发现金村手里的东西时，不禁瞪大眼睛。他拿着水桶，汽油几乎快要满出来。

我们事先把汽油装在有盖子的水桶中，分别放在护理站、交谊厅、食堂、画后面等好几个地方备用。现在把汽油拿出来做什么？水木已经浑身汽油了。

不理会我的诧异，金村不慌不忙走近下楼的水木。我想阻止金村，然而看到他气定神闲往前走的侧脸时，到嘴边的言灵便吞回去。情绪已从他脸上流失，面无表情的金村好似戴上了一层面具，不光是我，所有人都说不出话。

金村走到水木伸长手臂也无法将开山刀砍到他身上的距离，停下脚步。

"好久不见了，铃木。你还记得我吗？"金村表情镇定。

"哦……你就是金村吧？听到你的名字时，我不敢相信自己的耳朵。窃听器的性能不是很好，我以为听错了。没想到那只肥猪居然变成现在这副干瘪模样。怎么，你想先死吗？"

水木说到这里，厚唇突然不再喋喋不休。不晓得是因为被汽油刺痛，还是因为愤怒而充满血丝的眼睛突然瞪大。金村手里的东西是打火机，那是用来手动点火的装置。水木吓得往后退一步。

"你想干吗？那种百元①打火机，你一丢过来，火早就熄灭了。想要烧死我，你得再靠近一点儿才行，你有这个胆子吗？你再靠近试试看，我马上把你的头砍下来！"

水木大声叫嚷，高举着开山刀乱挥，然而已经感觉不到刚才全身上下每一个毛孔散发出来的疯狂，他甚至有些畏缩。双方胶着间，金村缓缓抓起水桶，将汽油往自己身上倒。

走廊上的汽油味更浓了。鼻腔里犹如有针在扎，我忍不住流泪，视线一片模糊。

"你、你这家伙，知不知道自己在做什么？"

金村超乎预期的行为，让水木皱起眉头。

"丢掉那把开山刀，趴在地上。"

金村用一点儿感情也没有，仿佛机器人朗诵文章的平板语调命令。

"别开玩笑了！你这个混账！"

"不肯的话我就自己点火，这么多的汽油，一定可以烧到你。"

———————————

① 为日元。

终于理解金村想做什么，水木发出"咿"的惊叫声。

"……办得到吗？要是这么做的话，你也会死的。"

水木一步一步往后退，不住咆哮。

"那又怎样？"水木退后几步，金村就往前走几步，一派云淡风轻。

"什么怎样……"水木被堵得哑口无言。

"你不知道吗？我就算什么都不做，再过几周也要死了，跟现在就死在这里有什么差别吗？比起这个……"金村宛如戴着面具的脸上终于浮现表情，那是般若①的表情，"如果拖着把我的人生搞得乱七八糟的你一起下地狱，也算了却我一桩心事。"

金村放在打火机上的大拇指突然动了，只要再往下滑落，烈焰就会热情地拥抱二人。

"住手！"

水木嘶喊的同时也扔掉刀。金村一脸无趣地停止动作。

"趴在地上，手放到背后。你要是敢轻举妄动，我就点火了。"金村轻描淡写地道。

水木一点儿也没有要违抗他的意思："我知道了，我知道了。你冷静一点儿。"

胜负已分。水木已经没有对抗金村的力气了，他庞大的身躯慢吞吞地趴在满是汽油的地板上，手交叉在背后。内海这才回过神，捡起掉在地上的封箱胶带，把水木交叉在背后的手绑起来。接着名城拿出注射器，在水木身上扎了一针。

针头刺进臀部时，水木一动也不动，只低声惨叫。

"真是有魄力的虚张声势。"我用言灵对把打火机放回口袋的金村说。

"虚张声势？"金村擦去脸上的汽油，不可思议地反问。

"不，没什么。"这家伙……认真的吗？

---

① 日本传说中的一种怨灵类鬼怪。

"大家没事吧？"

一直在楼上观察情况的菜穗和护理长一起下楼。医院成员都围着因镇静剂生效而缓缓闭上红肿双眼的水木。每个人脸上都浮现疲劳，但都露出笑容。

这么一来，大概只剩下一个人——集团的老大近藤。接下来再想办法摆平近藤，就能平安无事地迎接黎明曙光。剩下一个人了，我重新打起精神。就在这时，背后传来脚步声。我没想太多，转身望向身后的走廊，思考瞬间画下休止符。

"了不起的团队合作啊，诸君。"

最后的一人站在走廊的中央，枪口对着我们，乐不可支地说道。

第七章

死神的圣诞节

うんめい

1

"各位，请不要动。别看我这样，我对我的射击技术很有自信的。"

猝不及防的状况令我们呆若木鸡，近藤环视我们后调侃道。手枪在昏暗的紧急照明灯下反射出触目惊心的寒光。

"什么时候……"名城发出呻吟。

我们把水木绑起来的时候，近藤一定正从玄关处察看房内状况，等我们集合起来，他便大摇大摆地从门口进来。当我们为制服水木而欢天喜地时，他就神不知鬼不觉地到我们身边。

我们束手无策地呆立当场，仅有金村一点点地往前动。佐山遗落的手枪就掉在几步外。金村躬着身子，打算冲过去捡起枪。下一瞬，撼动墙壁的巨响传遍走廊。金村发出一声悲鸣，当场跌倒在地，抱着自己的脚。

"如何？我的技术不赖吧。"手里的枪还在冒烟，近藤愉悦地说。

"没有伤到骨头，但动脉可能断了。"

"得压迫止血才行！把手帕给我！"

院长和名城快步走向金村，紧急处理腿部伤口。

"金村，你可要感谢我。就算你把枪捡起来，满身是油的你胆敢开枪，所有人都要陪你一起下地狱了。"近藤扯着薄唇笑了。看见金村散发杀气的眼神，近藤装模作样地说："哇，我好怕。"然后，近藤将视线转向拼命为金村止血的院长。

"院长大人，都是你不好，要是你肯乖乖地把医院交给我，我也不用使出这么乱来的手段了。"

近藤打心里感到遗憾似的道，再望着菜穗。

"小姑娘，不好意思，可以请你用那边的封箱胶带把其他人的手绑起来吗？其他人请靠在墙边排排坐好。"

近藤晃着枪，极为殷勤地道，一副仿佛随时要单膝跪下、俯首称臣的乖顺模样。表面功夫的绅士风度着实令人作呕。菜穗不知所措地看着大家。近藤平和的语气仿佛在说"你的肩膀上有灰尘"，菜穗无可奈何地捡起封箱胶带，抱歉地捆绑大家轮流伸出的双手。

"请在三分钟内把所有人绑起来，时间一到我就要对没绑起来的人开枪。"

"医生们也是。"遵照近藤的指示，菜穗犹豫不决地靠近父亲和恋人。两人点头示意并伸出双手。菜穗用封箱胶带在两人手上绕几圈。"话说回来，既然你们都把那两个人抓住了，就要给致命的一击。这么一来，我也可以分到多一点儿钻石。"近藤盯着菜穗把所有人的手绑起来，捡起走廊上和水木怀里的手枪，然后塞进西装口袋里说道。他的语气像在开玩笑，但双眼冷漠。他说的是真心话，是真的遗憾同伴没死。如果说水木全身带着熊熊燃烧的癫狂之气，这个男人则笼罩在寒冰般的癫狂里。

我试图和近藤四目相交。这家伙的灵魂肯定比佐山还要强韧许多！但只要我拿出真本事……"汪！"我试着拿捏着不会挨子弹的程度小声吠叫。近藤转向我。我和近藤的视线对上了，趁现在！没道理放过千载难逢的机会。我全力干预近藤的灵魂。

只要催眠，控制他的行动，一切就解决了。

"呜……"但我发出微弱的悲鸣。像是脑震荡般，我腿一软倒在地上，全身就像泡在冰水里，一股恶寒流窜至四肢百骸。

怎么回事？我一头雾水地望着近藤。不是灵魂强不强韧的问题，这个人的灵魂……太肮脏了。试图接触这家伙灵魂的瞬间，毒液般的污秽仿佛逆流而来。我无法接触这样的灵魂，一个搞不好，反而是我会被对方的情绪附身。

"这家伙根本一点儿用也没有嘛。"近藤有些不解地将视线从我身上移开，扬起利刃般单薄的嘴角，接着把枪口朝向软弱无力、呼呼大睡的佐山。大家都明白，他真的会扣下扳机。近藤的疯狂让空气冻结。

"绑好了。"近藤扣下扳机前一刻，菜穗终于把咬紧牙关、忍受痛苦的金村双手绑好，拼命大声说。她的音量让近藤抬起头，表情就像对坏掉的玩具失去兴趣，瞬间把倒在地上的佐山忘得一干二净。

"辛苦你了，小姑娘。接下来有点儿事情想请教你……"近藤的眼神里掠过野兽般的欲望，"你找到钻石了吗？"

菜穗偷偷地向我投来求救一瞥。我脑中一片空白。该怎么做？该怎么回答才好？老实说"这里根本没有宝石"，近藤也不会相信。

"……你这句话是什么意思？"最后，菜穗以小到几乎听不见的音量回答，额头冒出汗珠。

"请不要跟我打马虎眼了，我从窃听器里听到了。虽然性能不太好，听不清楚，但我的确听到你们在讨论钻石。你们还提到什么土地神来着，不晓得在说什么，是奇怪的宗教吗？"近藤挖苦似的说道，摇晃着手里的枪。

"我们的确在找钻石，可是……没找到，钻石根本不在这里。"

"不可能，我很仔细地调查过。这栋洋房里的大富豪在二战结束前把所有财产都换成钻石，打算逃到国外。可是出发前，房子受到空袭，大富豪死了，大家以为钻石跟着烧光了。但是，钻石并没有真的烧光，被那个小鬼找到了，而且不止一颗，是一大堆。"

近藤心情大好地大放厥词。他调查得很仔细。要查得这么详细，肯定花了不少工夫。近藤的执着令我咋舌。

"那是你……误会了。"金村艰难地将衣服按在腿上止血,挤出声音。

"你在说什么,金村?"近藤冷若冰霜地望向金村。

"其实只有一颗钻石,其他都烧掉了。仅有的一颗也被我在中国香港卖掉了,你长达七年的伟大计划最终还是落得一场空。"

金村痛得表情扭曲,但还是从喉咙里发出难听的笑声。

"你就只得到一颗我送的子弹。虽然没那么值钱,但也不容易到手。"

"金村,你太油嘴滑舌。"

近藤眯着利刃般的双眼,大步走向金村,一脚踹向他的嘴。随着一声钝响,金村的头撞向身后的墙壁。他靠在墙壁上,软弱无力地往下滑。

"谢谢你啊!托你的福,我想起来自己的肩膀是被谁射中的了。拜你所赐,现在只要天气一冷,就痛得不得了。"

近藤把枪口对准金村,松开保险装置。

"住手!"金村旁边的名城下意识地想要站起来。

"不准动!"近藤大声咆哮地移动枪口,扣下扳机。子弹擦过名城的手臂,把背后的墙壁射出碎片。菜穗发出一声尖叫。名城白大褂的袖子逐渐染红。

"给我坐好。再吵就打爆你的头。"近藤将枪口贴在名城的眉心,再次把手指放在扳机上。

"我带你去放钻石的地方!"菜穗大叫。

"……你刚刚说什么?"近藤转向菜穗,换上殷勤的态度。不过,血丝像纵横交错的蜘蛛网满布双眼,将恶劣的本性显露得一清二楚。

"我知道钻石藏在哪里。我这就带你过去……所以请别开枪。"

菜穗低下头,嘴里无比苦涩。菜穗当然不知道钻石藏在哪儿,这只是争取时间的虚张声势。她想必也不知道之后如何是好。

"钻石在哪里?"近藤露出贪婪的神情,兴奋得满脸通红。

"……在地下室里。"菜穗打算利用近藤想要的答案争取时间。

"果然没错,我也觉得在地下室里。"近藤龇牙咧嘴地展颜一笑,"你马上就把钻石拿来，马上！"

菜穗求助地看着我们。

"请放心，小姑娘，我的目的只是钻石。拿到钻石，我对你们就没兴趣了。我会自动消失，不会伤害任何人的。当然还不能让你们松绑就是了，不过等到明天早上，自然会有人发现你们。这么一来，谁也不会送命了。"

近藤误解了菜穗眼中不安的原因，笑嘻嘻地安抚。狡猾的浑蛋，居然利用这种微茫的希望巧妙操纵别人，这明摆着是有毒的诱饵。无论结果如何，近藤都会杀死所有人。他连自己的同伴都不放过。

我绞尽脑汁地思考对策，即使脑子已经十分疲劳。我一定要好好动用我聪明的脑袋。突然，我注意到一件事。走廊半空飘浮着淡淡霞光，是上司和同事。直到刚才都还不见踪影的两位死神，现在跑来凑什么热闹？再仔细一看，不只是我的上司和同事，还有三个魂魄亦步亦趋地依偎在上司身边。

他们是以前被近藤杀死的一家人。

我越来越摸不透上司的葫芦里卖的什么药。不过也没闲工夫思考他来干什么，得先想办法解决眼前的困境。该怎么做才能帮助菜穗？现在最能打破僵局的方法是什么？我的大脑以前所未有的速度飞快运转着，眼下正是发挥实力的最佳时机。下一瞬间，一道强光闪过。就是这个！只能这么做了！

"菜穗，带近藤去地下室。"我发出言灵，菜穗惊讶地看着我。"别担心，我有妙计，而且……我也会一起下去。你就放心地把一切交给我。"

"李奥……"菜穗紧绷的表情微微放松。

"准备好了吗？仔细听清楚……"我抛出这样的开场白，对菜穗和其他三名患者发出言灵。南、金村、内海以及菜穗的视线虽然还是望着近藤，但注意力集中在我身上。我通过言灵，静静说出最后的作战计划。

"你在发什么呆啊？"近藤尖锐的语气刺向注意力集中在言灵上的

菜穂。

"啊，抱歉。"菜穂连忙把背挺直。

"快点儿把钻石交给我，小姑娘。我们之后就会撤退了。这对彼此都有利不是吗？"

这个男人脸皮到底多厚啊？近藤实在太下流了，我有股想吐的冲动。

"我知道了。我这就带你去地下室。楼梯就藏在那幅画的后面，下去就是地下室。我来带路，请跟我来。"菜穂吞吞吐吐地说明。

近藤目光锐利地望向那幅画，对菜穂说："你拿上来给我。"他又把枪口瞄准院长等人，"把那幅碍眼的画移开。"

可恶！这家伙不打算跟来吗？他不来，计划就泡汤了。近藤以为走廊上的人会趁着自己去地下室时逃走。菜穂求救地看着我。别担心，我有办法。

"告诉他地下室有可以逃到外面的秘密通道。"

不明白我的用意，菜穂小小地"咦"一声。

"别管那么多了，照我说的话做！"

"那个……那个……地下室里……有可以逃出去的秘密通道。"菜穂没头没脑，念台词般地照我的指示说。

伤脑筋，就不能先来段开场白吗？算了，事到如今随便怎样都好……

果然不出我所料，近藤出现了明显的反应，他表情呆滞。这个人在想什么再清楚不过。他担心菜穂进到地下室后，直接拿了宝石就逃之夭夭。菜穂怎么可能只顾自己逃走？但近藤可不这么认为。在他的观念里，人类为了自己，什么事都做得出来。

在近藤的枪口下，院长他们努力用绑着封箱胶带的手，把画推到一边，露出壁钟。

"往地下室的方向前进。"

"咦？"我的指示又让菜穂发出困惑的声音。

"相信我。现在马上往地下室的方向前进。"

菜穗的视线在我和壁钟间来回几次，下定决心地将嘴唇抿成一线，她把壁钟往旁边推。巨大的时钟顺势滑开，露出通往地下室的楼梯。

看到菜穗准备下楼，近藤发出"啊"的惊呼。

"别回头，就那样往下走。"我穿过近藤脚边到菜穗身边。菜穗不再犹豫，遵照我的指示一步一步下楼。

赶快出声阻止啊！不然就太迟了！菜穗可能会带着宝石逃跑！我把所有的注意力都集中在背后的近藤身上，和菜穗一起下楼。一级、两级、三级……背后还是无声无息。行不通吗？我失败了吗？心脏像被紧紧握住，喘不过气。

"等一下。"我几乎放弃时，近藤焦虑地从背后追上。

"汪！"上钩了！太过高兴，我不小心吠一声。菜穗和我同时停下脚步。

"我也去。"近藤瞪着我们，脸色难看得像是吃坏了肚子。事情只要不在自己的掌握中，他就会火冒三丈，刚才那种眉飞色舞的态度宛如幻影般消失无踪。

院长想站起来，就被近藤用枪口吓阻。让女儿和劫匪一起进地下室，父亲一定紧张得心脏快要停止。院长恨恨地咬紧牙关。

"请不要想逃。万一我上来的时候发现少了任何一个人，令千金就没命了。院长大人，请帮我好好监视大家。"近藤迁怒似的威胁院长。这根本不用叮咛，谁也不会扔下菜穗。何况，他们接下来还有更重要的任务。

近藤又转过来瞪着我："这只狗又是怎么回事？"

怎样？连我也要迁怒吗？

"他和我形影不离，是我很重要的……朋友。"

菜穗站在我和近藤中间想要保护我。我自己也不明白为什么，但菜穗称我为"朋友"的瞬间，胸口突然点亮一盏温暖的烛火。

我对上菜穗的视线，不约而同地用力点头。

"不行，狗很碍事，让它在走廊上等……"

"菜穗，我先下去等你们。"

不等近藤说完，我留下言灵走向阴暗的楼梯，接着一鼓作气地冲到最底下，从微开的门缝钻进地下室。接下来的作战策略少了我可不行，何况……菜穗都说我是朋友了，我怎么可以丢下她不管。充斥在心中的不安，如今像被冷风吹散的尘埃，消失无踪。

2

地下室冰冷的空气夺去身体的热度，脑细胞也冷到清醒过来。我吐出一口气，冷静到连自己也吃惊的地步。在乌漆抹黑的地下室里，我抬头看向天花板。有人已比菜穗和近藤先进到地下室。宛如从墙壁晕染出来的淡淡霞光乍现眼前，他们是上司和同事，旁边则飘着三个人的魂魄。

真是的，他们的目的到底是什么？

我还是搞不懂上司的想法，但已经没有焦躁的感觉了。

"要是你们真的那么想看到最后，就待在那边看仔细了。我知道自己将会受到吾主的斥责，但现在请不要妨碍我，静静看到最后吧。"

我把自己的决心寄托在言灵上。被我的热情打动了吗？还是对我失去兴趣了？上司他们一点儿反应也没有。我把注意力从上司他们身上移开，集中精神。因为我和菜穗接下来要执行的作战计划，是不折不扣的赌命行为。皮鞋踩在楼梯上的声音逐渐逼近，门伴随着倾轧声打开。

终于到这一刻了。菜穗走进地下室，手伸向电灯的开关。

"不要全部打开。稍微暗一点儿比较好办事。"

菜穗察觉到我的意图，只按下三个电灯开关中最下面的按钮。深处的电灯亮起，照亮室内。或许因为切换成紧急电源，光线比想象中还微弱许多。

"好暗。"近藤抱怨。

"因为切换成紧急备用电源的关系。"菜穗轻声回答，继续前进。近藤也跟着进房间。很好，目前都跟计划一样。

"这个房间干吗用的？"近藤摸了摸儿童床，自言自语地道。

"这里是……小孩儿房。"菜穗平板地回答，"你杀死的那孩子的房间。他在这里去世。"

"那个恶心小鬼的房间吗？原来如此，原来当时他就是逃进这里了。"近藤一点儿也不内疚，打量着每一个角落。

"是你……打中那个孩子的吗？"菜穗隐隐带着怒气。

"我没故意瞄准他。他看到我们从窗户闯进来的时候，和母亲一起逃跑。我只是开枪吓吓他，好像还是不小心射中了。没想到他会躲在这个地下室。对了，这么说来，那个母亲在死的时候，的确紧抓着那座壁钟不放。"

受到攻击，母亲连忙把孩子藏进这个密室吗？但已经被子弹打中，重伤的孩子独自咽下最后一口气，母亲则在壁钟前被射杀，因此留有弹痕。

"为什么……你只要拿到钻石不就好了吗？"菜穗的声音不住颤抖。

"当时我看到小鬼手里拿着钻石，因为我开枪，小鬼才丢下钻石逃走，就结果来说是正确的判断。"

"正确的判断？"菜穗隐含的怒气不断升高，"杀害小孩儿算什么正确判断？"

"别说了！别再刺激他了！"

我努力让菜穗冷静。这时刺激近藤一点儿好处也没有。

"我跟你下来这里并不是要和你讨论这个问题。"近藤不耐烦地啐一声，枪口指着菜穗的眉心，"所以呢？钻石在哪里？"

菜穗并未将视线从枪口移开。这么娇小的女孩儿毫不退让地望着大家都害怕的武器，让近藤的嘴唇丑恶地扭曲。

"钻石在哪里？"近藤的怒吼仿佛让砖墙震动。

"菜穗……"时间仿佛冻结。我连呼吸都忘了,屏气凝神地注意进展。近藤放在扳机上的食指越来越用力。失败了吗?我不禁闭上眼睛。然而,枪声没有响起。我提心吊胆地睁开眼睛。

近藤放下手枪,呼出一口气,展颜一笑。

"小姑娘,再僵持对彼此都没好处不是吗?对你来说,最重要的是这家医院里的人命不是吗?请你赶快把钻石交给我,我也赶快从医院消失,谁也不会受到伤害。"近藤诌媚地劝说。

"我知道了。我现在就拿出来,请你在这里等一下。"

菜穗依旧以缺乏抑扬顿挫的语气说道,她走向靠近入口的藏着保险箱之处。菜穗跪下来把当障眼法的砖块拔出来。

近藤"哦"地发出期待的叫声。

"呜……"我凑到菜穗身边,发出细细的叫声。

"不要紧的,李奥。你别担心,很快就结束了。"菜穗的双手绕在我的脖子上,温柔地轻声细语。我清晰地感受到菜穗的体温。

没错,不要紧的,一切都在按照计划进行。

"动作快一点儿。"近藤不耐烦地催促菜穗。

"好。"菜穗松开我的脖子,凝视着我的瞳眸深处。

"上吧!我们一定能成功的。"

菜穗用力点头回应我。她的双手仿佛被吸进砖块的缝隙里般摸索着。几十秒后,她抽回手,双手紧紧地交握着。"就是这个。"菜穗把合十的双手摊开在近藤眼前。在宛如花蕾绽放的掌心里,十来个透明结晶在灯光下微微反射着光芒。

近藤一把抓住结晶。

"就是它!就是这个!我终于找到了!花了七年……终于……"

近藤注视着透明结晶,露出恍惚的表情。就是现在!现在是唯一的机会!

"快跑!"我的言灵就像起跑的枪声,菜穗转了个身冲上楼梯,我也迅速地跟在她背后。被手中光芒迷得神驰心往的近藤倏地抬头，不过慢了一步，我们已经冲上楼梯。近藤想要追击我们时，一个结晶从手中滑落，他连忙弯腰捡。

"慢着！"他的声音从背后传来。哪个笨蛋会因为这样就停下来。

"关门！""把门关上！"当我们跑到楼梯一半时，菜穗的叫声和我的言灵同时响起。同时，楼梯入口处的壁钟开始移动，那是留在走廊上的大家一起推的。如果顺利，就可以只有我和菜穗逃出去，把近藤关在地下室。这就是我的作战计划。这个地下室原本就是一个隐秘的金库，只要从外面用力关紧，应该可以把近藤困在里面。我和菜穗一心一意地冲上楼梯。

剩一点点了。

"啊！"仅剩几级阶梯时，菜穗突然按着胸口，屈膝跪倒在台阶上，脸色痛苦扭曲。我连忙紧急刹车，走近菜穗的身边。心脏痛吗？偏偏在这个时候吗？

"汪！汪！汪！"我用尽吃奶力气狂吠。枪声在狭窄的地下室里回荡，子弹弹跳在我身边的墙壁上。再这样下去，同事的预言就会成真。绝望在我体内放肆地蚕食。

"都给我站住！"近藤的怒吼和踩得声响大作的脚步声传来。已经没救了吗？作战失败了？正当我感到绝望时，一道人影从关上一半的入口探进。

"菜穗！"名城冲下楼梯，将被封箱胶带绑住的双手伸进菜穗的身体底下，轻易把她抬起来。他看似弱不禁风，体内竟然藏着这么强大的力量，这就是所谓的肾上腺素爆发吗？

我跟在沿着楼梯往上爬、满脸涨红的名城后方。近藤的脚步声已经逼近，我连回头的余力也没有。名城抱着菜穗冲出去，我也紧跟着。壁钟慢慢地移动，准备把出口封闭起来。我滑进只能勉强把身体挤进去的空隙，视野一阵开阔。见我也冲出来，把手放在壁钟上的院长、南、内海打算一口气将出口关闭。

成功了！我办到了！正打算喜悦地吠叫时，我的身体仿佛撞上一堵肉眼看不见的墙壁，暂停在半空，然后被猛力地往后拉扯。菜穗睁大眼睛，向我伸出双手。

然而，她的指尖终究没能碰到我。

啊……壁钟发出沉重声响，出口在我茫然的眼前应声关上。

"王八蛋！"近藤嘶哑着声音咆哮，手里紧紧地拽着我的尾巴。

啊啊，原来如此。最后关头，近藤抓住我的尾巴，硬把我扯回地下室。近藤放开我，扑向出口。我冷冷地欣赏近藤死命抓着门扇，想要把门打开的样子。那里有个小小的门把，但院长他们一定从外侧拼命压住了。要把沉重的门板推开不是件容易的事，近藤的指尖已经微微地渗出血。

算了，结果还不赖不是吗？我动着被拉扯得疼痛不已的尾巴。确实，如果我也逃出去，计划才算完全成功；可是至少保住菜穗他们那么多条命的目的达成了，说是作战策略成功了九成也不为过。不愧是我想出来的作战计划，缜密又周详。再过几个小时，关在这里的近藤就会被警方逮捕，这家医院的人也可以从近藤手中捡回一条命，可喜可贺，还有比这个更完美的结局吗？

什么？我吗？我嘛……大概会被杀掉吧。

自己的计划因为一瞬间的大意而全盘皆输，近藤大概会杀死我以泄心头之恨。我没有对抗他的手段了，或许咬近藤一口可以稍微报个一箭之仇，但那是无谓的抵抗。与其做出咬人这么野蛮的行为，高贵的我宁愿干脆死亡。

"混账！混账！混账！"近藤发狂似的对着紧闭的门狂敲猛踹，可惜门板纹丝不动。地下室本身就是盖来保护身家财产的金库，哪这么轻易被破坏。

近藤向门板举枪，连续扣了好几下扳机。枪声在狭窄的地下室里回荡着，硝烟的味道弥漫。然而，子弹虽然陷进门板，终究未能射穿。这扇门比想象中还要坚固。

尽管射光所有子弹，近藤还继续扣着扳机，发出"嚓嚓"的空响。

嚓！嚓！嚓！嚓……

空响的间隔拉得越来越长，近藤持枪的手终于无力地垂下。

"可恶！好不容易拿到钻石了……"近藤缓慢地将子弹填入射空的弹匣里，憎恨地喃喃自语，然后将一双手伸进口袋里，拿出透明结晶。注视着结晶微弱反射出的透进地下室的昏暗光线，近藤的表情放松了。对他来说，那些结晶似乎具有安定神经的效果。

还真有用呢，这玩意儿。我都快要笑出来了。不对，要是我有人类的声带，此刻肯定已经哈哈大笑了。因为近藤视若珍宝的紧盯不放的那些透明结晶根本不是宝石。

那是我项圈上的玻璃珠。没错，就是镶在菜穗买给我的没品位项圈上的玻璃珠。

菜穗在地下室把手绕到我脖子上的时候，也解下了项圈偷偷藏着，再把手伸进保险箱，把玻璃珠拆下来，假装刚从保箱里拿出来。只要仔细一看，近藤或许就会发现那仅是便宜的玻璃珠，但地下室灯光昏暗，他几年来杀红眼寻找的宝物终于出现，这种亢奋的心情蒙蔽了他的双眼。

"只要有这个，我就可以为所欲为了……好不容易终于弄到手……"近藤闭上双眼，爱怜地将玻璃珠捧到脸颊上磨蹭。

"噗！"我终于忍不住发出嘲笑。原来狗也会扑哧一笑啊！近藤充满杀气的眼神狠狠地瞪着我。虽然不同于人类的嘲笑，但他似乎发现我在嘲笑他了。下一瞬间，皮鞋尖锐的鞋头陷进我的侧腹，体内响起肋骨折断的恶心声响。一口气喘不过来，胃酸逆流到口中。近藤对倒在地上的我补上第二脚。铁锈味在嘴里扩散，被踢断的牙齿顺着阶梯往下滚动。

"呜……"我发出难为情的呻吟。不行不行，我身为高贵的存在，怎么可以发出这么丢脸的哀号？我用力闭紧嘴巴。近藤继续对我狂踢猛踹，一脚、一脚，又一脚……

他每踢一下，我就承受一次锥心难耐的痛楚。我已经搞不清楚自己是否发出痛苦的哀鸣。血液流进眼睛里，原本就很朦胧的视线染上红色。

微微的霞光映入几乎失去视力的眼里。是上司他们。为什么？他们还在这里做什么？我承受着近藤的踢打，思考这个问题……原来如此。

我终于明白上司特地降临人间的理由了。

上司肯定是来当"引路人"的，引导对象不是人类，而是我。

过去从未有过封印着死神的生物死掉这种事吧？上司正是为了处理这种没前例可循的状况亲临现场，不是吗？我就要死在这里了吗？当狗的肉体走到生命终点，我就会被解除封印，而上司就是来这里将我带去吾主身边接受责罚吧！我会受到什么处罚呢？我会灰飞烟灭吗？还是只给我一点儿小惩罚呢？我居然不会不安，不可思议。

我还是完成我的任务了。

完成吾主命令我防止这群人变成地缚灵的工作，以及由我自己的意志决定要从近藤手中救出菜穗他们的使命。

温暖的满足感从折断的肋骨间涌出，全身的疼痛竟仿佛不药而愈。

倘若吾主愿意法外开恩，准许我重回引路人的工作岗位，我想拜托他让我在几个月后回来迎接菜穗的魂魄。这个女孩儿不仅救了我的命、照顾我，还称我为"朋友"。我会用我最大的诚意为她引路，而不像以前那样机械地带路。对了，既然如此，干脆就连其他三个人也由我带路吧！

"听见了吗？"近藤痛殴我一顿后，气喘如牛地对着门口咆哮，"现在马上把这门打开！否则我就把这只狗剁成肉酱！"

说什么蠢话？我是只狗，为了救一只狗，要拿七条人类的性命来交换，这么不划算的交易怎么可能成立？这用膝盖想想就明白。门外毫无回音，这让近藤失去了耐性，他从口袋里拿出小刀。透进地下室的幽微光线在刀身上反射出妖冶的光芒。

原来如此，要用那个把我剁成肉酱啊？我没有被刀子割过的经验，一定很痛。

"限你们十秒把门打开，否则我就先切下这条狗的尾巴，再剖开它的肚子。"

近藤将刀锋靠近我的尾巴。我已经没力气逃跑了。金属冷冰冰的触感连我内脏的温度都要夺走。

"一、二、三……"近藤开始数起行刑时间。

唉……砍几刀才会死透呢？我能忍住不要叫出声吗？为了不让门外的人产生不必要的罪恶感，我想安静地死去。

"……七、八、九、十。时间到！"

不用喊成这样吧？门哪可能打开。你剩下的人生就跟这座地下室一样，坠入没有出口的黑暗里。你就拿我的身体尽情泄愤好了，我做好心理准备了。

近藤低咒一声，握着刀的手开始使劲，尾巴的皮肤破裂，与被踢的时候截然不同的尖锐疼痛刺入我的大脑。为了不发出哀号，我咬牙忍耐，几乎要把牙齿咬断。反正所谓的"疼痛"只是将身体的危机传送给大脑知道的信号而已，高贵如我应该撑得住。没错，应该撑得住的……

我全身僵直地等待剧痛撕裂大脑知觉。然而，我一等再等，电击般的疼痛不曾刺穿我。我睁开紧闭的双眼，眼前画面难以置信，我目瞪口呆。

我以为是幻觉，多么希望是死前的幻觉。可是当我看见近藤勾起薄如利刃的嘴角时，我的希望粉碎了。虽然有些迟疑，但门确实在我眼前打开了。到底在搞什么啊？

"汪！"我惊异地吠叫。

"很好，很好。"近藤把小刀收进口袋，把枪拿在手上低语。

"住手！不准开门！"我连忙用言灵送出制止的话，"我不是说我本来就是相当于灵体的存在吗？就算狗的身体死掉，我也只是回到原来的地方而已，赶快把门关上！不用管我！"

菜穗和患者应该都有接收到我的言灵，可是门还继续打开。"我叫你们住手！没听见吗？也不想想我到底为谁这么努力地完成计划！"我拼命地送出言灵。

"不可以……"金村细如蚊蚋的声音传来，"要是对你见死不救，我永远不会原谅自己的。"

"你知不知道你……在说什么啊？"我错愕地低语。这太不合逻辑了。我自己都说没关系了……

"所剩无多的人生，我不想再后悔了。而且李奥，我还没报答你的恩情啊。"南的声音接下去道。

"那是我的工作，你不需要觉得欠我什么。"

"如果眼睁睁看着你被杀，我一定会又创造不出色彩了，绝对不可以死啊。"这次是内海。

"你们到底在说什么啊？一点儿逻辑也没有！"

"有没有逻辑根本不重要好吗？"菜穗坚定的声音一路传到楼梯。

"我只是来救我的朋友。帮助朋友还需要什么理由吗？"

门完全打开。菜穗站在门口，脸上浮现笑容。

我一句话都说不出来。菜穗他们的话一点儿逻辑性也没有，但为何完全无法反驳呢？他们的行为是错的，是我最讨厌的那种人类经常会出现的不合逻辑的行为。然而，尽管如此，为何我会高兴得浑身打战呢？我到底吃错什么药了？

"你们在嘟嘟囔囔地说些什么？少废话，全给我退开。"

近藤将手枪对着菜穗，语带威胁。或许害怕门再度关上，这次他没开枪。菜穗依言后退。近藤握着枪，一步一步上楼，消失在门外。

我拖着痛不欲生的身体，拼命爬上楼梯。菜穗、南、金村、内海、院长、名城六个人直挺挺地站着，唯独不见护理长，而且所有人都松绑了。近藤把枪口对准他们。

"那个护士跑哪里去了？"

近藤望向走廊，绅士面具已然剥落，露出野兽般赤裸的本性。

"开门以前，我们先让她逃走了。"院长沉稳回答。

近藤顿时不悦地咂一下嘴，看着院长。

"院长，你为什么要把门打开？我其实不抱希望。"

"这是菜穗和患者的心愿。"院长以一如往常的语气回答。

"你不是医生吗？保护患者的安全不是你的工作吗？就算他们要求也不会开门才是专业判断吧？"

没错，正是如此。院长应该要阻止菜穗他们。

"这里不是一般医院，是为了让患者平静度过最后一段时光的医院。我万一对金毛寻回犬见死不救，患者接下来可能会过得很痛苦。"

"哈，还真是伟大呢！"近藤无法理解地连连摇头。我也有同感。这位院长至今总能做出理性判断不是吗？为什么这次偏偏……

"更何况……"院长看了从地下室爬上来的我一眼，"这只狗也算是本医院重要的成员。"

连院长也……这位几乎不曾表露情绪的院长也这么看待我吗？我觉得人类的感情危险又无聊，真的有够无聊的，可是胸口逐渐温热起来。

"难为你了，居然被卷进这种事里。你一定很想把门关起来吧？"近藤对名城泼冷水。

"我也是这家医院的医生。如果菜穗希望，我会尊重她的意思。"

"什么，原来你们是这种关系啊？还真是羡慕死我了。"近藤对名城充满正义感的回答嗤之以鼻，玩弄众人似的摇晃着手枪，被枪口轮番对准的人无不全身僵硬。

"你想要的东西不是已经到手了吗？应该不需要再继续留在这里了吧？快滚出去。"

院长带着魄力对径自摇着手枪的近藤呵斥。

近藤忍不住笑着说："我最初打算这么做，但……我改变主意了。

敢把我关在那种不见天日的地下室里，这个仇不报怎么行？我要你们所有人都去死。"

事情果然还是变成了这样吗？同事看到的未来果然不可逆吗？绝望从全身每一个细胞冒出来。我紧紧闭上双眼，不想看见接下来的悲惨画面。

"怎么啦，my friend？你要放弃了吗？"

突如其来的言灵，令我惊讶地抬起头来，只见同事浮在半空中看着我。

"为何事到如今你才出声？"

"出声问候同伴，有什么好奇怪呢？"

这次是同事旁边的上司对我发出言灵。现在是怎样？上司和同事不是为了见证我和菜穗他们的死亡，将我们引领到吾主身边才来吗？

"我一直在跟你说话，是你一直不理我好吗？"

"我可是特地降临到这个人世间来看你新工作做得如何呢！要是我一直给建议，不是很扫兴吗？也怕让你心里不舒服。"

出乎意料的回答令我瞬间忘了肉体的疼痛。

"你不是来等我肉体死去，封印解除后，把我带去吾主身边吗？"

上司一脸不以为然地飘着。要是他有肉体，或许还会大大叹气。"你说什么啊？为何当你解除封印时，我还得特地来迎接你不可？你不会自己回去吗？"

"既然如此，你现在为什么又开口说话？"

"因为你实在是太没用啦，my friend！真令人看不下去。"同事代替上司回答。

"真是的，亏你还是我的部下，怎么这么轻易放弃？"上司和同事一个鼻孔出气。

"那你认为在这种状况下，我还能怎么样呢？我们不是没办法直接攻击人类吗？"

我有些不耐烦，没好气地抛出言灵。

"你不会自己想吗？我可不是来帮助人类的。人类的死活又不关我们的事。"上司说道。

没错，这才是死神正确的立场。可是我……

"可是你不一样吧？你想救这些人吧？既然如此就给我努力到最后一刻！"

上司对我当头棒喝，然后就像挣脱掌握的气球般轻飘飘地飘远了。

我还能做什么？我转回正前方，用力睁开双眼。

"首先从骗了我的你开始吧！小姑娘。"

枪口对准菜穗的胸口。近藤的眼神满溢着深沉的杀人欲望，手指扣动扳机。院长和名城要保护菜穗，抢着挺身挡在她前面，菜穗拼命地阻止他们。

如果说还有什么是我现在可以做的事……是这个吗？

我摇摇晃晃地走到近藤脚边。近藤沉溺在深不见底的冲动里，并未留意到我靠近。我把力量蓄积在四肢，一阵剧痛袭来，我怀疑身体要四分五裂了，但我还是咬紧牙关忍耐。下一个瞬间，我瞄准近藤的手臂，用尽全身力量飞扑上去。

就把他的手臂想象成泡芙好了！我告诉自己，凑近近藤持枪的手。

"呜！"我全神贯注地咬住近藤。同一时间，近藤扣下扳机。但因为我飞扑上去，枪失了准头，只射中了走廊上的观景盆栽。

"哇啊啊啊！"近藤发出野兽般的号叫。

唉，我终于还是走到这一步了。高贵如我，居然采取卑劣到极点的攻击……但实在没办法，我如果不这么做的话，菜穗就要被杀了。正所谓一不做，二不休，我把全身力量集中在下颚，尖锐的牙齿突破衣袖，刺进肉里，腥膻的铁锈味在口中扩散。

我忍住欲呕的冲动，死命咬下去。牙齿的尖端碰到某种坚硬的物体，似乎咬到骨头了。或许是疼痛难耐，也或许是神经被我的牙齿咬断，近藤丢下了手枪。

"放开我！"近藤左手握拳，一拳捶在我的眼角。眼前顿时满天星光，下一瞬间，视线一片白茫，嘴角不禁失去力气，用牙齿挂在近藤身上的我顿时失去着力点，重重摔在地上，底下响起"啪嚓"的怪声。

啪嚓？什么声音？身体底下湿湿的？我意识朦胧地抽动鼻子，嗅闻着沾到的液体。利刃般的刺激臭味直冲脑门，让原本笼罩在一层薄雾里的意识清明过来。是刚才金村泼洒的汽油。我猛然发现手枪就掉落在我面前，连忙重新调整姿势，打算把枪叼走。只要抢下这玩意儿，近藤就无法伤害任何人了。不过，近藤貌似还有两把枪来着？不管了，把眼前的枪抢下来再说。

我张嘴靠近手枪。差一点点了，我以为成功的瞬间，眼前又冒出一堆星星。

"不过是一只狗，别小看我！"

听见他的声音，我才明白自己被近藤踢飞了。近藤的力道不小，我往后跌落三个台阶。血的味道在口中不断散开，到底是近藤的血，还是我的？我再次接近近藤，拼命对四肢用力，但它们已经完全不听我的指挥，光是拖着几乎失去知觉的脚爬上楼梯，就耗尽我的力气。我筋疲力尽地倒在楼梯和走廊的交界处。

"李奥！"

菜穗下意识地想要冲向我，其他人一脸茫然地呆站在原地。喂喂，你们看到我咬住近藤，都不会过来帮忙吗？

"不许动！"近藤蹲下去捡起枪，他单膝跪地地怒吼着。菜穗硬生生停下脚步。"你们居然敢小看我，我要杀了你们，我要把你们所有人碎尸万段！"

近藤瞄准菜穗，毫不犹豫地扣下扳机。

"菜穗！"

"菜穗！"

我的言灵和另一个声音同时响起，名城飞身挡在菜穗前面。

近藤扣下扳机，走廊枪声大作，名城向后弹开。

然而，比起受到枪击的名城，我被其他东西吸引。弹匣飞溅而出的火花闪烁着落在近藤脚边那摊汽油上的光景，如慢动作播放的底片般，烙印在我的视网膜上。

接着……世界变成一片红海。

我注视着眼前的画面，发不出声音。已经看不见近藤的身影了，取而代之的是出现在我面前的巨大火柱。汽油因为火花引爆，蓄势待发的热量化为红莲火蛇，不断昂首吐芯子。

火柱中隐隐约约有一道人影，人影张开嘴巴，不晓得在咆哮什么，火蛇毫不留情地窜进他的口腔。化为一团火球的近藤仿佛跳着蹩脚的舞蹈，摇摇晃晃地靠过来，吓得我连忙闪开。因为我身上也沾了少许燃料，受到池鱼之殃就太倒霉了。近藤从我旁边晃过，一脚在台阶上踩空，一团巨大的火球从楼梯上滚下。近藤一路滚到地下室才停止，已经再也不能动了，现在的他还算是一个人类？我不是很确定。

近藤像一团柴火，照亮了常年弃置着少年遗体的阴暗地下室。

"名城医生，你没事吧？"

耳边传来菜穗高八度的尖叫。定睛一看，菜穗正把双手绕到名城脖子后面，把他扶起来。这真是太没意思了……我也受了重伤！比那个男人还严重的伤。

"还好，我没事。"果然跟我说的一样，名城掀起白大褂，底下是蓝色肚兜似的玩意儿。那是病人拍X光时穿的里头灌铅的防护衣。他胸口位置卡着一颗子弹。这也是我的建议，感谢我吧！

"这件防护衣比想象中还坚固，不只X光，子弹也打不穿。"名城半开玩笑地说，然后"唔"地捂着胸口。谁叫你得意忘形。子弹的冲击让肋骨断个一两根也不足为奇。算了，就当是英雄式的受伤。

南拿起放在走廊上的灭火器，眼明手快地扑灭蔓延到地毯的火苗。

直到最后，这个男人还是所有人当中最冷静的……

等到火扑灭，菜穗和名城以外的人全冲向我这边，注视还在燃烧的近藤。每个人脸上都浮现出交织着放心、憎恨、怜悯的表情，只是比例不同。近藤的死状的确凄惨，但他作恶多端，居然还能让人产生怜悯的情绪，人类这种生物果然难以理解。

不过算了，这一切都结束了。

我仰望天花板松一口气。同事早神不知鬼不觉地飘在天花板上，旁边还跟着那三个魂魄。

"你是来带这个名叫近藤的魂魄去吾主的身边吗？"

"你认为有可能吗，my friend？"同事事不关己地摇头。

我瞥一眼还在燃烧的近藤，跟着摇头。

"不，应该不可能。"

"没错，已经没有我们出手的余地了。"

火焰的威力逐渐减弱，终至消失。死神的视觉捕捉到仿佛从烧成焦炭的近藤身体里挣脱而出的球状灵体，不禁眉头深锁。近藤的魂魄……太丑陋了。原本应该散发着淡淡光芒的表面，却粘满黝黑暗沉的黏性液体，发出令人作呕的油光，内部则宛如内脏般蠕动。要花多少年的时间，做多少坏事，魂魄才会败坏成这样呢？

脱离肉体的魂魄似乎还不明白自己为何出现在多年来保护着自己的身体之外，轻飘飘地在原地游荡着。如果是一般情况，魂魄会留在遗体附近，直到我们将其引导到吾主的身边。没错，如果是一般情况……

近藤的魂魄颤抖一下，似乎想逃离什么似的开始上升。

发现了吗？我用力地抿紧双唇，不然实在很想把视线移开。即使在我还是死神，从事引路人工作的时候，也尽量不去看接下来的悲惨画面。然而，这次不容许我逃避。虽说不是我直接下手的，但近藤的"死"确实和我脱不了关系。

近藤的魂魄上升到楼梯一半的高度，就再也没动静了。不对，正确的说法是不能动了。好像有什么东西从后方拽住他，把他往后拉。魂魄一寸一寸地下降，有时会挣扎着往上跑，明显地看出下降并非出自他的意愿。然而，拉扯的力量强大许多，不知不觉，他的魂魄已经被拉回到尸体附近。

然后……"他们"出现了。

无数条细细长长的黑影出现在近藤的尸体底下，宛如软体动物般的触手蠕动着伸向他的魂魄，像是植物的藤蔓，又像是爬虫类的舌头，同时也像婴儿的手。我固定住自己的脖子，如果不这么做，就会忍不住转过头，避而不看眼前的光景。

当魂魄脱离失去生命的肉体，原本应该在死神的引领下，前往吾主的身边，不过，偶尔会出现无法到吾主身边的魂魄。例如生前作恶多端，充满暴戾之气，我们这种高贵的存在也无法靠近的魂魄。我们不能接触这样的魂魄，因为一个不好，可能连我们死神也会被魂魄毒性所伤。就像刚才我想要干预近藤的魂魄时差点儿被反噬。

至于身为引路人的我们都无法触及的污秽魂魄会有什么下场？这时它们会来帮忙处理。没错，"处理"。

包围着近藤魂魄的黑影逐渐胀大，静止一下，然后下一瞬间，之前缓慢的动作就像是假象般，黑影以迅雷不及掩耳之势袭击近藤的魂魄……啃食起来。原本像是三叉叶又像是手的部分，如今化为一张嘴。它们兴高采烈地用小小的嘴啃咬、啄食、撕裂、吞咽近藤的魂魄。

我不清楚魂魄是否有痛觉，恐怕没有。但我清楚地感受到近藤的魂魄正承受着相当剧烈的痛苦。他痛苦得满地打滚，挣扎着想要逃，但每次都被它们狠狠咬住，硬拖回去。我不晓得它们究竟是什么。并不是我对它们没兴趣，而是不想知道，我尽可能不让它们出现在我的意识里。

看着看着，持续受到啃食的魂魄越来越小，直到原来的三分之一。这时，几十条触手状的它们开始合体，融成一团，最后变成巨大的蟒蛇。蟒蛇把嘴巴张开到将近一百八十度，下巴靠近近藤的魂魄。他发出垂死挣扎的呐喊。

　　那声音充满痛苦，让人想要捂住耳朵。

　　它们一口吞下近藤的魂魄，心满意足地咀嚼。

　　花了几十秒，享用完近藤的魂魄以后，它们的身影就像朝雾般地消失，只剩下一团曾是人类躯体的焦炭，孤零零地躺在那里。结束了。全部结束了。我虚软无力地倒在地上，因为亢奋而暂时忘记的痛苦跟着回来。

　　"瞧你那没出息的样子，my friend。不过你咬住那男人的手臂时还挺帅的哟！"

　　同事丢来风凉话。这么野蛮的行为受到赞扬也没什么好高兴的。

　　"你早就知道会变成这样吗？"死神应该可以看到一部分未来，知道结局也不奇怪。不对，想必他早就知道一切。

　　"当然知道啊！My friend，当我告诉你这里的人类会被杀的瞬间，我看到的未来就一直在改变，当时真是吓到我了呢！"

　　原来如此，同事惊慌到有些过度的反应原来是这个缘故，和我随口闲聊，没想到未来就产生巨大改变，难怪他吓得哑口无言。

　　"既然如此，你干吗还特地过来？既然这家医院的人都不会死，你不就白跑一趟了吗？那个男人的魂魄也被吃掉了。你就这么闲吗？"

　　我揶揄地说道，同事却乐不可支地摇晃着。

　　"你在说什么呀？不是还有需要我带路的魂魄吗？就在你旁边。"

　　这么一说，三个魂魄不知何时已经围在身边，他们浑身发出晶灿耀眼的光芒，一开始要死不活的模样简直像骗人。我不由得放松下来。原来如此，杀害自己的凶手受到惩罚，他们终于摆脱依恋的桎梏了吗？

　　"好了，我也差不多该回到自己的工作岗位上了。My friend，so long（我的朋友，再见）。"

　　同事还是老样子，丢下意味不明、令人浑身发痒的告别后融入天花板，消失踪影。三个魂魄也追随同事上升，轻飘飘地在空中飞舞。我胸中充满温暖的满足感，目送他们离开，直到他们的身影消失在天花板。

"李奥！"一股强烈的冲击从旁边撞上仰望着天花板的我。我痛得全身快要散架，忍不住发出"呜"的一声。

"李奥！你没事吧？痛不痛？有没有受伤？"

菜穗紧紧地搂着我。对名城的关心告一段落，终于轮到我了。

"好痛！菜穗搂得我好痛！快放开我！"

"啊，抱歉！"听见我悲痛的言灵，菜穗连忙放开我。

好不容易从恐怖攻击下捡回一条命，我放下心中大石地呼出一口气，再度仰望天花板。同事和魂魄们的痕迹消失得一干二净。菜穗看着我，再也撑不住，双眼皮下的大眼睛盈满泪水。

"谢谢你……真的很感谢你。"

菜穗的双手再次绕到我身后，回想起几秒钟前的痛不欲生，我下意识地绷紧身体，不过她这次不再那么用力，而是轻轻环抱住我。丝绸般的触感非常舒服。菜穗的脸埋在我的颈项，嘤嘤啜泣。我原本想说："会被我身上的汽油弄脏啊。"但那样太不解风情了，就任由她抱着。

耳边传来菜穗压低声音的哽咽，我抬起头。

我在人世间的工作暂时告一段落了。

3

红光映入眼帘，我步伐不稳地走进笼罩在毫无风情可言的红光下的庭院，每踏出一步都感受到锥心的刺痛，但还在忍受范围内。事情落幕至今已经过好几个小时。当时，我们即刻关闭近藤等人车上堆积如山的无线电干扰器材，又打电话报警，目前医院四周被无数警车塞得水泄不通。

我以外的人都在接受警方问话，近藤的两个同伙也马上被警方带走。

我仰望庭院中央的樱花树，那里有一道明显异于红色灯光的光芒。

"辛苦你了。"上司慰劳我。

"累死我了。"这是我真实无伪的心声。

"这样啊？这也是宝贵的经验。像我就不懂人类'累死了'是什么感觉。"

"你不妨也变成狗试试？马上就能体会到。"

"如果有机会的话，我再考虑看看。"上司的回答明摆着没那个意思。

够了，再这样东扯西扯，天都要亮了。

"所以？我会受到什么处分？"

"处分？什么处分？"上司居然装傻。

"你不用再顾左右而言他了，我打破规定，影响人类的寿命。我甘于受罚。"

"哦，你是指这件事啊？"上司一副好像他压根儿忘记了处分的样子。

到底在装什么傻啊？他不就是为了处罚我才来吗？

"与其说是规定，不如说是习惯。我们和人类接触的方法只有出现在梦里，或是用言灵对话。在这种情况下，绝大部分的人类都会认为想太多了，一笑置之。更何况，几乎没有死神愿意大费周章地与人类接触。"

习惯？这种含糊不清的说法算什么？

"采纳你的意见，让你从人类生前就与他们接触的那刻起，就会对未来造成某种影响。你现在在人世间都有实体了，稍微影响一下人类的寿命又有何妨呢？"

上司说着非常不负责任的话。我一阵虚脱。我玉石俱焚的决心到底算什么？

"那你到底为什么特地降临人世？"

吃饱了太闲吗？

"有人像你这样说话吗？部下都努力成这样了，我当然要关心一下啊！"

果然是吃饱了太闲。可是真的没问题吗？吾主不会生气吗？正当我想问个明白时，上司突然发出"请等一下"的言灵，停止一切动作，接收吾主的意旨。我一阵紧张。我果然还是触怒了吾主，他正在向上司交代对我的处分。没办法，这是我的决定，但我也救了菜穗他们，我不后悔。

"……谨遵吾主的意旨。"上司看着我，缓缓说出以上的言灵。那股轻佻完全不见了。"以下转达吾主的处分。由于你做出超乎权限的行为，必须承担责任，因此……"

我乖顺地低着头，静待吾主的惩罚。上司继续发出言灵。

"接下来的日子，罚你继续被封印在栖息人世的动物体内，与人类共同生活，拯救即将变成地缚灵的人类。"

噢……多么严厉的处罚啊！把这么高贵的我封印在动物体内，贬至人世间。

真是太残酷了——咦？

"那个……我现在好像就已经处于处罚状态了……"

我摸不着头脑地反问。

"好像是。简单地说，就是要你保持现状，继续努力。有什么不满吗？"

"呃……这样就好吗？"

"好不好只有天知道。这是吾主的命令。你应该不会抗命吧？"

我大大松口气，仰望着漆黑的天空。啊……吾主果然慈悲为怀，而且有点儿随便——当然是指好的方面。

吾主既然都这么说了，我无权选择，只好再待上一阵子。真是的，心情好沉重。可是不晓得为什么，嘴角不受控制地勾出微笑的形状，尾巴也左右摇摆。我抬头挺胸，抛出精神抖擞的言灵。

"谨遵吾主的意旨。"

"加油。"上司似乎颇为满意地摇晃着，身影慢慢变淡，融化般地消失了。

我目送上司离去，回头一看，警察还是那么多，但菜穗他们已经陆续回屋。可能因为大家都累了，有话改天再问。我也累了，被近藤乱踢一通的身体痛得不得了。我现在只想抛开一切，好好睡一觉。

"李奥，你在哪里？伤口要包扎才行哦！"

耳边传来菜穗从医院门口呼唤的声音。我拖着快散架的身体往前，走向我的家。

没错，我的家。

4

"Merry Christmas（圣诞快乐）！"

我不是很懂菜穗的意思，而且尚未反应过来，名为拉炮的西洋爆竹又响了。

装饰着五彩灯泡的枞树下，火药的刺鼻臭味令我有些抗拒，但热闹非凡的庆祝气氛和摆满一桌子的丰盛料理，还有堆得像山一样高的泡芙，却让我跟着变得亢奋。

受到袭击后大约过了十天，就到了今天好像是人称"圣诞节"的西洋节日。

话说前几天的事情还有后续发展。我原本以为近藤一死，整件事就可以落幕，没想到大错特错。事发隔天，菜穗带我去了一趟"地狱"。

名为"宠物医院"的地狱。

当我抵达她口口声声说要检查有没有受伤才带我去的地方，一瞬间，原本坐在名城驾驶的汽车后座，枕在菜穗膝盖上打盹的我，突然全身打了一个冷战。狗的本能在脑袋里发出最大的音量警告着危险。当时我应该还有"快逃"的选项，但身为死神的骄傲，还有对"医院"的熟悉感，让我失去了正确的判断力。

我踏进回荡着其他狗同伴鬼哭狼嚎的室内，终于发现自己判断错误，但一切都来不及了。名为"兽医"的"地狱使者"，把我的身体翻过来又翻过去，还绑在莫名其妙的机器上，用绷带把我包得密不透风。最过分的是，他居然对我做出非常不人道的行为……把针刺进我体内，即俗称的"打针"。

回家路上，我在车上不住发抖，菜穗问我："那么可怕吗？"我是因为冷才发抖的，绝不是因为害怕。没错，绝不是。经历过那样的悲剧，又过了十天左右，我的伤势痊愈大半，只要别做剧烈运动，已经不太会痛了。与其说是兽医的功劳，不如说是拜"如果不赶快治好，又会被带去那个地狱"的恐惧所赐。

我环视屋里一遍。菜穗、南、金村、内海、院长、名城，还有其他护士，不到十个人，在装饰得漂漂亮亮的交谊厅里享受着圣诞节。

三名患者和菜穗看起来从心底享受这段时光。这是他们四人最后的圣诞节。一年后，全世界再度庆祝时，他们已经不在世界上。

南和金村的病情在那一夜后急剧恶化。就连现在，他们看着满桌食物也几乎没动过筷子，顶多喝几口饮料。然而，两人完全没有面对死亡的悲怆感。想必他们非常平静。自己在这个世界上该做的事都已经完成，可以开始慢慢、静静地准备迎接最后一刻。

这么说来，被警方逮捕的水木和佐山似乎都没有向警方供出金村。可能担心一个搞不好，七年前的抢劫杀人案跟自己有关的事也会被扯出来。不过我早就知道了，金村已经把七年前的真相写下来交给律师，交代律师在他死后交给警方。

内海和南、金村相反，比案发前更有活力，他此刻正把盘里堆得小山高的食物塞进嘴。内海还有任务尚未完成，必须在人生的最后画出最完美的作品。

"李奥。"背后的声音打断我的沉思。

我回头一看，菜穗把双手藏在背后，笑意盈盈地低头看我。

"你背后藏了什么？"

我提高警觉地往后退。前几天才去过宠物医院，菜穗可能是从宠物医院拿了什么又苦又难喝的药。

"你有必要怕成那样吗？我只是要给你圣诞礼物。"

"圣诞礼物？"

"没错，大家会在圣诞节交换礼物。你的项圈没了，我又买了新的给你。"菜穗的手绕过我的脖子，心情大好地说，"嗯，很适合。"我从搁在房间角落的镜子里看见自己。跟上次华丽的项圈不一样，这次是咖啡色皮质项圈，上头只有一个雕刻成睡莲形状的手工金属坠子。

她开窍了吗？这比上次好看多了。上次是被雷打到才会买那种夸张得吓死人的项圈给我吗？还是菜穗的品位突然变好呢？

"名城医生陪我买的，他说这个应该比较适合李奥。"

干得好，名城。

我从各个角度欣赏自己戴上项圈的模样。原来如此，还要交换礼物啊！真是个风雅的习惯。可是我现在才晓得这个习惯，根本没有准备礼物给菜穗，真伤脑筋。我原本摇摆的尾巴不禁垂下来。

"你不喜欢吗？"

"不是，我非常喜欢。只是……我没有任何东西可以给你。"

"你在说什么呀？这种事根本不用放在心上。李奥可是我们的救命恩人呢！"菜穗一如往常地抚摸我的头。

"菜穗有什么想要的东西吗？"

虽然我知道世界之大，几乎没有身为狗的我可以准备的礼物，但还是忍不住问她。

"这个啊……我没有特别想要的东西，不过我希望这家医院一直开下去。"

"……这家医院果然还是要关门吗？"

"我没问过爸爸，但大概还是要关门。虽然发生那件事以后，他似乎有想过要把医院继续下去，可还是卡在钱的问题上……钱的问题真的无能为力。"

菜穗哀伤地环视整间屋子。对菜穗而言，这家医院是她实现护士梦想的地方，也是和伙伴们并肩作战的地方，甚至将成为她最终的归所。虽然她最多在这里再待上几个月，但一想到自己离开，房子就会易主，肯定难以忍受。

我好想完成她这个心愿。我多么希望把菜穗充满回忆的地方原封不动地永远保留。我原本是高贵的死神，如今在这个世界上却只是一只狗。荒凉的人世里，并不存在狗也能赚钱的方法。我再一次被自己的无能为力击倒。

"啊，抱歉，我干吗讲这些扫兴的话。我准备了很多泡芙，只有今天，你爱吃几个就吃几个。"菜穗轻轻地拍拍我的头，拿着装了一堆小盒子的提篮走开。大概是去分礼物给其他人。我目送她的背影，无奈地叹气，连最爱的泡芙，现在也吸引不了我。

五颜六色的灯光在视线一角闪烁。我看着装饰在枞树上的灯泡，如同天上的星星般闪亮。原本放在三楼储藏室里的枞树，为了这一天特地被搬到房内。

我看着枞树，低落的心情得到一点儿安慰。明明只是在植物上加了各式各样的装饰而已，真不可思议。我盯着那棵枞树好一阵子，突然，内心深处有一阵骚动。怎么回事？我探究着这股不对劲的感觉从何而来。然而，源头就像海市蜃楼，轻易就从指缝溜走。当我看着矗立在眼前的枞树，那股不对劲的感觉越来越强烈。

……啊！我惊讶地张大嘴巴。

"菜穗！"我看着枞树，送出强劲的言灵。或许被我的强硬态度吓到，正要把钢笔送给院长的菜穗抖了一下，听不见言灵的院长则不可思议地看着眼前受到惊吓的菜穗。

"怎么了，李奥？突然这么大声，想吓死我吗？"菜穗快步过来。

"不是声音，是言灵。"

"什么不是重点，真是的，好不容易看到感人的一幕，平常都是一个表情的爸爸笑了，差一点儿就要哭了。"

笑了？差一点儿就要哭了？那个院长吗？我偷偷望一眼院长，他的脸看起来一点儿变化也没有，还是跟平常一样死板。难道是女儿特有的观察力吗？

"那还真是不好意思啊！不过我找到比院长的笑容更稀奇的东西了。"

"比爸爸的笑容还稀奇的东西？你发现槌子蛇①了吗？"

那个院长的笑容有这么稀奇吗？

"不是，虽然不像槌子蛇那么稀奇……但我想应该会比槌子蛇有用。"

我重新打起精神，努努下巴，指着枞树。

"你看那个。"

"什么？圣诞树上有什么吗？"

"我要给你的礼物……你说的圣诞礼物。"

"咦？礼物？"菜穗挑挑眉，讶异地反问。

"那棵枞树从那家人住在这里时就在吧？"

"是又如何呢？"

"那棵树上有各式各样的装饰呢。"

"嗯，因为是圣诞树嘛……"

我自顾自地释放言灵，没有回答她的问题，菜穗丈二和尚摸不着头脑。

"可是你不觉得装饰得太孩子气了吗？"

树枝上除了灯泡，还装饰着玩偶和玩具。

"因为是小孩子的圣诞树。小朋友可以把自己喜欢的东西装饰在树上，我小时候也装饰过洋娃娃……"

"就是这个！"我又送出强劲的言灵。

"什么啦？吓我一跳……"菜穗的双手贴在自己的胸口。

"啊……不好意思。话说回来，最后还是没有找到宝石呢。"

_____

① 日本传说中的生物。

我依旧没有回答她的问题，径自转移话题。

"咦？嗯，是这样没错。李奥，没事吧？你从刚才就一直牛头不对马嘴。是不是头痛？还是老年痴呆症了？"

没礼貌，居然对聪明绝顶的我讲出这么没礼貌的话。

我不理她，继续说："对少年来说，在地下室偶然发现的宝石是他的宝贝。其中一颗虽然走到哪里带到哪里，但毕竟无法将所有宝石都贴身带着。你认为少年会怎么处理剩下的宝石？"

"咦？"菜穗歪着脖子，眯起眼睛，终于明白我的言下之意，她瞪大已经很圆的双眼，慢慢地看向枞树，僵硬得像忘记上油的玩偶。

菜穗面前的枞木树枝上，闪烁着几个耀眼夺目的光点。

"以玻璃珠来说，你不觉得太漂亮了吗？"

"骗人……怎么可能……"菜穗呆在原地。这时就要请专家出马了。

"金村。"我用言灵呼唤正在小口小口地啜饮着苹果汁的金村。

金村回过头，有些吃力地起身走来。

"什么事？"为了不让其他人听见，金村特地到我身边蹲下来。他的语气四平八稳，和我刚遇到他的时候简直判若两人。不再恶言相向当然是一件好事，但对于已经互相拍板叫嚣过好几次的交情来说，总是少了些什么。

"你看那边那棵枞树。"

"嗯？这棵枞树怎么了？"金村随手摸摸枞树的树枝。

"你的眼睛长在屁股上吗？看仔细一点儿。"

金村有些不高兴地瞪我一眼。很好很好，这家伙就是要这样凶神恶煞。

"这棵圣诞树到底有什么问题？没有什么特别之处……"金村说到这里就再也说不出话，匪夷所思地凑近枞树，浮肿的眼皮越张越大。"啊啊啊！"金村张大嘴巴，发出惊叫，引来交谊厅里所有人的侧目。

"怎么了？"附近的名城连忙赶来。

"钻、钻、钻……"金村指着枞树，正确来说是挂在枞木树枝上的小玻璃珠，继续发出怪声。

"金村先生，你冷静一点儿，躺下来再说。护理长，麻烦你量一下脉搏……"

"不是的，医生，不是的。"金村嘶哑地喊叫，颤抖地指向枞树，"钻石，钻石就在这里。"

金村叫着指向树枝上的玻璃珠。玻璃珠宛如吸收了日光灯的光线，绽放出超越灯光数倍的强力光芒，又带着一碰就会碎的梦幻感。

"院长，就是这个！那群人不择一切手段都要找到的钻石，居然藏在这里。难怪怎么找都找不到，真是大快人心。"金村大笑。

"钻石……"

菜穗一脸茫然，白皙的手指伸向浓缩着世界之光的结晶。指尖碰到结晶时，七彩的炫光洒落一地，美得令菜穗屏息。

"这里也有，这里也有。这是一棵宝石树啊！"

金村陆续找到树枝上的钻石，刚才那股了悟生死的气息一扫而空，声音里充满蓬勃朝气。算了，这才是这个男人的风格，没什么不好。

"这些宝石可不是你的东西。是我送给菜穗的圣诞礼物。"

我想他应该不会把宝石塞进自己的口袋，不过还是提醒他一下。

"不用你说我也知道。而且事到如今，我据为己有又能怎样？你以为我还能活多久啊？"金村瞪我一眼。

"谁叫你高兴成那样。"

"有什么办法，再怎么说我也是珠宝商，这又是和我有因缘的钻石。"

"是吗？乐够了就赶快交给菜穗。"

"知道了。"金村不情愿地把满满一手的宝石交给菜穗，菜穗不晓得该拿手上闪闪发光的结晶怎么办，求救地看着周围。

"你干吗鬼鬼祟祟的啊？"

菜穗惊惶的态度害我跟着不安，于是用言灵问她。

她于是在我身边蹲下来，附耳轻问："这个……该怎么处理？"

"该怎么处理？这是我送给你的礼物，你安心收下不就好了吗？"

"这么贵重的礼物我不能收。"

"又不是叫你中饱私囊。这些宝石应该有更好的用途吧？"

"更好的用途？"

菜穗六神无主，一时无法反应地苦着脸。真是个迟钝的少女。

"这些宝石很有价值吧？至少可以挽救一家资金周转不灵的小医院。"

这时，菜穗不再茫然失措，似乎在掌心里看见了未来的可能性。

"可是，这种事……这明明不是我们的东西……"

"院长买下这家医院的时候，连家具一起买下了吧？我不清楚人类规则怎么定的，但院长至少有所有权吧。更何况，这些宝石真正的主人早已死于战争，事到如今应该不会再有人抗议了。"

"真的可以吗……"

"可以。用这些宝石完成你最后的心愿。"

尽管如此，菜穗还是彷徨了一会儿，可见她的心里多纠结。过了一会儿，她低眉敛眼地咬紧下唇，似乎在思考。不久，她再度抬起眼，瞳孔已不复见迷惘，散发出与宝石不相上下的强韧光芒。

"爸！"菜穗站起来，昂首阔步地走到院长面前。

"什么事？"女儿没头没脑地表现出强大意志，院长也有些却步。

"拜托你，我不要医院关门，请你用这些钻石让医院继续经营下去。"菜穗交出宝石。

"让医院继续经营下去？"院长难得有所动摇，他一脸困惑。

"原本是外科医生的爸爸开始学缓和治疗，又开了这家医院，我知道这都是为了我。可是，爸爸现在已经成为非常优秀的缓和治疗医生了，这里也变成了很温暖的医院。我不希望这一切消失，即使我不在……"

菜穗直视着父亲的双眼。院长的嘴唇紧紧抿成一线，不发一语。

"如果是钱的问题，钻石应该就可以解决了。接下来只有爸爸你的心情了……我知道你不是随便决定要把医院关掉，我也知道我一旦……不在了，你要在这里继续工作很痛苦。如果可以，我也好想永远在这里工作。可是，我办不到了，希望至少能留下这家充满回忆的医院……"

菜穗拼命说个不停，不时夹杂哽咽，晶莹的泪水不断流下，丝毫不比她手上的钻石逊色。"爸爸，求求你……"菜穗把沾满眼泪的手放在父亲的手上。

几秒钟的沉默后，南从围着院长的众人中往前跨出一步，他站在菜穗身边，深深向院长低头恳求："医生，我知道这里没有我说话的份儿，但……我也拜托你，这真的是一家很棒的医院，这家医院救了我。"

金村和内海也效仿南，两人站在南的身边，恳切地低头。

"我也是！医生。失去所有希望，变得自暴自弃的我，怕死怕得不得了，把气出在所有人身上。可是住进这家医院里，我变了。我不再充满怨恨，可以平静地迎接生命的最后一刻。"

"我也是。多亏这家医院，我又能作画了。要是没有住进这里，我这辈子都不可能再提起画笔。我打算把完成的画捐给医院。医生，请不要把医院关了，请让我的画继续挂在这里。"

金村和内海全低头请求，同时悄悄望向我这边。看我做什么？我只是制造一些机会。你们自己拯救了自己。感谢我是无妨，但不要那么明目张胆地看着我，要是被院长他们发现，医院就算继续经营下去，我的工作也会束手束脚好吗？

我惶惶不安的同时，院长紧皱眉头，陷入思考，由此孕育出的紧张沉默充斥在明亮温馨的房里。终于，院长一脸严肃地打破沉默。

"这太卑鄙了……"

"卑鄙？"菜穗颤抖地回问。

"我总是训诫工作人员，尽可能达成患者的期待。如今所有住院患者都求我让医院继续下去。"院长轻轻叹气，微微提起一边嘴角，"这么一来……我不就不能让这家医院关门了吗？"

此起彼伏的窃窃私语不一会儿便汇集成足以掀掉屋顶的欢声雷动。菜穗冲向院长，瘦削的院长差点儿被她扑倒。患者和医疗人员无不欢天喜地地抓着彼此的手，笑逐颜开。

我满意地看着这群高兴得抱在一起的人类。这么一来，我的工作就真的大功告成了。包括菜穗在内的医院四个患者心中的"依恋"全都解决，医院也会开下去，我暂时可以继续留在这里为吾主工作，免于失业危机。我将视线从抓着名城的手，高兴得像个孩子的菜穗身上移开，望向枞树根部。

树根还挂着一颗金村没找到的钻石，我下意识地用鼻尖轻触。用线吊着的钻石静静摇晃，蕴藏在里头的绚烂流光洒落一地。我满足地眯起双眼。虽然历经波折，但总算顺利落幕。菜穗、南、金村、内海和我，少任何一个人（或者是一只狗）就不可能成功。

我不由得陷入沉思。仔细想想，这一切会不会太顺利了？解决三个患者的"依恋"的同时，也解开错综复杂的真相，让七年前的案件水落石出。结果不仅解救了三名患者、菜穗，甚至连那三个魂魄都一并拯救了。简直就像冥冥中有股意志在操纵一切，将我们全聚集在这里。如果说，谁可以做到这个地步……

我仰天苦笑。倘若我的想象正确，那么到底从哪里开始就在您的计划之中了呢？那位伟大的推手果然深不可测，不是我区区一个死神可以望其项背的。无论如何，今天就尽情享受这欢庆的气氛吧。

我用力吸气，鼻腔充满向日葵般开朗快乐的香气。

原来如此，虽然我不喜欢太吵太热闹，但这样刚刚好。也许是我的脑袋太古板了。虽然不用像同事那样凡事都向西方靠拢，但只要多一点儿包容，外来文化也别有一番风味。这时，温暖的掌心放在正欣赏钻石的我的头上。不知何时，菜穗蹲在我旁边，和我从同样的高度看着那颗宝石。

"你撇下名城不管没关系吗？"

"怎么？你嫉妒了？"菜穗脸上浮现出小恶魔般的笑容。

"别说傻话了。"我恼羞成怒地把脸转开。

"呵呵，好可爱。"

我又和菜穗并肩注视着摇曳的钻石一会儿。

"好漂亮。"

"嗯，好漂亮啊。"

菜穗轻声呢喃，我也小声地以言灵回答。

她把手绕到我毛茸茸的脖子上，在我耳边低语：

"李奥，Merry Christmas。"

我也试着模仿同事，用不太流畅的发音回答

"菜穗，Merry Christmas。"

终章

　　小鸟婉转的啼声萦绕耳边，我在庭院绿意盎然的草皮上仰望盛开的樱花，视线范围内全是一片淡粉红。过完年不久，南和金村相继离世。两人都在油尽灯枯的两三天前陷入昏迷，在睡梦中咽下最后一口气，因此两人都十分安详。

　　两人死后又过了两个月，内海也去世了。止痛用的麻醉药虽然令他意识朦胧，但内海到最后一刻，都还心满意足地望着生平最完美的作品。遵照内海的遗志，他那幅描绘风和日丽的庭院的遗作就挂在医院一楼的走廊，看者无不觉得内心拂过一阵清爽的微风。画里描绘着三名患者、我以及穿着护士服的菜穗。我们站在盛开的樱花树下，仰望满树樱花。

　　我将视线从樱花树移开，一览整座庭院。几个月前还寒风刺骨，如今绽放出缤纷花朵。这全是菜穗每天辛勤照料的功劳。可是……菜穗已经不在了……

　　前几天，菜穗的心脏不规律跳动，终于戴上氧气面罩，卧在病床，院长、名城及护士轮流守着她。我不会使用人类的医疗器材，只能坐在床边，守护着明明很痛苦，却还是努力挤出笑容的菜穗。

　　我很想为菜穗加油打气，很想告诉她死亡并不是终点。没想到，反而是躺在病床上，戴着氧气面罩的菜穗一个劲儿地安慰我："不要难过，一定还会再见面的。"

　　最后一刻，我只能用言灵告诉菜穗我多么感谢她。

今天凌晨，太阳尚未升起时，菜穗在大家的守望下静静停止呼吸。她的面罩被拿下，原本红润的脸颊变得苍白，就像睡着一样。

菜穗的魂魄一定非常美丽。然而，我的视线一片模糊，流进喉咙的鼻涕让我咳个不停，我因此看不清楚她。我肯定得了所谓的花粉症，否则不可能泪流满面。

名城轻抚着菜穗的脸颊，静静流泪，包括护理长在内的护士全围在菜穗身边，院长表情扭曲，拼命吞回呜咽，静默不语。我哭着走出病房。菜穗的遗容很美，但她已经不在那里了。菜穗吸引我的也不是外表，而是美丽的灵魂。

既然菜穗都死了，我找不到继续留在病房的理由。

满是五颜六色繁花的视野又开始模糊。

"你在哭吗，my friend？"言灵从樱花树上传来。

"……你还在啊？"

我抬起头。离开病房后，我伫立在庭院数个小时，我以为同事已经前往吾主的身边，和菜穗的魂魄一起从这个世界上消失了。

"我给那位 lady（女士）的魂魄一点儿时间，让她最后再和亲爱的人们相聚一会儿。尽管听不见她的声音，但直觉足够敏锐的人类或许能感受到什么也说不定。"

"……你都会这么做吗？"

我有些讶异。迅速将魂魄引到吾主身边是我们的工作，我从未听过等待魂魄。

"怎么可能？这次是特别服务。"

"特别服务？"

"Boss（老板）告诉我了，那位 lady 对你很重要。既然是我很重要的 friend 很重视的人，对我而言当然也很重要。所以我服务得很周到哦。"

同事不加修辞地坦言。所以我才说我和这位同事合不来，这种事要说得含蓄一点儿，才会有"和敬清寂"的韵味啊。

"你为什么摇尾巴，my friend？摇尾巴的动作有什么意义吗？"

"狗一旦不知道该说什么的时候，尾巴就会左右摇晃。"

"这样吗？"

"就是这样。你也来当一次狗就会明白了。要我向上司推荐下次换你吗？"

"这就不劳你费心了，my friend。"

别这么说。只要亲自尝试，就会觉得当狗其实也没想象中那么糟。我在心中偷偷决定，下次见到上司的时候，要向他大力推荐把这位同事送来人间历练。

春风拂过我金黄色的毛皮。

"那个……有件事情想问你，可以吗？"我犹豫再三才发出言灵。

"有事想问我？什么事？Go ahead（说吧）。"

"前往吾主身边的魂魄……后来怎么样了？"

我的问题令同事惊讶地摇晃一下："怎么？My friend，你连这个也不知道吗？"

"……因为我以前不感兴趣。"

"My friend，soul 们可是我们重要的 guest（客人）。太过关心当然不妙，但漠不关心也不太好呢。"

"我已经在反省了。"

我不太甘愿地抛出言灵，同事一脸不可思议地凝视着我。

"怎么了？"

"你变了。"

"谁变了？我吗？这不是废话吗？我都被封印在狗的身体里了。"

"No！No！我不是指外表，是你的内心。你可是我们当中最顽固，除了完成任务以外，对什么都不感兴趣的。现在居然关心起 soul 们的事，还会承认自己在反省……我实在太惊讶了，很 surprise（惊讶）！"

是吗？我令同事如此惊讶吗？我也不太清楚。但不管有没有变，我就是我。

"现在不是在讨论我的变化吧。所以呢？魂魄们……菜穗会怎么样？"

心脏在胸膛里跳动，快到有些疼。同事靠过来，悄悄话似的送出言灵。我几乎忘记呼吸，侧耳……真麻烦，用心倾听。

"去到 my master 身边的 soul 们……"同事慢条斯理地说明。我集中精神，生怕听漏任何一个字。随着同事娓娓道来，我的嘴角逐渐放松，尾巴甚至传来"吧嗒吧嗒"的声响。"就是这样。"

"这样啊……我总算明白了。"等同事说明告一个段落，我尽可能平静地回答。

"你发什么呆啊，my friend？这不是好消息吗？你希望那位 lady 得到幸福吧？"

同事讶异地看着我上紧发条般左右摆动的尾巴。

"别放在心上。狗的身体非常复杂。若你真的想知道，当一次狗看看。"

或许我真的变了，居然脸不红气不喘地说谎。身为死神，诞生至今这么长一段时间，我只是一成不变地完成工作，如今只过了几个月，我已经完全不同，而且是往好的方向改变。降临人世半年左右的回忆在我的脑海中渐次苏醒，全都是如挂在那棵枞树上的钻石般闪闪发光的经验。

"My friend，"同事发出言灵，"不好意思打断你的沉思，但有你的 guest。"

"Guest？"我重复同事的话。

"她已经和大家话别完毕，最后有些话想跟你说。这其实不合规定，但她是特别的，而且对象是你的话，我也只能同意了。"

当我意识到同事在说谁的时候，不禁打战。

"在哪里？"

"你抬起头来就知道啦。"

我望向正上方。一个粉红色的魂魄飘浮在缤纷的樱花雨中。

"菜穗！"我用言灵大喊。

阳光下的菜穗，比我至今见过的任何一个魂魄都要美丽。她的表面散发出淡淡的光芒，让人想到枞树上的宝石。菜穗的魂魄缓缓下降，慢慢在我的四周绕圈。然后，她发出微弱却清晰的言灵。

"谢谢你。再见了，李奥。"

我视线一片模糊，什么都看不见，花粉症变严重了。

"你在说什么，该说谢谢的是我。菜穗是我最棒的……朋友。"

我拼命向菜穗表达感激。无论运用再多词汇，都无法表达我的心情，真是太令人着急了。菜穗的魂魄摇晃着，我感觉自己似乎看见菜穗腼腆的笑容。

"那么，差不多该走喽！"

同事催促菜穗的魂魄。美丽的光之结晶静静地翩然升起。

"菜穗就拜托你了，这是死神同伴的约定。"

我恳求同事，同事又是一脸不可思议地看着我。

"死神？你在胡说什么啊，my friend？"

"什么什么？人类不都这么称呼我们吗？"

"死神吗？才不是呢！虽然偶尔也会有人用这种不吉利的方式称呼我们，但一般人都叫我们另一个名字。"

"另一个名字？"

我的反问让同事有些自豪地释放言灵。

"Angel，也就是天使。"

天使……天之使者。我瞪大双眼。

啊，对了，是"天使"。人类都称我们为"天使"。

"那么，my friend，后会有期。"

"后会有期。"

我与同事道别后，用言灵向飞至樱花树端的菜穗喊话：

"菜穗，直到再见面的那一天……请你一定都要幸福。"

菜穗的魂魄开心地晃动，划出彩虹般的七色炫光，逐渐消失无踪。

不知不觉间，同事的身影也看不见了。

我仰望着菜穗消失后蓝得不见云的晴空。

一直、一直、一直仰望着……

我的三餐由比几个月前增加数倍的护士轮流负责，听说在她们心中，喂我吃饭成了一件很光荣的差事，我好像挺受欢迎。最近我也开始看得懂那位冷淡院长的表情了。他好像没有想象中那么难亲近。他心情好时，到镇上出诊的回程还会买泡芙给我。

我顶着秋天灿烂的阳光，躺在茂盛的樱花树下，陷入沉思。这么说来，降临到这个人世间，已经持续观察人类将近一年，我最近终于明白为什么这个国家在这个时代的地缚灵那么多了。

这个国家富庶了。人们开始不愿意面对死亡的课题。在这个已经没有饥馑、生活环境获得改善，再加上医疗技术一日千里的国家，人类开始把任何人总有一天要面对的死亡视为特别的事，把死亡当成一种忌讳，尽可能从日常生活中排除。

于是，这个国家的人在日常生活中接触到死亡的机会越来越少，然后在不知不觉间，甚至忘记自己总有一天须迎接死亡的宿命。

没有意识到"死亡"，漫不经心地浪费上天赋予的时间，当大限来临的时候，这些人惊觉人生有限，为自己虚度人生感到强烈后悔，于是便产生执念。

这个国家的人类为什么不愿意面对死亡呢？正因为上天赋予自己的时间是有限的，人类才会拼命燃烧生命，将有限的时间运用得淋漓尽致不是吗？还好，只要能觉察到这一点，就不会太迟。就算已经死到临头，人类还是可以找出自己存在的意义，让所剩无多的生命发光。

南、金村、内海以及菜穗都在最后的时刻证明了这一点。咦？我躺在地上，把头抬起来。被称为出租车的车辆开进停车场，随后后座车门打开。

　　我抽着鼻子。甜腻的味道混在从排气管吐出来的充满灰尘的恶臭里掠过鼻尖。还真是浓烈的腐臭啊！看来不太好对付。出租车里走下来一位上年纪的老婆婆。稀疏的头发和皲裂的皮肤述说着她与不治之症——大概是癌症——长期抗战的结果。

　　折磨她的恐怕不止病痛，空气中弥漫着一股刺激到令我流泪的腐臭。那是人类站在死亡的面前，无法随着时间风化的后悔，以及散发出的强烈"依恋"。如果放着不管，她不久就会变成地缚灵，永远在现世中徘徊。没错，如果我不好好工作，不好好执行吾主交代给我的光荣任务的话。

　　又要忙碌了。我伸一个大懒腰，一步一步地踩着草皮走向医院。得收集那位老婆婆的资料，锁定她的病房，趁夜里偷溜进去……我在脑海中排演着工作步骤。

　　到这里一年了，截至目前我已经帮助十几个人摆脱心结，这次也将成功地解救老婆婆，摆脱束缚。

　　那请容我再重新自我介绍一次。

　　我是封印在金毛寻回犬体内的天使，名为李奥。

　　这个重要的名字，来自医院中最善良美丽的少女。

ⓒ 知念实希人　赖惠铃　2023

图书在版编目（CIP）数据

寻回犬李奥的奇妙物语 / (日) 知念实希人著；赖惠
铃译. -- 沈阳：万卷出版有限责任公司，2023.1
　　ISBN 978-7-5470-4783-5

Ⅰ.①寻… Ⅱ.①知… ②赖… Ⅲ.①推理小说—日
本—现代 Ⅳ.①I313.45

中国版本图书馆CIP数据核字(2022)第088091号

优しい死神の饲い方（知念实希人 著）
YASASHII SHINIGAMI NO KAIKATA
Copyright © 2013 by Mikito Chinen
Original Japanese edition published by Kobunsha Co., Ltd.
Publishing rights for Simplified Chinese character arranged with Kobunsha Co., Ltd. through
KODANSHA LTD., Tokyo and KODANSHA BEIJING CULTURE LTD. Beijing, China.
著作权合同登记号：图字 06-2021-289

出 品 人：王维良
出版发行：北方联合出版传媒（集团）股份有限公司
　　　　　万卷出版有限责任公司
　　　　　（地址：沈阳市和平区十一纬路29号　邮编：110003）
印 刷 者：三河市兴达印务有限公司
经 销 者：全国新华书店
幅面尺寸：146mm×210mm
字　　数：255千字
印　　张：9.25
出版时间：2023年1月第1版
印刷时间：2023年1月第1次印刷
责任编辑：张　莹
责任校对：刘　洋
封面设计：大　飞
封面绘图：六十五便士
ISBN 978-7-5470-4783-5
定　　价：49.80元
联系电话：024-23284090
传　　真：024-23284448

常年法律顾问：王　伟　版权所有　侵权必究　举报电话：024-23284090
如有印装质量问题，请与印刷厂联系。联系电话：0316-3515999